Mira Morton

Ein berauschendes Weihnachten

Verlag:
PINK CROWN Edition
Richard Wagner-Gasse 9b
2340 Mödling, Österreich

———————

ISBN: 978-3-9519-8098-0

———————

Text: Mira Morton
Coverdesign: Mira Morton
Grafiken Cover: © Maryna Bondarchuk, Ermakova Marina,
deadpon3, jn.koste, mimomy, Mozaic Studio, Olga Rybka,
vector_ann - shutterstock.com
Grafiken Text: © sabbracadabra - shutterstock.com
Korrektorat/Lektorat: Martina König
Covergestaltung, Satz: János Rudolf

———————

3. Auflage, November 2023

———————

Dieser Roman ist auch als E-Book erhältlich.
www.miramorton.com

MIRA MORTON

EIN berauschendes WEIH NACHTEN

ROMAN

Weihnachtspunsch

Da waren sie wieder, ihre drei Probleme. Ninnie sah ihn zur Tür hereinkommen und umklammerte ihre Glastasse. Zwei ihrer Sorgenkinder waren männlich, doch das größte war ihre Tochter Sophie. Der Geruch von warmen Beeren und Zimt stieg zwar irgendwie tröstlich in ihre Nase, änderte aber nichts an der Tatsache, dass es ein Fehler gewesen war, zu diesem Punschtrinken zu kommen. Dabei hatte sie sich so sehr auf dieses Treffen mit all ihren Freunden am Vorabend von Weihnachten gefreut, denn das war seit Jahren Tradition.

Sie beobachtete ihn verstohlen. Hannes hielt Linda im Arm und hielt Hof. Er begrüßte alle und stellte jedem Einzelnen sein Flittchen vor. Es war das erste Mal, dass er sie mitbrachte, und Ninnie fand es unerhört. Immerhin war es diese Frau, die den Endpunkt ihrer Ehe in cremefarbenen Dessous markierte. So hatte sie Linda in ihrem Ehebett mit ihrem Mann überrascht.

1

Dummerweise war sie von einem Wellnesswochenende mit Susi zu früh nach Hause gekommen. Aber Ninnie war auch klug genug, zu wissen, dass Linda nur das Symptom ihrer bereits kaputten Ehe gewesen war. Die Ursache waren sie beide selbst. Irgendwann am Weg hatten sie aufgehört, einander zu lieben.

Iris, die ihr gegenüber auf einem der wenigen hohen Hocker in Susis wundervoll dekoriertem Wohnzimmer saß, beugte sich zu Ninnie, rollte ihre Augen und flüsterte ihr ins Ohr: »Hübsch ist die aber nicht.«

»Für ihn offensichtlich schon.«

Iris schüttelte den Kopf, fuhr sich durch ihr kurzes brünettes Haar und kommentierte lapidar: »Ich verstehe die Männer einfach nicht. Aber wahrscheinlich macht sie Dinge im Bett, die wir nie tun würden! Was soll Hannes sonst an ihr finden?«

Ninnie sah sie an. »Können wir bitte das Thema wechseln?«

»Wenn du unbedingt willst? Ich hätte da ja schon noch einiges über dieses A... zu sagen. Allein, dass er sich herwagt.«

Ninnie sah Iris mit einem beinahe verzweifelten Blick an. »Bitte, lass es gut sein.«

Mitfühlend nickte Iris und hoffte innerlich, dass sie nie in ihrem Leben in die gleiche Situation wie Ninnie geraten würde, denn nach zwanzig Ehejahren stand ihre Freundin quasi mit nichts da. Statt der Villa wohnte sie nun mit ihrer Tochter in einer Dreizimmerwohnung. Statt in Hannes' Anwaltskanzlei mitzuarbeiten, hatte sie sich irgendeinen Bürojob suchen müssen, und wenn es stimmte, zahlte er bloß für deren gemeinsame Tochter Sophie Alimente und Ninnie hatte bei der Scheidung nichts außer einer schäbig kleinen Abfindung bekommen. Iris hasste solche Männer und hoffte, dass ihr eigener es nie so weit treiben würde. Und wenn, würde sie ihn finanziell ruinieren. So gutmütig wie Ninnie wäre sie bestimmt nicht.

Auch Ninnie hing ihren Gedanken nach und wusste genau, warum er hier war: Ihre Freundesrunde wollte sich nicht zwischen ihr und ihm entscheiden. Nur eine hatte sich gegen seine

Anwesenheit beim jährlichen Punschtrinken ausgesprochen, und das war ihre beste Freundin Susi. Die Gastgeberin. Aber Susi war bei ihrem Ehemann Marcus nicht damit durchgekommen.

Nicht, dass Marcus Ninnie nicht mochte. Das Gegenteil war der Fall, er war wirklich ein guter Freund von ihr. Hatte ihren Umzug mitorganisiert und sogar selbst tatkräftig Möbel geschleppt, was er in seinem eigenen Haus nie getan hätte. Dafür war er zu wohlhabend, für solche Arbeiten engagierte Marcus Menschen. Aber Marcus wollte Hannes nicht aus der alten Freundesrunde ausgrenzen und somit biss Susi auf Granit. In einem langen Telefonat hatte Ninnie Susi aber beruhigt. Sie würde es aushalten, Hannes mit Linda hier zu sehen. Doch das war, bevor die beiden hier aufgetaucht waren. Nun sah die Sache anders aus und binnen Sekunden hatte Ninnie ihr Urteil über die Blonde im roten Glitter-Minikleid und auf Stöckelschuhen, für die man einen Waffenschein brauchte, gefällt: ordinär, etwas dümmlich, aber perfekt für Hannes. Natürlich auch viel zu jung, und der Name konnte nicht echt sein, denn wer bitte hieß in Wien Linda, wenn er nicht zufällig Eltern aus dem angloamerikanischen Raum hatte, ebenso wenig wie ihre langen roten Nägel und ihre auffallend dichten Wimpern. Vom Busen mal ganz zu schweigen.

Doch da waren sie nun und Ninnie musste damit leben. Sie seufzte und trank noch einen Schluck vom Beerenpunsch. Plötzlich fühlte sie sich inmitten ihrer Freunde sehr einsam. Hannes hatte sich an einen der Stehtische gelehnt und sah im perfekt maßgeschneiderten Anzug, seinen Arm um die Hüfte seiner jungen Gespielin gelegt, leider wirklich gut aus. Und glücklich. Er trug sein brünettes Haar jetzt länger, was Ninnie daran erinnerte, wie sie ihn vor zwanzig Jahren bei einem Musikfestival kennengelernt hatte.

Iris riss sie mit »Du, ich muss mal für kleine Mädchen! Halt mir den Platz frei, Ninnie, ja?« aus ihrem Gedankenstrudel.

»Na klar.«

Ihre Freundin stand auf und schien es nicht eilig zu haben, denn sie plauderte noch mit Susis Tochter Lena und deren Freund Benni.

Das mit dem *Ich-halte-das-aus* war gelogen, denn jetzt wusste Ninnie, dass sie es nicht tat. Nicht, weil ihr immer noch etwas an Hannes lag, nein, sondern deshalb, weil er ihr mit seiner bloßen Präsenz ihr Scheitern vor Augen führte. Für sie war die Ehe tatsächlich *für immer* gewesen. In guten wie in schlechten Zeiten. Wie sich herausgestellt hatte, galt das für sie, aber nicht für ihren Ex-Mann, und das schmerzte sie sehr. Noch mehr aber, dass Sophie, ihre gemeinsame Tochter, noch immer darauf hoffte, dass sie wieder zusammenkommen würden.

Aber das war für Ninnie gelaufen. Anscheinend verstand nur Susi, wie hart es nach einem Jahr Rosenkrieg, nun ja, zehn Monaten und siebenundzwanzig Tagen, für Ninnie war, Hannes immer wieder küssend mit seiner neuen Freundin zu sehen. Inzwischen war Ninnie selbst die Tatsache, dass er das Bett, ihr Ex-Bett in ihrem Ex-Haus, nun mit einer halb so alten Tussi teilte, völlig egal, aber dass sie mit ansehen musste, wie er sein neues Liebesglück so demonstrativ zur Schau stellte, das ging an die Nieren. Bisher hatte er sich das nicht getraut, denn dank ihm und seiner Spielchen war ihre Scheidung erst vor einem Monat durchgegangen.

Plötzlich sah sie, wie Hannes Anstalten machte, an ihren Tisch zu kommen. Aus purer Verzweiflung klammerte sie sich an der warmen Glastasse fest, doch dann hörte sie überraschend Linus' Stimme neben sich: »Kann ich dir etwas Gutes tun, meine Schöne?«

Ihr Herz pochte im Hals und sie sah ihn verdutzt an. Er war doch gerade noch in ein Gespräch mit Marcus und Susi vertieft gewesen?

»Das ist lieb von dir, Linus. Vielleicht ja?« Sie lehnte sich in seine Richtung und Linus kam ihr entgegen. »Kannst du ihn mir vom Leib halten?«, flüsterte sie ihm verschwörerisch zu.

»Kann ich. Was hältst du davon, wenn ich dich hier vor allen küsse?«

Ninnies Augen wurden groß und sie befürchtete, dass sie rote Wangen hatte, aber er sprach gleich weiter: »Ich denke, das würde ihm gar nicht gefallen.«

»Nein«, kicherte Ninnie völlig verunsichert. Er hatte ihr angeboten, sie zu küssen! Sie wusste, dass das Spaß war, aber allein die Vorstellung ließ sie kurz schweben.

»Du denkst, ich mache das nicht?«

Ninnie schüttelte den Kopf und streckte gleichzeitig abwehrend beide Arme aus. »Bitte nicht! Ich weiß, du würdest es tun.«

»Autsch! Das nennt man eine Abfuhr, denn ich für meinen Teil habe mich bereits auf diesen Kuss gefreut. Dann wären wir Gesprächsthema Nummer eins.« Grinsend deutete Linus auf ihre Tasse. »Punsch? Eine Frau wie du sollte Champagner trinken. Soll ich dir ein Glas bringen?«

Ninnie fand es süß von ihm, wie sehr er sich um sie bemühte, wenn es leider auch bloß aus Mitgefühl war. Linus wollte sichtlich, dass sie sich gut fühlte. Doch da er, nach Sophie und vor Hannes, eines ihrer drei größten Probleme war, erzeugte er bei ihr genau das Gegenteil.

»Nein, danke. Punsch passt perfekt zu mir.«

Sollte sie ihn fragen, wo seine neue alte Freundin heute steckte? Laut Susi war Linus wieder mit seiner Ex-Freundin zusammen. Chantal. Dazwischen hatte es eine Nathalie und davor eine Clara gegeben.

Lieber nicht. Ich bin froh, dass Chantal nicht hier ist.

»Alles ist gut.«

Das war die größte Lüge überhaupt.

»Ich denke, wir waren trotzdem erfolgreich, denn die beiden sind nach draußen verschwunden.«

Kurz sah sie sich um. Tatsächlich. »Stimmt!«

»Wie geht es Sophie?«, wechselte er das Thema.

Typisch Linus. Er war immer der Einzige der Männer, der sie fragte, wie es ihrer Tochter und ihr ging.

»Die Kurzfassung lautet: Nachdem sie, wie du weißt, die Klasse wiederholt, angeblich viel besser. An ihren Noten sehe ich das noch nicht, aber sie hat sich einverstanden erklärt, morgen für ein oder zwei Stunden zu Hannes zu fahren und mit ihm Weihnachten zu feiern. Das ist schon mal ein Anfang.«

»Sie nimmt ihm Linda wohl noch immer ziemlich übel, oder?«

»Übel? Wenn Sophie könnte, hätte die Frau wohl kein Haar mehr am Kopf.«

»Nun ja, es würde ihr recht geschehen!«, lächelte Linus sie an. »Und du? Kommst du zurecht?«

Das war ihr Stichwort, um sich bei ihm auszuweinen, aber sie unterband es mit einem schlichten »Danke, ja!«. Sie wollte nicht weiter ins Detail gehen, was er sofort verstand.

»Gut. Aber du weißt, wenn du etwas brauchst, ich bin für dich da.«

»Das ist lieb von dir, aber uns geht es gut. Danke, Linus.«

Er drückte freundschaftlich ihre Hand, was noch schlimmer war als der Umstand, wie lieb er sich immer um sie bemühte, denn jede seiner Berührungen löste in ihr ein Kribbeln aus.

Sie sah sich kurz um. Hoffentlich checkte weder er noch irgendjemand sonst, was in ihr vorging. Aber alle schienen in lockere Gespräche vertieft zu sein und wirkten verdammt glücklich. Locker. Gelöst. Geradezu gemeingefährlich entspannt. Nur sie war steif wie ein Brett und hoffte, dass Linus bald wieder abziehen würde, denn seine Nähe war kaum zu ertragen. Wie hatte sie sich in einen für sie völlig unerreichbaren Mann verlieben können?

Und genau das war passiert, auch wenn Ninnie nicht einmal wusste, wann genau es geschehen war. Ja, sie schwärmte von Linus. Dachte immer wieder an ihn und träumte sogar von ihm. Alles andere als jugendfrei. Aber all das war völliger Unsinn und Kinderkram und musste ein Ende finden.

Linus sah, wie sich ihre kleinen Fältchen auf der Stirn hin und her schoben und sie in sich versunken neben ihm saß. Zu gerne hätte er irgendetwas unternommen, um Ninnie aufzuheitern, aber im Moment war er zu wütend dafür. Hannes war so ein Idiot! Wie mies und stillos er sein Vorgehen gegenüber Ninnie und seiner eigenen Tochter fand, hatte Linus ihm sogar einmal ins Gesicht gesagt. Bewirkt hatte es bei Hannes allerdings rein gar nichts.

»Entschuldige mich, Ninnie. Ich wollte noch ein paar Takte mit Tom reden.«

Das war Iris' Mann, bei dem nun auch Iris selbst am Weg zurück vom WC hängen geblieben war.

»Kein Problem. Mach nur.«

Er tätschelte kurz ihren Arm und ging ein paar Schritte an einen der anderen Tische. Ninnie sah ihm nach und deshalb auch, dass Susi, ihre beste Freundin seit der Schule, sich von ihrem Mann Marcus löste und zu ihr kam. Toll sah sie in ihrem knielangen nudefarbenen Kleid und mit dem hochgesteckten Haar aus. Und fröhlich wie immer, was an Susis vielen Sommersprossen liegen könnte.

»Und? Alles gut bei dir, Ninnie?«

Ja. Könnte sie sich in Luft auflösen und auf der Stelle nach Hause beamen, dann schon.

»Klar. Übrigens: Das Buffet ist ein Traum und deine Weihnachtsdeko ist dieses Jahr besonders schön, um nicht zu sagen opulent!«

Der hell erleuchtete Baum ragte bis in den ersten Stock hinauf, da die oberen Räume über eine Galerie erschlossen waren, von der man das große Wohnzimmer überblicken konnte.

Überall in der supermodernen Villa standen hohe Kerzen in Glasvasen am Boden, hinter dem Buffet, das mit großen roten Maschen, Tannenzweigen und Glaskugeln dekoriert war, standen zwei Angestellte vom Cateringservice und waren immer am Sprung. Sie füllten Punsch nach, servierten Wein und räumten die leeren Teller ab. Es gab warmes und kaltes Fingerfood in verschiedenen Schälchen, kleine Gläser mit köstlichen Desserts, allesamt weihnachtlich dekoriert, und sogar heiße Kastanien, die im Freien gebraten wurden, und auch dort standen einige der Gäste.

»Danke«, sagte Susi lächelnd. »Aber ich musste kaum etwas selbst machen, da ich erstmals Monika von diesem süßen kleinen Dekoladen engagiert habe, du weißt schon, der unten an der Ecke, gleich nach der Bushaltestelle, um hier alles festlich zu gestalten.«

Ninnie nickte, denn sie kannte das Geschäft, das wirklich süß, aber auch verdammt teuer war. Bevor sie antworten konnte, tat Iris es, die ihnen soeben wieder Gesellschaft leistete: »Die Frau ist genial! Nächstes Jahr hole ich sie auch.«

Ninnie war nicht sonderlich verwundert, denn sie kannte ihre Freundinnen. So toll und sozial sie auch waren, Arbeit hatten beide nicht erfunden. Aber das mussten sie auch nicht, denn sie waren reich verheiratet. Das war Ninnie ebenfalls gewesen, doch sie hätte nie und nimmer Helfer engagiert, da sie viel zu gerne ihre Gäste selbst bewirtete. Auch wenn sie dafür tagelang beschäftigt gewesen war.

Während sich Iris und Susi neben ihr rege über das Catering und Monika vom Dekoladen unterhielten, nützte Ninnie ihren etwas abseits gelegenen Platz am Stehtisch, um ihre fröhlich plaudernden und lachenden Freunde zu beobachten. So bemerkte sie auch, dass Linus zu ihr herübersah. Kurz verhakten sich ihre Blicke und wieder einmal spürte sie diesen warmen Schauer, der sich in ihren Bauch ergoss und sie jedes Mal wieder erschrak.

Schnell sah sie zu Susi, die ihr jedoch gerade den Rücken zuwandte. Betrachtete den V-förmigen Ausschnitt des verwegen eng geschnittenen Cocktailkleids ihrer Freundin, die nun mit Iris über die Schulerfolge ihrer Kinder sprach. Ein Stich ins Herz für Ninnie. Ihre Tochter Sophie war immer eine außerordentlich gute Schülerin gewesen. Dass sie nun so aus dem Tritt geraten war, lag einzig und allein an ihrer Scheidung und damit an Hannes und ihr.

Plötzlich drehte Susi sich wieder zu ihr um und Iris sagte: »Schade, dass ich schon verheiratet bin. Linus sieht mit jedem Jahr heißer aus.«

Ninnie konnte nicht glauben, dass sie in ihrer Unterhaltung nun da gelandet war, und sah daher fassungslos von einer zur anderen.

»Ja, nicht? Finde ich auch. Aber er sollte sich langsam abgewöhnen, diese Kinder zu daten«, mokierte Susi sich nicht zu Unrecht.»Andererseits finde ich sie wirklich nett, aber anstrengend.«

»Du musst es ja wissen, er lädt ja immer nur euch beide ein, mit ihm irgendwo hinzufliegen«, reagierte Iris ein wenig eifersüchtig. Aber Ninnie wunderte das kein bisschen, denn schließlich war Marcus Linus' bester Freund seit der Schulzeit.»Weißt du, wie alt Chantal überhaupt ist?«

»Ich glaube, sechsundzwanzig.«

Iris grinste.»Also zwanzig Jahre jünger als er. Dass er das durchhält?«

»Sieh dir seinen Body an! So schmale Hüften und breite Schultern hat er nur, weil er täglich trainiert. Ich wünschte, er könnte Marcus auch davon überzeugen.«

Ihr Mann hatte in den letzten Jahren einiges an Gewicht zugenommen, was sie nicht wirklich störte, aber ein wenig abzunehmen und regelmäßiges Training würde ihm nicht schaden.

»Sags ihm doch einfach. Für Marcus tut Linus doch alles«, riet Iris ihr.

9

»Ja, das stimmt.«

Die beiden plauderten weiter über Linus' Liebesleben und sein Vermögen, das jenseits von Ninnies Vorstellungsvermögen war. Wer konnte sich einige Milliarden auch schon wirklich vorstellen. Aber sie hörte nur mehr so halb hin, denn das Geld interessierte sie nicht. Viel mehr beschäftigte sie die Vorstellung von Linus mit Chantal. Das machte sie eifersüchtig, auch wenn ihr das überhaupt nicht zustand.

Im Vorbeigehen hielt ein Kellner ihnen ein Tablett mit frischem Punsch und kleinen Schüsselchen voll herrlich riechender Kastanien hin. Ninnie bediente sich sofort. Essen und Trinken war in der Not genauso gut wie Sex.

»Ninnie, wie geht es denn Sophie?«, wechselte Iris aus heiterem Himmel das Thema.

Wunderbar. Darüber wollte sie ebenso wenig wie über Linus oder Hannes sprechen. Und ganz sicher nicht mit Iris, die immer mit ihren Superkindern angab, dass es kaum zu ertragen war. Und zu jeder ihrer dummen Geschichten musste sie auch noch auf Iris' Handy starren, um irgendein Foto zu bewundern. Sosehr sie Iris mochte, aber das ging ihr zunehmend auf die Nerven.

»Danke, eigentlich ganz gut.«

»Sie hat doch die Klasse wiederholt, oder?«

Iris wusste genau, dass es so war.

»Ja, hat sie. Aber es läuft jetzt wieder sehr gut.«

Wie sie das hasste!

»Super. Du, ich habe gehört, ihr habt eure Wohnung nun fertig eingerichtet. Wir warten schon alle so lange auf eine Einweihungsparty.«

Klar. Das war anscheinend das Einzige, was die meisten hier interessierte. Toll essen gehen, Partys feiern und so tun, als würden sich alle lieben. Manchmal stimmte es auch. Vor allem früher war es so gewesen. Aber mittlerweile hatte sich ihre Einstellung anscheinend geändert, was traurig war, denn sie hatten alles miteinander geteilt, sei es die Geburt eines Kindes, eine Hochzeit, ein Geburtstag oder selbst der Tod eines Elternteils. Ja, sie waren eine eingeschworene Clique von sieben Paaren gewesen, und das in Teilen seit über zwanzig Jahren. Wieso hatte sich das alles so verändert und fühlte sich plötzlich so leer an? Bedeutungslos? Als hätte sie nicht nur in ihrer Ehe eine Lüge gelebt, sondern in ihrem gesamten Leben mit Hannes?

»Vielleicht nächstes Jahr, Iris. Ihr verreist doch ohnehin alle über die Weihnachtsferien.«

Iris plusterte sich auf, warf gekonnt ihren Kopf nach hinten, wackelte in ihrem auffällig dunkelgrünen Kleid mit dem Hintern und lachte sie an. »Ja! Stimmt. Ich kann es kaum erwarten. Wir fliegen in zwei Tagen mit den Kids auf die Seychellen. Du hast ja keine Ahnung, wie sehr ich einen Urlaub brauche.«

Wer, wenn nicht Iris? Sie arbeitete nicht, hatte quasi für alles Personal, und das letzte Mal war sie Anfang November eine Woche auf Teneriffa gewesen.

»Kann ich mir denken.« Ninnie erhob sich, zupfte ihre schwarze Bluse zurecht, die sie zu einer schlichten schwarzen Hose trug, und fuhr fort: »Es tut mir leid, aber ich muss euch verlassen.«

»Wieso denn jetzt schon?«, warf Susi enttäuscht ein.

»Es tut mir leid, aber ich habe noch jede Menge zu tun und muss heute Abend noch den Baum fertig schmücken. Morgen habe ich ja«, Ninnie deutete in Richtung Terrassentür, »auch seine Eltern zu Gast.«

»Ich finde das toll von dir, dass du Hannes' Eltern eingeladen hast«, erwiderte Susi und das war ehrlich gemeint, deshalb umarmte Ninnie Susi kurz innig und drückte sie einen Moment lang fest an sich.

»Danke, Susi. Aber toll? Ich tue das nur für Sophie, denn du weißt ja, wie nervig meine Ex-Schwiegermutter ist. Da muss alles perfekt sein, und wehe, wir singen nicht um Punkt siebzehn Uhr *Stille Nacht* vor dem Christbaum.«

»Ja, ich kenne sie«, grinste Susi. »Aber es ist euer erstes Weihnachtsfest in der neuen Wohnung, also sollte Rita besser dankbar sein, dass du sie überhaupt einlädst.«

»Dankbar?«, seufzte Ninnie. »Ich glaube, sie weiß gar nicht, wie sich das anfühlt.«

Und leider war das die Wahrheit.

»Da hast du auch wieder recht!«

Wie gerne hätte Ninnie ihre eigenen Eltern eingeladen, aber beide waren bereits verstorben. Ihre Mutter an Krebs, ihr Vater an einem Herzanfall. Wie sollte sie also die einzigen Großeltern, die ihre Tochter noch hatte, nicht einladen? Denn Hannes wollte die Weihnachtsferien ja in der Karibik verbringen. Er hatte vor, morgen abzufliegen. Das hatte Susi ihr gesteckt. Kein Wunder, im Gegensatz zu ihr war ihm Weihnachten nie wichtig gewesen.

»Danke noch einmal für die tolle Einladung.«

Sie küsste ihre beiden Freundinnen zum Abschied und verabschiedete sich in Windeseile von allen anderen. Hannes und Linda, die zu ihrem Pech justament in diesem Moment von der Terrasse kamen, ignorierte sie einfach. Der Einzige, den sie nicht zum Abschied küsste und dem sie keine frohen Weihnachten wünschen konnte, war Linus, was Ninnie leidtat. Aber da sie ihn nirgends sah, verzichtete sie darauf, ihn zu suchen, und rauschte in den Vorraum ab.

Weihnachtsengel

S o stand Ninnie nun vor dem großen Wand-
schrank im weitläufigen Eingangsbereich mit
der riesigen afrikanischen Statue, öffnete die
Schiebetür und suchte. Irgendwo musste doch ihr schwarzer
Mantel sein?

Ah ja. Da war er.

Sie schlüpfte in den ersten Ärmel und plötzlich wurde der
Mantel von hinten hochgehalten. Verwundert drehte Ninnie
sich um und sah direkt in seine hellblauen Augen. Ihr Herz
begann wie immer, unangemessen wild zu schlagen.

»Äh, danke.«

Schnell schlüpfte sie auch in den zweiten Ärmel und Linus
ließ den Mantel los.

»Gern geschehen. Du willst schon gehen?«

»Ja. Muss ich«, log sie ihn an. Es war erst sechs Uhr am
Abend und sie hätte auch locker noch ein, zwei Stunden bleiben

können, um anschließend den Baum fertig zu schmücken, denn einen Großteil hatte sie bereits erledigt. Aber noch länger ertrug sie diese Feier nicht.

Zu ihrer Verwunderung suchte Linus ebenfalls nach seinem Mantel und zog ihn an.

»Du gehst auch schon?«

Vermutlich lag es an Chantal, die schon irgendwo mit ihren gefährlich langen Beinen und ihrem langen blonden Haar auf ihn wartete. Musste wohl der Barbie-Effekt sein, auf den er stand. Also nie im Leben auf eine zwar sehr schlanke, aber sehr kleine Frau mit langem dunkelbraunem Haar wie sie.

»Ja, ich habe noch ein Date.«

Stich, Herzstolpern, Blick zu Boden.

Warum fragte sie auch?

»Verstehe.«

Er hielt die Tür auf und vor ihm trat sie in den beleuchteten Vorgarten von Susis Haus. Die Kälte schlug ihr wie eine Wand entgegen. Zur Busstation war es nicht weit und anschließend würde sie die U-Bahn nehmen.

Direkt auf der Straße angekommen, drehte Ninnie sich noch einmal kurz um. »Dann wünsche ich dir noch einen schönen Abend und fröhliche Weihnachten, Linus.«

»Ich dir auch, Ninnie. Und Sophie ebenfalls. Genießt eure Ferien.«

Linus machte einen Schritt auf sie zu und küsste sie auf beide Wangen. Schnell und flüchtig. Wie Freunde einander eben küssen. Oder war es vielleicht doch ein wenig mehr? Denn er sah ihr dabei für einen Moment tief in die Augen, was ihren Bauch in Aufruhr versetzte. Schnell versuchte Ninnie wie immer, diese seltsamen Gefühle zu verdrängen oder zumindest zu ignorieren.

»Danke, aber ich habe keine, nur die Feiertage, dann muss ich zurück an die Arbeit.«

In die Werbeagentur, wo sie einen Job im Büro gefunden hatte. Zwar nicht top bezahlt, aber wenigstens etwas.

14

»Dann eben nur die Feiertage«, schmunzelte er und sah mit seinem braunen Hut und dem kurzen Wollmantel wie ein Star aus. Aber das war Linus ja irgendwie auch.

Gedankenverloren sagte Ninnie: »Danke, du auch«, und ging los. – In Richtung der Bushaltestelle.

Unter den Sohlen ihrer Stiefel knirschte der festgetretene Schnee, der noch nicht geräumt worden war, doch das bemerkte sie gar nicht, denn ihre Gedanken waren bei ihm. Linus.

Unglaublich. Mit dem Renovieren einer kleinen Wohnung hatte er begonnen, und nun war er einer der reichsten Österreicher. Kaufte bankrotte Firmen, sanierte sie und verkaufte sie wieder. Nicht nur hier, auch in Deutschland. Er war des Öfteren in den Nachrichten, gab aber kaum Interviews, dafür hatte er einen Sprecher, und was er privat tat, wusste auch niemand wirklich. Zumindest nicht die Öffentlichkeit. In ihrer Runde aber natürlich alle. Jetzt war er also schon wieder mit Chantal zusammen. Das wievielte Mal war das? Mindestens das fünfte oder sechste Mal. Selbst Marcus fand sie schrecklich. Nun ja, kein Wunder, dass die Frauen bei ihm nun Schlange standen. Was hatte sie sich gedacht? Dass ein Traummann wie Linus nach der Trennung von Nathalie vor ein paar Monaten alleine blieb?

»Fährst du mit dem Bus?«

Ninnie fuhr vor Schreck zusammen, denn sie hatte seinen Tesla nicht kommen hören. Hinter der heruntergelassenen Scheibe erschien sein Gesicht.

»Äh, ja. Die Haltestelle ist ja gleich da vorne.«

Automatisch sprang die Beifahrertür auf. »Komm, steig ein. Ich bringe dich nach Hause.«

Ninnies Herz klopfte bis in den Hals. Das war aber süß von ihm. Ob sie seine Blicke, die sie immer wieder erhaschte, doch richtig gedeutet hatte? Vielleicht war er ja auch ein klein wenig an ihr interessiert?

Blödsinn. Er hatte doch gerade gesagt, dass er ein Date mit Chantal hatte. Ninnies Puls beruhigte sich wieder und etwas enttäuscht sagte sie: »Ist nicht nötig, du hast es sicher eilig, aber danke.«

Noch immer über den Beifahrersitz gebeugt, sah er sie an und zog die Augenbrauen hoch. »Du willst lieber mit dem Bus fahren, als von mir chauffiert zu werden?«

Natürlich nicht!

»Ich gehe gerne ein paar Schritte. Nach dem vielen Punsch tut mir das gut.«

Er verdrehte die Augen. »Jetzt steig schon ein, Ninnie, bevor ich dir das ernsthaft glaube.«

Mit einem Seufzer tat sie es.

»Wo wohnst du denn jetzt?«

Ninnie nannte Linus die Adresse.

»Tatsächlich?«

Wieso lächelte er so verschmitzt?

»Mitten in der Stadt also. Gute Wahl.«

Geräuschlos fuhr er los.

»Ja, mag sein. Ich wollte, dass Sophie öffentlich überall hinkommt.«

Wieder einer seiner kurzen, aber sehr intensiven Blicke von der Seite. »Wie findet sie die neue Wohnung?«

»Nun ja, langsam gewöhnt sie sich dran, aber anfangs hat sie die Wohnung gehasst und das Haus sehr vermisst. Vor allem den Garten.«

Und ihr großes Zimmer, um genau zu sein.

»Das ist sicher schwer ...« In dem Moment unterbrach ihn sein Telefon. »Entschuldige, da muss ich kurz drangehen.« Er nahm den Anruf über die Freisprechanlage entgegen. Ninnie nickte nur.

»Wie lange willst du mich noch warten lassen?«, blaffte ihn eine helle Frauenstimme an und Ninnies Herz sackte vollends in sich zusammen. Das war Chantals Stimme!

»Ich bin schon am Weg. Sorry, hat etwas länger als angenommen gedauert.«

16

Das blonde Gift fuhr seine Fangzähne aus und er ließ sich alles geduldig gefallen, was sie ihm an den Kopf warf. Ninnie war es peinlich, Ohrenzeuge der Schimpftirade zu werden, die seine neue alte Freundin hier vom Stapel ließ, aber was blieb ihr übrig? Zumindest konnte sie aus dem Fenster sehen, um Linus das Gefühl zu geben, nicht zuzuhören. Aber es tat ihr weh. Wie konnte er sich das alles so widerspruchslos gefallen lassen? Er sah gut aus, war groß, supererfolgreich und ein Denker. Eloquent. Intelligent und extrem lustig. Aber jetzt gerade benahm er sich wie ein Waschlappen, dem das Hirn bei dieser Tussi wohl wieder einmal in die Hose gerutscht war. Vielleicht aus Gewohnheit?

»Vergiss es!«, brüllte sie durch die Anlage. »Ich gehe jetzt!« Chantal legte einfach auf.

Linus atmete laut aus und sagte gedankenverloren: »Sorry.«

»Hör mal, wenn ich schuld an deiner Verspätung bin, tut es mir wirklich leid. Du kannst mich auch gerne an irgendeiner U-Bahn-Station rauslassen.«

»Sicher nicht, Ninnie. Das macht Chantal immer. Du kennst sie.«

Ja. Leider.

Ninnie konnte nicht anders, daher fragte sie: »Und warum lässt du dir das gefallen?«

Linus fuhr sich etwas genervt durchs braune Haar. »Ich weiß es nicht.«

Aber Ninnie wusste es. Ihm war es egal, was sie sagte, solange er das von ihr bekam, was er wollte: Sex. Und ein paar Abende in Restaurants, bei seinen Kurztrips oder sonst wo. Vielleicht hatte er Angst, allein zu sein?

»Dann seid ihr also wieder fix zusammen? Warum hast du sie heute nicht mitgebracht?«

»Nun ja, ich wollte es nicht. Deshalb ist sie ja so wütend auf mich. Aber ja, wir versuchen es noch einmal. Wie es ausgeht, werden wir sehen.«

Dass etwas in Ninnie gerade gestorben war, versuchte sie, mit Empathie und Fröhlichkeit zu überspielen, denn den Zweifel, der in seinem letzten Satz lag, hatte sie nicht mehr wahrgenommen.

»Du wirst sehen, Linus, diesmal wird es sicher besser laufen. Das zeigt doch alleine schon, dass ihr wieder zueinandergefunden habt.« Sie fand zum Kotzen, was sie da sagte, aber es war das einzig Richtige. »Kauf Chantal am Weg ein paar Blumen und sie wird sich sicher ganz schnell wieder einkriegen. Es ist doch nichts passiert, außer dass du offensichtlich ein paar Minuten zu spät dran bist.«

Linus schickte ihr einen ungläubigen Blick. »Nicht alle Frauen sind so verständnisvoll und unkompliziert wie du. Hannes ist ein echter Idiot.«

Ninnie versuchte, zu lächeln. »Ja, ist er. Aber ich bin froh, dass ich nichts mehr mit ihm zu tun habe.«

»Bist du?«

Heftig nickte sie. »Oh ja. Zu tausend Prozent.«

»Das sind ja neunhundert mehr als nötig«, grinste er.

»Stimmt. Du, da vorne wohne ich.«

»In dem Haus?«

Linus parkte seinen Wagen direkt davor.

»Ja, wieso?«

Es war ein wirklich schöner Altbau. Fünf Stockwerke hoch, ohne Lift zwar, aber dafür gab es auf jedem Stockwerk nur eine Wohnung, was Ninnie als sehr angenehm empfand. Direkt daneben war ein traumhaft schöner und frisch renovierter Altbau, ein richtiges Stadtpalais mit einer umwerfenden Dachterrasse. Rundum Glasscheiben. Mehr konnte man von unten leider nicht sehen. Noch war niemand eingezogen, aber Ninnie war schon gespannt auf ihre neuen Nachbarn.

»Ach, nur so.«

Linus beugte sich zu ihr und verabschiedete sie wieder mit zwei Küsschen, was Ninnie als ungewöhnlich empfand, da sie wusste, dass er diese Küsserei unter Freunden, also den weiblichen, denn die männlichen umarmten sich nur kurz oder gaben einander ohnehin nur die Hand, im Grunde aus ganzem Herzen hasste, und sie hatten sich ja bereits voneinander verabschiedet.

Nicht nur einmal hatte er das lautstark geäußert, aber Susi sagte dazu immer, dass er, Linus *Howard* Wagner, wie sie ihn dann neckend immer nannte, da einfach durchmüsse. Das brachte Linus immer zum Lachen, denn selbst er wusste, dass der Vergleich mit dem Phobiker *Howard Hughes* zwar eine Übertreibung, aber auch nicht ganz von der Hand zu weisen war.

Wie gerne hätte Ninnie ihm geraten, Chantal, das Biest, einfach zu vergessen und stattdessen mit ihr gemütlich ein Glas Wein bei Weihnachtsmusik zu trinken, aber das kam nicht infrage, daher sagte sie zum Abschied nur: »Ich hoffe, zwischen euch renkt sich alles wieder ein. Vergiss die Blumen nicht, und fröhliche Weihnachten euch beiden.«

Schnell stieg sie aus, hörte noch, wie er ihr »Euch beiden auch« nachrief, und sperrte die Haustür auf.

Wieder zuhause, machte Ninnie sich sofort an die Arbeit. Kurz hatte sie einen Blick in Sophies Zimmer riskiert, aber die hatte ihr deutlich mit einem genervten Blick zu verstehen gegeben, dass sie nicht gestört werden wollte, da ihre Tochter gerade mit ihrer besten Freundin Elena chattete.

Auch gut, dachte sie, suchte über ihren Fernseher eine Weihnachts-Playlist, wählte eine an und machte sich daran, den Weihnachtsbaum fertig zu dekorieren.

Kurz betrachtete sie den weißen Engel in ihrer Hand. Er war handbemalt und ihre Mutter hatte ihn ihr irgendwann einmal geschenkt. Seitdem war ein Christbaum für sie ohne diesen Engel kein Christbaum.

Gerade als sie den Engel auf der Leiter stehend an der Baumspitze befestigen wollte, rutschte er ihr aus der Hand und fiel mit einem dumpfen Krach auf den Boden. Zerschellte in lauter Einzelteile.

»Neiiin!« Ninnie sah schockiert auf die Splitter. »Nicht Mamas Engel!«

Sie hätte ahnen können, dass das, justament am Vorabend von Weihnachten, kein gutes Omen war. Doch sie beruhigte sich selbst mit dem Gedanken, dass so etwas eben passieren konnte und sie einen neuen, ähnlichen Engel finden würde. Traurig war sie dennoch, doch sie hatte keine Zeit, lange darüber nachzudenken, denn ihre innerliche Liste an Arbeiten, die noch anstanden, war viel zu lang und außerdem fragte sie sich immer wieder, was Linus für sie war. Wieder einmal ging er ihr einfach nicht aus dem Kopf. Es war wohl besser für sie, wenn sie ihn nicht sah. Daher nahm sie sich vor, die nächsten Einladungen ihrer Clique einfach nicht anzunehmen. Je länger sie ihn nicht sah, desto besser war es für sie.

Doch da war er schon wieder. Lächelte sie an und streckte ihr seine Hand entgegen. Was sollte das? War er bloß eine Fantasie, um der grausamen Realität zu entfliehen, dass sie allein war? Ein Hirngespinst, das, wenn sie ganz ehrlich zu sich selbst war, schon lange vor dem Scheitern ihrer Ehe ganz zaghaft begonnen hatte, sich schleichend und beinahe unmerklich in ihren Gedanken einzunisten? Sicher war, dass sie sich im letzten Jahr allmählich tatsächlich in ihn verliebt hatte. Weil sie gerne in seiner Nähe war. Gerne mit ihm redete und sich von Linus immer wahrgenommen und gesehen gefühlt hatte. Ganz im Gegensatz zu Hannes oder den anderen Männern. Und ja: Er zog sie an. Wie ein Magnet und ganz und gar nicht jugendfrei. Wie oft war Linus der letzte Gedanke, den sie vor dem Einschlafen dachte? Wie oft führte sie mit ihm Zwiegespräche, von denen er nie erfahren durfte? Sie wusste es nicht, aber sie wusste, dass sie auch diese Gedanken wegschieben musste, denn dieses Weihnachtsfest sollte etwas Besonderes werden. Sophie zuliebe.

Aus all diesen Gründen und weil sie auch noch zusammen-räumen und ihre Einkaufsliste für morgen früh schreiben musste, schenkte sie diesem kleinen Unglück nur einen weiteren Seufzer, stieg von der Leiter und rief: »Sophie! Holst du mal Besen und Schaufel? Leider ist mir Omis Engel runtergefallen.«

Sie lauschte und ärgerte sich. Wie immer keine Antwort. Was auch immer im Kopf ihrer Tochter vorging, sie verstand es nicht und leider sagte Sophie es ihr auch nicht. Vermutlich hatte sie jedoch noch immer die Kopfhörer auf und sprach in ihrem nagelneu eingerichteten Zimmer, das sie sofort mit jeder Menge Postern von Manga-Figuren verschandelt hatte, nach wie vor mit Elena und träumte sich weg.

Wieso brachte Sophie Weihnachten so wenig Interesse entgegen? Ninnie tat das alles doch nur für sie. Das meiste zumindest. Dass sie ihre Großeltern eingeladen hatte, auf jeden Fall.

Entnervt ausatmend klaubte sie die größeren Scherben des weißen Porzellan-Engels selbst auf, warf sie in der Küche in den Müll, um den kleinen Scherben dann mit dem Staubsauger zu Leibe zu rücken.

Ihr Fernseher stimmte das nächste Lied an und Ninnie nahm völlig automatisch eine weitere Glaskugel aus der Schachtel, um sie an den Baum zu hängen, der schön groß war, aber nicht ganz bis an die Decke reichte. Geduldig hing sie eine Kugel nach der anderen, kleine Figuren und am Schluss noch weiße und goldene Ketten auf die Tanne.

Kurz betrachtete sie ihr Werk. Ja. Er war schön geworden. Die Kerzenhalter mit echten Kerzen hatte sie schon heute Nachmittag angebracht, also war sie fertig. Genau so stellte sie sich einen Christbaum vor. In Gold, Silber und Weiß, dicht behangen und richtig festlich. Nur die Spitze sah nackt ohne den Engel aus. Vielleicht fand sie morgen irgendwo einen, wenn sie einkaufen ging.

»Mom?«

Sie fuhr herum. »Ja, Schatz?«

Oh, Sophie hatte sich umgezogen. Stand nun in einem rot-grün gemusterten Wollkleid zu einer dicken Strumpfhose im selben Grün und geschminkt in der Tür. Süß sah sie aus.

»Ich geh noch mal weg.«

Jetzt? Am Abend vor Weihnachten?

Aber Sophie war achtzehn, also sagte sie nur: »Wohin denn?«

»Nur zu Elena. Ein paar Freunde kommen auch noch.«

»Ich dachte, du wolltest mir noch helfen?«

»Wobei denn? Du hast doch schon alles fertig gemacht. Übrigens: Der Baum ist toll!«

Nichts war fertig, aber das war der erste Abend von Sophies Weihnachtsferien und den wollte sie ihr nicht gleich vermiesen.

»Ja, nicht? Danke, Schatz. Also geh schon, aber pass auf dich auf. Du weißt, draußen in der Kommode ist das Notgeld, also nimm dir im Ernstfall ein Taxi.«

Ihre Tochter schüttelte den Kopf. »Mom! Ich bin schon erwachsen, also mach dir keine Sorgen. Ich nehme die U-Bahn.«

»Sophie! Ich werde mir auch noch Sorgen um dich machen, wenn du sechzig und selbst Oma bist!«

»Mom!«, rief Sophie, verdrehte die Augen, drückte ihr einen Kuss auf die Wange und verschwand ohne ein weiteres Wort in Richtung Vorzimmer.

Und jetzt?

Plötzlich war es wieder da, dieses dunkle Gefühl der Einsamkeit. Es hüllte sie ein wie eine Decke, doch statt Wärme zu spenden, hinterließ es Erfrierungen auf ihrer Seele. Nur kleine Punkte zwar, aber dennoch.

Ninnie schüttelte unwillkürlich den Kopf. *Aus jetzt. Ich werde noch staubsaugen, alle Kartons zurück in die Schränke packen, dann hole ich mir ein Glas Wein und werde die letzten Päckchen bei einem richtig kitschigen Weihnachtsfilm einpacken. Das klingt doch nach einem Plan.*

Vier Stunden später, es war bereits kurz nach Mitternacht, war sie endlich fertig. Das Wohnzimmer blitzte, sie hatte in ihrem Überschwang auch gleich den Tisch festlich gedeckt und dekoriert, die Päckchen lagen unter dem Baum und der Film hatte sie tatsächlich in Weihnachtsstimmung versetzt. Es war eine Schnulze gewesen, aber genau das hatte sie gebraucht.

An sich wollte Ninnie warten, bis Sophie nach Hause kam, aber ihr fielen immer wieder vor dem Fernseher die Augen zu, also schleppte sie sich erst ins Bad und dann nur noch ins Bett. Morgen war Weihnachten und danach konnte sie sich endlich zwei Tage lang entspannen. Ihr fiel auf, dass dieses Gefühl, diese Ruhe und das Beinahe-Stillstehen der Zeit, welches sie so sehr an Weihnachten liebte, erst eintrat, nachdem der Trubel rund um den Heiligen Abend vorbei war.

Tannenduft

*H*eute ist Weihnachten!

Als der Wecker um sieben Uhr morgens klingelte, fühlte Ninnie sich todmüde, krabbelte aber sofort aus dem Bett, da sie vor dem großen Ansturm auf die Geschäfte einkaufen wollte. Ein kurzer Blick ins Zimmer ihrer Tochter genügte, um zu wissen, dass sie nicht vor Mittag mit Sophies Unterstützung rechnen konnte, so tief und fest wie ihre Tochter noch zusammengerollt schlief. Dabei sah sie aus wie ein Engel! Leise zog sie Sophies Tür wieder zu und dachte: *Na gut, dann mach ich mich mal allein an die Arbeit.*

Ninnie schaffte alle Punkte ihrer Liste und noch unzählige kleine Handgriffe mehr und so hatte sie kurz nach ein Uhr mittags alle Vorbereitungen geschafft: Das Fleisch war geschnitten, die Saucen für das Fondue waren in kleinen Schälchen vorbereitet und ein bunter Blattsalat war gewaschen. Alles wartete im Kühlschrank auf den großen Auftritt und sie hatte auch die traditionelle Flasche Champagner eingekühlt. Die Nachspeise, ein Zimt-Parfait, hatte sie bereits vor zwei Tagen zubereitet und lag in der Tiefkühltruhe. Der Beerenspiegel, auf dem sie es später servieren würde, stand zum Auskühlen am Herd. Weihnachtslieder laut mitsingend war sie durch ihre Altbauwohnung gefegt, die nun glänzte, zusammengeräumt und liebevoll dekoriert dem großen Moment entgegensah.

Erst hatte sie Sophies Zimmer nicht angerührt, da Ninnie der Meinung war, das müsse Sophie selbst erledigen. Doch dann fiel ihr ein, dass ihre Schwiegereltern noch nie hier gewesen waren und sicher auch dieses Zimmer sehen wollten, daher hatte sie Sophie gegen Mittag mit einem Kuss und einer heißen Tasse Tee aus dem Bett geworfen, unter deren Protest Staub gesaugt, alles achtlos Herumliegende in einen Kasten geräumt und zum Schluss, nachdem Sophie endlich ins Badezimmer gegangen war, das Bett gemacht.

Den Satz »Ich mag aber überhaupt nicht zu Dad fahren« hatte sie mit Fröhlichkeit und »Du wirst sehen, wenn du erst dort bist, wirst du es schön finden, es ist doch Weihnachten« niedergeschmettert. Drei Kleider später, das letzte, ein silbernes Minikleid, gefiel dann auch Sophie, schob sie endlich ihre entzückend aussehende Tochter zur Tür hinaus und betete, dass sie nicht gleich wieder umdrehte und auch tatsächlich zu ihrem Vater fuhr.

Sophie wollte um Punkt vier Uhr zurück sein, einerseits, weil Hannes ohnehin am frühen Abend mit Linda abfliegen würde, und andererseits, weil sich um Punkt vier Uhr am Nachmittag Sophies Großeltern angesagt hatten. Wie jedes Jahr. Der Zeitpunkt war für Rita unverhandelbar.

Nun stand Ninnie vor dem Tisch im Wohnzimmer und betrachtete mit ihren Händen in den Hüften zufrieden ihr Werk. Der Engel am Baum fehlte, aber dennoch sah er festlich und edel aus.

Perfekt! Einfach perfekt. Heute wird nichts schiefgehen, denn das ist unser erstes Weihnachten in unserem neuen Leben. Sophie und ich haben uns das verdient.

Sie würde die Untergriffe ihrer Schwiegermutter, die wie das *Stille Nacht* vorhersehbar waren, hinunterschlucken und, nachdem Rita und Othmar gegangen waren, hier mit Sophie einen richtig gemütlichen Abend verbringen. Mit Keksen und Weihnachtsliedern, vielleicht sogar mit ein paar Brettspielen, wie früher, als sie klein gewesen war.

Ninnie checkte ein weiteres Mal die Uhrzeit auf ihrem Handy. Wow. Sie hatte also noch beinahe drei Stunden Zeit, sich ausschließlich um sich selbst zu kümmern, was geradezu himmlisch war. Das Staubtuch in ihrer Hand warf sie schwungvoll in die Spüle und ging fröhlich *Jingle Bells* summend ins Bad.

Eine Dusche samt Haarwäsche später fühlte sie sich noch besser. Mit ihrer frisch gestylten Frisur und vorsichtig wegen des neu aufgetragenen Make-ups schlüpfte Ninnie in ihr bodenlanges blassrosa Kleid. Allerdings kämpfte sie mit dem Reißverschluss am Rücken. *Zu dumm! Zum Schließen des Reißverschlusses braucht man also einen Mann? Oder eine Tochter. Wie doof war das denn?*

Hüpfend, sich verrenkend und immer wieder in den Spiegel in ihrem Schlafzimmer blickend schaffte sie es trotz aller Akrobatik nicht, dieses blöde Kleid am Rücken zuzubekommen. Doch dann fiel Ninnie ein, dass sie es mit einem Kleiderbügel versuchen könnte. Einem aus Draht. Gedacht, getan, und nach ein paar Versuchen war das verflixte Ding am Rücken hochgezogen.

Wunderbar. Geht ja. Auch ohne Mann. Man, oder besser frau, musste einfach nur erfinderisch sein, dachte sie stolz.

Ninnie wählte silberne High Heels zum Kleid und betrachtete sich im Spiegel. Ja, sie sah gut aus. Ihr langes dunkelbraunes Haar hatte sie locker am Hinterkopf zu einem Knoten gedreht und hochgesteckt, ihr Lippenstift war dezent und sie hatte ihre

Augen optisch durch erdfarbenen Lidschatten vergrößert. Alles war so, wie sie es sich vorgestellt hatte, und ihr blieben zwei volle Stunden für sich allein. Wenn das kein gutes Omen war?

Weihnachtslieder berieselten die Wohnung und der Duft der Kekse, gemeinsam mit jenem von ätherischen Ölen, verströmte dieses heimelige Gefühl in der ganzen Wohnung, das für sie Weihnachten war. Schnurstracks stöckelte Ninnie in die Küche und öffnete abermals den Kühlschrank. *Soll ich oder soll ich nicht?*

Sie war richtig hungrig und heute war doch Weihnachten. Also warum sollte sie es sich nicht auch einmal gut gehen lassen und ein großes Stück vom Schokokuchen essen, den Sophie gestern Nacht mitgebracht hatte? Ninnie holte den Teller heraus und zog die Alufolie herunter. Ja! Dieses große Stück Schokoladenkuchen, das sie beim Umschichten des Essens entdeckt hatte, lachte sie einfach viel zu verführerisch an.

Voller Vorfreude schnitt Ninnie ein großes Stück ab und stellte den Rest zurück. Dann hatten die Mädels gestern Abend also noch Kuchen gebacken. Und sie machte sich immer solche Sorgen, dass die beiden auf schräge Gedanken kämen. Bei Elena war Ninnie nämlich nie sicher, was ihr als Nächstes einfallen würde, denn im Moment war ein Teil ihres langen blonden Haars hellblau gefärbt und neuerdings lief sie mit schwarzen Fingernägeln und Klamotten herum. Aber Ninnie kannte Elena von klein auf und wusste, dass sie ein großes Herz hatte. Sie war Sophies Stütze in der schlimmsten Zeit ihrer Trennung und immer für ihre Tochter da gewesen, also warum wartete sie ständig darauf, dass den beiden ein riesengroßer Unsinn einfallen könnte? Elena war eben, was ihr äußerliches Erscheinungsbild betraf, ein wenig expressionistisch veranlagt und liebte die Provokation. Aber meine Güte, Haare konnte man umfärben, also so schlimm war das ja wirklich nicht.

Ninnie hielt den Teller in der Hand, doch irgendetwas fehlte. Ah! Schlagobers.

Sie sprühte eine ordentliche Portion auf den Kuchen. Nun war alles perfekt. Noch eine Tasse frischen Kaffee dazu, herrlich.

Ninnie setzte sich an den kleinen Tisch in der Küche, an dem sie mit Sophie täglich frühstückte, und genoss jeden einzelnen Biss des Kuchens sowie jeden Schluck des schwarzen, intensiven Kaffees. Ein doppelter Espresso. Der würde sie so richtig aufputschen.

Sie war es gewohnt, auf ihre Figur zu achten, aber heute war Weihnachten und auch wenn der Kuchen etwas seltsam roch und schmeckte, er war toll. Die Mädels hatten wohl ein komisches Rezept mit Kräutern ausprobiert. Aber sie hatten gebacken. Das war für Sophie schon ein Fortschritt in eine sinnvolle Freizeitbetätigung. Nur zu chatten oder Serien zu streamen, war es aus Ninnies Sicht nämlich nicht. Das bezeichnete sie als Realitätsverweigerung.

Gedankenverloren saß sie da, ignorierte die Tatsache, dass der Himmel draußen grau und bewölkt war, und konzentrierte sich stattdessen auf dieses wunderbare Gefühl, endlich einmal stressfreie Weihnachten zu erleben. Weihnachten und Schoko! Dazu *Peace on Earth, Little Drummer Boy* mit Bing Crosby und David Bowie. Einer ihrer persönlichen Weihnachtsklassiker. Wenn das nicht zusammenpasste?

Sie steckte sich einen weiteren Löffel voll Kuchen mit einem Häubchen aus Sahne in den Mund und verdrehte genussvoll die Augen.

Himmlisch!

So musste Weihnachten schmecken, riechen, sich anhören, und ja, so relaxt sollte es sich auch anfühlen. Das war ein Weihnachten, ohne dass Hannes sie heruntermachte, wo sie denn überall etwas hingestellt hätte, das ihn nervte, und auch ohne seine Frage gegen Mittag, was er denn seinen Eltern zu Weihnachten schenken würde. Natürlich wusste er es nie, denn er hatte es ja auch von Anfang an ihr überlassen, alle Weihnachtsgeschenke zu besorgen.

Ninnie seufzte. Der Gipfel war das Fest letztes Jahr gewesen. Sie hatte wirklich tolle Weihnachtsgeschenke für Sophie, Hannes und seine Eltern gefunden, und was bekam sie von ihm? Vier Bücher. Lustige Liebeskomödien, weil sie die ja so gerne mochte. Es ging ihr nicht um den Wert der Geschenke, aber dass Hannes ihr auch noch gestanden hatte, dass er sie in der Innenstadt, bevor er sich mit Marcus und Linus auf einen Weihnachtsumtrunk getroffen hatte, schnell in irgendeinem Geschäft mitgenommen hatte, das war zu viel für sie gewesen. Ja, sie liebte diese Bücher, aber das war nicht der Punkt dabei. Später hatte sie sich heimlich in den Schlaf geheult, weil sie diese Lieblosigkeit und Achtlosigkeit ihr gegenüber einfach nicht verstehen konnte. Nur einen Monat später war dann klar gewesen, warum er keinen liebevollen Gedanken an ihr Weihnachtsgeschenk verschwendet hatte. Aber damit war es nun vorbei. Dieses Jahr hatte sie sich selbst ein Geschenk gekauft und verpackt. Süße Silber-Ohrringe mit je einem kleinen Delfin als Anhänger. Der Silberschmuck war nicht teuer gewesen, aber da sie Delfine liebte, hatte sie nicht widerstehen können. Es hätte auch eine dazu passende Kette gegeben, aber die würde sie sich vielleicht zum Geburtstag schenken.

Hab ich das wirklich alles verputzt?

Ninnie hatte den gesamten Kuchen aufgegessen, und es war bei Gott kein schmales Stück gewesen, das sie sich gegönnt hatte, und kratzte jetzt mit dem Löffel noch die letzten Krümel und den letzten Tupfen Schlagobers vom Teller. Einfach genial! So könnte Weihnachten immer für sie starten.

Mit diesem Gefühl des inneren Friedens, ja, einem seltsamen Glücksgefühl, das sie gar nicht kannte, gepaart mit einem wohligen Gefühl der Entspanntheit, saß sie da und schaute lächelnd ihre weiße Küche an.

Ich muss Sophie nach dem Rezept fragen! Diesen Kuchen, oder waren es mehr Brownies, egal, auf jeden Fall muss sie ihn demnächst noch einmal backen.

Ab nun war sie Herrin über ihr Leben, und ja, es fühlte sich gut an. Richtig gut. Geradezu verboten gut. Der nächste Mann in ihrem Leben müsste schon verdammt besonders sein, damit sie diese neu gewonnene Freiheit wieder aufgab.

So besonders wie Linus?

Plötzlich lachte Ninnie so laut auf, dass sie im ersten Moment vor ihrem eigenen Gekicher erschrak. *Linus! Ja. So besonders wie er. Und so sexy wie er ...* Doch warum sollte sie das nicht denken dürfen? Noch dazu, wo er gerade dermaßen verführerisch vor ihrem inneren Auge vor ihr lag? Nackt unter ihrem Christbaum. Als ihr Weihnachtsgeschenk ... mit nichts als einer großen dunkelblauen Schleife um sein ...

Gott, war das ein Bild!

Ninnie konnte nicht mehr aufhören, wie ein Teenager zu kichern, und verlor sich in einem Tagtraum, wie sie in dieser Art noch nie einen von ihm gehabt hatte. Jeder Gedanke war wie ein Gemälde. Farbenfroh, so klar und untermalt von so intensiven Gefühlen, wie sie sie noch nie empfunden hatte.

Ob sie rot wurde? Vermutlich, aber sie fand die Bilder so amüsant, dass sie einfach weiter vor sich hin lachte und schlicht und ergreifend glücklich war. Dass sie rote Backen hatte, konnte sie fühlen, aber es amüsierte sie nur noch mehr.

Noch mit der Kuchengabel in der Hand, hin und wieder leckte sie sie ab, in der Hoffnung, dass noch ein Hauch vom Schokogeschmack darauf übrig war, der, nur nebenbei bemerkt, perfekt zum Tannenduft passte, den ihr Christbaum verströmte, saß Ninnie einfach nur da und schwebte auf einer rosaroten Wolke. Starrte ins Nichts, verlor die Zeit und jagte auf ihr durch geradezu himmlische Szenen, wie ihr Leben an seiner Seite sein könnte.

Sie tanzte mit ihm vor dem offenen Feuer eines Kamins um einen Weihnachtsbaum, der nicht ihrer war. Lief Hand in Hand mit ihm durch Schneeflocken, die sich, berührten sie ihr Gesicht, wie zärtliche Küsse anfühlten. Je weiter sie ihre Gedanken in dieses Traumland entführten, desto wohliger wurde ihr im Bauch. Liebe erfüllte sie und strömte scher und süß wie Honig durch ihren Körper. Zunehmend entspannte sie sich und schloss die Augen.

Gerade als sie sich selbst dabei zusehen konnte, wie sie sein Weihnachtsgeschenk öffnete, Linus aufstand und sie leidenschaftlich in seine Arme zog, ließen Stimmen draußen im Gang vor ihrer Eingangstür sie aufschrecken. Waren das bereits ihre Schwiegereltern?

Sie blickte auf ihr Handy vor sich und erschrak. Das konnte nicht sein. Sie hatte sich doch eben erst hingesetzt und jetzt war es bereits drei Uhr? Wo war die Zeit hin verschwunden?

Ninnie wollte aufspringen, doch es tat sich rein gar nichts. Wie ein Stück Blei weigerte ihr Körper sich, den Befehlen ihres Geistes zu folgen. Sie riss die Augen weit auf und fühlte mit einem Schlag, wie sich etwas in ihrem Körper ergoss. Warm. Nein. Heiß. Ihr Glieder waren schwer. Unbeweglich.

Angst schnürte ihr Herz ein. Ihre Brust wurde eng, steif, und ihre Kehle war trocken. Ninnies Gedanken begannen, zu rasen, und ihr Puls ebenso. Sie konnte sich kaum bewegen und schon gar nicht aufstehen. Hilfe! Sie brauchte Hilfe. Und zwar sofort.

Sophie?

Nein.

Susi.

Susi musste herkommen.

Sie musste sie anrufen.

Jetzt!

Ninnie schob die Angst weg, konzentrierte sich auf ihren rechten Arm, der sich anfühlte, als hätte er nichts mit ihr zu tun, sondern baumelte nur zufällig neben ihrem Körper. Irgendwie, und sie wusste tatsächlich nicht, wie und warum oder wie lange sie es versucht hatte, schaffte sie es, ihre Hand in Zeitlupe nach vorne in Richtung ihres Handys auszustrecken. Auf das Display zu drücken. Mit ihrem Daumenabdruck das Handy zu entsperren, den Lautsprecher anzutippen und auf Susis Kontakt zu drücken.

Gott sei Dank!

Susi musste sie retten, und zwar sofort! Sie durfte nicht sterben. Wer starb denn am Heiligen Abend? Niemand.

Genau.

Was Ninnie nicht wusste, war, dass ihre beste Freundin gerade schwer beschäftigt war. Sie hörte ihr Handy zwar, bat aber ihren Mann: »Marcus? Kannst du mal bitte rangehen?«

Es klingelte nämlich irgendwo in ihrem Schlafzimmer, aber Susi stand gerade vor ihren Kleidern im Schrankraum und konnte sich nicht entscheiden, welches sie anziehen sollte.

»Sorry, bin im Bad«, rief er zurück.

»Okay!«

Nur mit ihrem Spitzenbody bekleidet ging Susi doch selbst nach nebenan, aber da erstarb der Klingelton. Sie sah auf ihr Handy. Ach, es war bloß Ninnie. Sie würde sie später zurückrufen, denn sie musste sich beeilen. Bald würden ihrer beider Eltern und auch ihre Schwester samt Familie erscheinen und sie hatte noch einiges zu erledigen.

Nun piepste ihr Handy. Vermutlich hatte Ninnie ihr eine Sprachnachricht hinterlassen. Super. Spätestens am Weg zum Flughafen, wenn der Trubel hier vorbei war, würde sie mit ihr quatschen. Das hatte sie ohnehin vorgehabt.

Um nicht gleich wieder von irgendjemand anderem gestört zu werden, stellte sie ihr Handy auf lautlos, ging zurück in den Schrankraum und wühlte sich durch ihre Kleider.

Dass Ninnie es unzählige weitere Male versuchte, bekam Susi nicht mit, dafür nahm sie ein blaues Abendkleid in die Hand.

»Und? Wer war es?«, wollte Marcus wissen, der nur in Shorts bekleidet aus dem Bad zu ihr kam.

»Bloß Ninnie. Ich rufe sie später zurück.«

»Okay. Du, welchen Anzug soll ich tragen?«

Lachend schüttelte Susi den Kopf. »Was tust du, wenn ich es dir ausnahmsweise einmal nicht sage?«

Marcus zog seine Frau liebevoll in die Arme. »Endlich das tragen, was ich gerne anziehen würde.«

»Ach? Und das wäre?«

»Gar nichts. Ich finde, wir beide sind bereits perfekt angezogen.«

»Und so willst du Weihnachten feiern?«, schmunzelte Susi.

Marcus lachte. »Ja. Genau so. Übrigens: Unser Gepäck habe ich bereits am Vormittag am Flughafen eingecheckt. Das Taxi holt uns hier um neun Uhr abends ab und dann haben wir endlich Urlaub!«

»Ich kann dir gar nicht sagen, wie sehr ich mich darauf freue, Liebling! Aber ich habe mich schon gewundert, wo du die Koffer hingestellt hast.«

Marcus zog sie in seine Arme. »Haben wir noch genug Zeit?«

Susi lächelte verschmitzt. »Wofür?«

»Nun ja, du hast ja nur dieses, ähm, Spitzending an.«

Lachend schüttelte Susi den Kopf. »Nein! Vergiss es. Damit musst du bis morgen im Hotel warten.«

Marcus küsste seine Frau noch einmal leidenschaftlich. »Und wenn ich nicht will?«

Kichernd schlug Susi ihm sanft auf die Brust. »Du musst aber! Lass das!«

Er seufzte, ließ Susi aber los. »Okay, okay. Dabei dachte ich, heute ist Weihnachten.«

Freundschaftlich gab Susi ihm noch einen Klaps auf den Arm. »Jetzt tu nicht so, als würdest du nur zu Ostern und Weihnachten Sex bekommen.«

Marcus' Antwort bestand zunächst aus einem schelmischen Grinsen, dann aber sagte er: »Ist ja gut. Ich gebe mich geschlagen. Dann übe ich mich eben in Geduld und Enthaltsamkeit.«

»Nicht nur du, mein Lieber! Aber komm. Wir müssen uns wirklich endlich fertig machen.«

»Jaja«, grummelte er.

Susi hätte in diesem Moment die ganze Welt umarmen können. Bereits morgen würde sie mit Marcus einen Cocktail auf den Bahamas trinken und von da an zwei Wochen Sonne, Meer und Strand genießen. Und ja, sie freute sich auch schon unglaublich auf den Sex mit ihm. Gerade im Urlaub hatten sie ihre schönsten und spannendsten Nächte miteinander verbracht und alles zog sie weg von hier in die Karibik. Den Advent hatten sie ausgiebig genossen, sie waren des Öfteren auf Weihnachtsmärkten gewesen, Marcus' Firmen-Weihnachtsfeier war auch ein Highlight gewesen und gestern, das Punschtrinken, war lang und lustig wie jedes Jahr gewesen. Aber nun hatte Susi genug von Schneeflocken, Weihnachtsliedern und Zimtduft und freute sich riesig, dass Marcus zum ersten Mal zugestimmt hatte, bereits am Heiligen Abend in den Urlaub zu fliegen.

Das war auch der Grund dafür, warum sie heute etwas früher mit der Weihnachtsfeier beginnen wollten. Aber zum Glück würde ihre Putzfrau gleich nach den Feiertagen kommen und alles aufräumen, daher konnte sie heute alles stehen und liegen lassen. Susi freute sich unheimlich auf den Familienurlaub. Da Bennie, der bereits Ende zwanzig war, nun auch wieder eine feste Freundin hatte, würden sie Lena am Weg abholen und mitnehmen. Marcus hatte sie großzügigerweise auf diesen Urlaub eingeladen, allerdings mehr aus Eigennutz, denn ohne Lena wäre Bennie sicher hiergeblieben, aber das wollten weder sie noch ihr Ehemann.

Und Lisi, ihre neunzehnjährige Tochter, würde sowieso am liebsten in der Karibik leben. Sie war eine Wasserratte, hatte seit Jahren den Tauchschein und wäre auch bereit gewesen, ganz auf Weihnachten zu verzichten und sofort nach Schulschluss loszustarten. Aber das hatte Susi abgelehnt, denn sie liebte ihre traditionelle Einladung am Vorabend von Weihnachten und das Fest mit der gesamten Familie. Lisi hatte zwar gemurrt, aber da sie das erste Mal bereits direkt am Heiligen Abend wegflogen, war sie im Grunde dennoch begeistert und voller Vorfreude.

Ihre Tochter war auch die Erste gewesen, die ihren Koffer bereits gestern fix und fertig gepackt hatte.

Susi musste lächeln. Sie liebte ihre Familie. Über alles. Auch wenn jeder Einzelne von ihnen seine Ecken und Kanten hatte, war sie dennoch unglaublich dankbar, dass es bei ihnen so gut lief. Die Kids hatten kaum je Probleme gemacht und sie liebte Marcus mit jedem Jahr mehr. Ninnies Scheidung hatte ihr vor Augen geführt, wie zerbrechlich Glück war, und gerade daher war sie heute demütiger für all ihr Glück denn jemals zuvor in ihrem Leben.

Sie hängte das blaue Kleid nach einer Anprobe zurück in den Kasten. Nein, das war es nicht. Sie musste ein anderes finden.

Plötzlich erhaschte sie einen Seitenblick von Marcus. Verloren stand er vor seinen Anzügen. »Also: Welchen soll ich heute tragen?«

Susi trat neben ihn, schob einen Anzug nach dem anderen zur Seite und entschied sich dann für einen anthrazitfarbenen Designeranzug mit weißem Hemd und einer in sich gemusterten dunkelgrünen, sehr eleganten Krawatte. Sie zog die Kleidungsstücke heraus und drückte sie ihrem Mann in die Hände. »Das hier. Und ich werde ein perfekt dazu passendes Kleid anziehen.«

Susi drehte sich um und zog ein edles bodenlanges Kleid in Dunkelgrün hervor. Es war gerade und schlicht geschnitten, mit übergroßen Knöpfen an den Taschen auf der Seite und einem breiten Ausschnitt. Sie hielt es am Bügel hoch. »Nämlich das hier!«

»Perfekt. Also, dann ziehen wir uns an, denn besonders viel Zeit haben wir tatsächlich nicht mehr, bis alle bei uns aufschlagen.«

»Nein, aber ich bin in fünf Minuten fertig.«

»Deine oder meine fünf Minuten?«, grinste Marcus und schlüpfte in das Hemd. Die Hose hatte er schon angezogen.

»Meine, natürlich.«

»Gut, dann gehe ich schon mal hinunter und sehe nach dem Essen.«

»Danke, Liebling! Aber warte noch einen Moment, du musst mir hinten den Reißverschluss zumachen.«

Susi zog sich nun ebenfalls das Kleid über und vergaß Ninnies Anruf endgültig.

Marcus tat, wie ihm aufgetragen wurde, küsste seine Frau am Hals und ging nach unten. Susis Gedanken waren beim Truthahn gelandet, der im Backrohr vor sich hin schmorte und hoffentlich durch sein würde, wenn sie ihn servierte. Sie war froh, dass auch das restliche Essen bereits vorbereitet und mit nur ein paar Handgriffen auf den Tisch zu bringen war, da sie alles von einem Chefkoch zubereiten und zustellen hatte lassen.

Noch die Ohrringe. Sie klippte sie an und betrachtete ihr Spiegelbild. *Passt.*

Susi war sowohl mit ihrem Outfit als auch mit ihrer Organisation und Vorbereitung für das Weihnachtsfest zufrieden. Niemals hätte sie heute ein Essen zustande gebracht, es hatte schon gereicht, dass in der Früh die Stehtische und Hocker von gestern abtransportiert worden waren und alles noch gereinigt worden war. Drei Stunden hatte auch sie selbst zusammengeräumt. Aber nun freute sie sich auf den Nachmittag mit der Familie und vergaß völlig, ihre Mailbox abzuhören. Doch sie hätte es tun sollen.

Vielleicht aber auch nicht.

Die richtige Seite der Zeit

*D*as ist ein *Schlaganfall*, dachte Ninnie zum wiederholten Male und konnte sich vor lauter Kichern gar nicht mehr einkriegen. *Was soll es auch anderes sein?* Sie saß beinahe regungslos, aber tiefenentspannt auf ihrem weich gepolsterten Sessel am Küchentisch. »Relax! Alles ist außer Kontrolle«, gluckste Ninnie vor sich hin.

Klar, Susi hätte sie ins Spital bringen sollen, aber mittlerweile hatte Ninnie bereits vergessen, dass sie ihr das auf die Mailbox gesprochen hatte. Und wer brauchte schon ein Krankenhaus? Sicher nicht Ninnie, denn sie hatte ein neues Spiel entdeckt: Sie hob einen Arm und ließ ihn völlig kraftlos einfach wieder auf die Holzplatte des kleinen Tischs in der Küche plumpsen. Vielleicht konnte sie sogar wieder aufstehen, vielleicht auch nicht, denn sie hatte es nicht noch einmal probiert, da sie zu sehr damit beschäftigt war, dieses seltsame Schauspiel zu wiederholen.

Spannend war auch, dass sie sich auf gewisse Weise gleichzeitig aus der Ferne beobachten konnte.

Hey, du kleiner Arm! Was machst du denn? Oh, vielleicht gehörst du gar nicht zu mir?

Oder doch?

Irgendetwas irritierte sie. War das ein Lichtblitz gewesen?

Ihr Blick fiel auf den dunklen und nagelneu abgeschliffenen Parkettboden, der überall in der Wohnung verlegt war. Einen Wimpernschlag lang war Ninnie irritiert, doch sie war sich sicher, dass er da war: ein Riss in der Zeit.

Ein Riss in der Zeit?

Klar! Sie hatte doch schon immer gewusst, dass es ihn gab. Bloß gesehen hatte sie ihn noch nie.

Ninnie legte den Kopf schief. Betrachtete ihn erst von der linken Seite. Er sah gut aus. Zwar verlief er in kleinen Zacken, aber dafür strahlte er heller als die Sterne am Himmel. War er weiß? Oder doch eher irgendwo zwischen Silber und Gold? Sie legte den Kopf auf die andere Seite. Hm. Von hier betrachtet wirkte er tiefer. Geradezu bodenlos. Doch eines war sicher: *Er ist gekommen, um zu bleiben.* Das fand Ninnie so erheiternd, dass sie sich nach unten beugte und ihm mit dem Zeigefinger deutete: »Du, du, du!«

Doch schlagartig wurde ihr bewusst, dass sie auf der falschen Seite der Zeit saß, was alles andere als lustig war. Da drüben, gegenüber von der Zeile mit dem Herd und auf der linken Seite der großen weißen Tür, da begann sie. Die andere Zeit.

Die bessere.

Die richtige Zeit!

Dort musste sie hin.

Welcher Einfaltspinsel würde auch auf der falschen Seite der Zeit sitzen bleiben?

Niemand.

Das ist ja so was von sonnenklar.

Noch dazu, wo Ninnie schon immer geahnt hatte, dass sie in der falschen Zeit lebte. In einer, in der Geld die Welt regierte. Nein, unterjochte. In einer, in der Narzissten Präsidenten werden durften. In der Lügen so normal waren, dass sie nicht einmal mehr Schlagzeilen produzierten, und in einer, in der Wissenschaft gleich nach Esoterik, aber weit hinter Verschwörungstheorien kam. Das konnte doch nie und nimmer die richtige Zeit sein?!

Aber da drüben war ja zum Glück die andere Zeit. Strahlend und einladend. Erreichbar, da nur rund zwei Meter von Ninnie entfernt.

Dort wollte sie hin, denn alles, wofür Weihnachten für sie stand und was sie in ihrem Erwachsenenleben nie mehr wieder erreicht hatte, war auf der anderen Seite des Zeitrisses! Dieses ungläubige Staunen. Liebe, die einen so sanft und doch stark wie eine kuschelige Decke aus puren Goldfäden einhüllte. Einem Flügel verlieh und doch fest am Boden stehen ließ. Einem den Mut gab, den ersten Schritt auf eine Sprühkerze zuzugehen und mit großen Augen vollends in dieses Wunder von Weihnachten einzutauchen. Die Welt rundherum auszublenden, da nur das Licht, die Freude und die Wärme in den Herzen zählten. Der Moment. Nicht die Vorfreude Sekunden zuvor und auch nicht die Überraschung wenig später beim Öffnen der Päckchen.

Das war eine andere Zeit. Eine, in der Liebe regierte. Die, in der Linus sich auch in sie verliebt hatte und ihr diese Liebe gestand. Eine, in der es zählte, dass man fürsorglich war, sich Gedanken um andere machte, ja, die Welt retten wollte! Es war eine Zeit ohne Sorgen, in der Erwachsene wie Kinder lachten. Dort wollte sie hin. Also wenn Ninnie einen Wunsch für dieses Weihnachtsfest hatte, dann exakt den.

Sicherheitshalber kniff sie die Augen fest zusammen und öffnete sie wieder. *Zum Glück!* Der Riss in der Zeit verlief noch immer direkt vor ihr am Fußboden. Wie ein Zickzack aus Lichtfäden schlängelte er sich von ihrer Küche hinaus in den Vorraum. Ob er wohl in ihr Schlafzimmer oder ins Wohnzimmer abbog? Sie lächelte wieder total entspannt mit einem entrückten Lächeln im Gesicht. Dass auch ihre Pupillen ein wenig größer als üblich waren, konnte sie natürlich nicht sehen. Kurz hatte Ninnie sogar Angst gehabt, sie bilde sich das alles nur ein. Aber nein. Er war noch da und sie wollte nach wie vor nichts mehr als auf die andere Seite der Zeit. Aber wie, wenn sie sich nicht so richtig bewegen konnte? Mit ihren Armen ging es schon viel besser, aber ihre Beine? Und zu dumm war auch, dass sie so verdammt hungrig war, als hätte sie mindestens eine Woche gefastet. Tja, und der Kühlschrank stand bekanntlich auf der falschen Zeit, was jetzt ein echtes Problem darstellte. Da auch ihr Hals rau und trocken war, musste sie wohl oder übel erst mit der falschen Seite der Zeit vorliebnehmen.

Ninnie erhob sich vorsichtig, plumpste aber sofort kraftlos in den Sessel zurück und hatte den nächsten Lachanfall, der etwas dauerte. Da hörte sie wieder ein Geräusch, das irgendwo von draußen bis zu ihr in die Küche durchdrang, und spitzte die Ohren.

Was war das?

»Mom?«

Oh, Sophie war aber früh dran.

»Hier«, rief sie fröhlich. »Ich bin in der Küche.«

Gut. Sophie könnte ihr Essen und Wasser bringen und sie hatte ihre Stimme also noch. Ganz sicher war sie sich nicht gewesen, aber Ninnie freute sich unbändig darüber. So sehr, dass sie gleich »O du fröh-lich-e-e, o du selig-e-e« anstimmte. Aber als ihre Tochter über den Riss der Zeit treten wollte, schrie sie auf: »Nicht, Sophie! Bleib ja auf der anderen Seite stehen!«

Sophie bremste sich ein und erblickte im Türstock stehend ihre Mutter. Was war denn mit ihr passiert? Da saß sie, völlig relaxt nach hinten gelehnt, die Arme baumelten an ihr herab, und ihre Mutter strahlte sie an, als sei das Christkind höchstpersönlich zu Besuch gewesen. Nur ihre Frisur war ein wenig aus der Form geraten, denn ein paar Strähnen des nach oben gesteckten Haars fielen ihrer Mutter lose ins Gesicht.

»Äh, Mom? Auf der anderen Seite wovon?«

Energisch deutete ihre Mutter auf den Parkettboden. »Na, da. Siehst du denn den Riss in der Zeit nicht?«

Sophie war sich sicher, den Satz völlig falsch verstanden zu haben, aber sie musste ihrer Mutter ja auch dringend etwas sagen, daher ignorierte sie diese Bemerkung. »Mom! Stell dir vor, Dad hat mir das brandneue iPhone zu Weihnachten geschenkt!« Sie zog es aus ihrem Rucksack, schoss sofort ein paar Fotos von ihrer Mutter und schwenkte es durch die Luft. »Siehst du? In Weiß, mit einer Glitzerhülle! Ist das nicht süß? Und die Kamera ist megageil.«

»Nein!«, heulte Ninnie auf.

Sophie setzte sich zu ihr an den Tisch. »Was nein? Doch, die Kamera ist echt super. Schau mal!«

Ninnie wischte das Handy einfach mit einer Hand weg und seufzte. »Jetzt bist du auch auf der falschen Seite der Zeit.« Doch dann besann sie sich. »Aber das ist gut.« Ninnie strahlte ihre Tochter an. »Doch, das ist gut. Kannst du mir mal bitte ein großes Glas Wasser bringen? Hm, vielleicht gleich zwei, und ein Wurstbrot? Mit Essiggurkerln und Käse?«

Sie kicherte, denn der Geruch von frischer Wurst stieg bereits in ihre Nase und ihr Magen war darüber so erbaut, dass er voller Vorfreude knurrte.

Doch in genau diesem Moment ging Sophie ein Licht auf. Mehr ein nicht enden wollender Lichterregen aus Sternschnuppen der Erkenntnis. Ein ganzer, unheimlich großer und verdammt beängstigender Lichterwald, um genau zu sein. Unwillkürlich duckte Sophie sich, ihre Gesichtszüge waren längst entgleist und für einige Sekunden starrte sie fassungs- und zugleich regungslos auf den Kuchenteller.

Sophie war schlecht, sie griff sich an den Kopf. »Hast du ...« Sie deutete mit dem ausgestreckten Zeigefinger auf den leeren Teller, der vor ihrer Mutter am Tisch stand.

Ihre grünen Augen, die sie von Ninnie geerbt hatte, leuchteten wie große Ampellichter, so weit hatte ihre Tochter sie aufgerissen, was Ninnie so lustig fand. *Warum ist Sophie plötzlich so schlecht gelaunt? Nur weil ich mir ein Stück von ihrem Kuchen gegönnt habe? Über diese Fragen vergaß Ninnie, dass sie nun ja beide auf der falschen Seite der Zeit saßen.*

»Mom? Was hast du gegessen?«, schrie ihre Tochter mit einem Unterton der Verzweiflung sie an, was bei ihrer Mutter einen kleinen Anflug von Zorn zur Folge hatte.

»Wieso? Darf ich mir nicht auch mal ein großes Stück Schokokuchen gönnen? Heute ist doch Weihnachten«, fügte sie versöhnlicher hinzu und ihr kleiner Ärger verflüchtigte sich so schnell, wie er gekommen war. Ninnie fand ihr glückseliges Lächeln wieder. »Willst du nicht mitsingen? Komm. Wir singen gemeinsam ein paar Weihnachtslieder.«

Sophies Rucksack, den sie noch immer in der Hand hielt, glitt leise zu Boden und sie vergrub ihr Gesicht in den Händen.

»Hey, Schätzchen, ich kann auch etwas anderes singen, wenn du keine Weihnachtslieder magst!« Ninnie tätschelte Sophie liebevoll am Arm und begann dennoch mit: »Leise rieselt der Schnee, still und starr ...«

»Hör auf, Mom! Bitte!«, heulte Sophie auf und für einen Moment kam die Zeit überhaupt zum Stillstand.

Was hat sie denn? Es war doch Weihnachten und alles war geradezu wundervoll. So leicht wie ein Schneeflöckchen, das der Wind sanft hin und her schaukelte.

Verschaukelte?

Ninnie ging ein Licht auf.

Hannes! Nur er konnte, trotz des iPhones, an Sophies schlechter Laune schuld sein. Wer sonst?

»Okay, Schätzchen. Raus mit der Sprache: Was hat dein Vater denn diesmal wieder angestellt?«

»Gar nichts! Du hast ...« Tränen rannen die Wangen ihrer süßen Kleinen entlang. Tränen, die sie so schnell wie möglich trocknen musste, denn es gab heute ganz sicher keinen Grund, traurig zu sein.

Ninnie wischte eine nach der anderen weg und erwiderte verwundert: »Aber ich hab doch nichts gemacht?«

Es konnte ja gar nicht anders sein. Sicher hatte Hannes wieder irgendeinen Schwachsinn zu seiner Tochter gesagt, oder vielleicht auch Linda. Doch ein weiteres Mal deutete Sophie verzweifelt auf den leeren Teller.

Endlich verstand Ninnie! »Oh? Du wolltest ernsthaft den Schoko-Weihnachtskuchen für dich alleine? Das tut mir aber jetzt leid. Er war sooo lecker! Aber du weißt, Sophie, wir beide teilen hier alles. Also mit so einer Art von Egoismus kommst du bei mir nicht durch. Ich habe dir schließlich die Hälfte übrig gelassen.«

»Nein, Mom. Das ist es doch nicht! Aber ... aber ...«

Ninnie nahm das Kinn von Sophie in die Hand und zwang sie, ihr in die Augen zu sehen. »Was *aber*? Es ist doch alles bestens! Speziell, wenn du endlich so nett wärst, mir das Wurstbrot und Wasser zu bringen.«

Wieder musste sie kichern, obwohl sie es diesmal gar nicht wollte.

Sophie stand auf und servierte ihr tatsächlich ein Glas Wasser, schnitt auch noch eine Scheibe Brot ab, Ninnie konnte es kaum mehr erwarten, endlich abzubeißen, und brachte ihr dann ein großes Wurstbrot.

»Danke! Das ist himmlisch«, schwärmte ihre Mutter und verschlang das Brot in einem beängstigenden Tempo. Nachdem sie auch noch das Wasser ausgetrunken hatte, sagte sie: »Verrate mir das Rezept, Sophie, und ich schwöre, ich backe dir gleich morgen einen.«

Alleine der Gedanke, dieses tolle Rezept endlich zu kennen, zauberte wieder ein Lachen in Ninnies Gesicht. Sie sammelte Rezepte und dieses musste sie einfach haben.

»Checkst du es denn nicht?«, schrie Sophie sie verzweifelt an und sprang wieder auf.

Ninnie schüttelte nur den Kopf. »Checken? Was?«

»Das war kein Schoko-Weihnachtskuchen, sondern ein *Weed-Cake*.«

Wenn Ninnie gedacht hatte, dass sie zuvor schon gelacht hatte wie in ihrem Leben noch nie, hatte sie sich geirrt. Sie quietschte auf, die Tränen rannen ihr die Wangen herunter, vermutlich spritzten sie quer in alle Richtungen der Küche, und sie musste sich mehrmals die Augen wischen. Sogar ihr Bauch schmerzte.

Ich und Cannabis?

Meine Tochter und ein Weed-Cake?

Nie im Leben!

Das hätte sie doch gemerkt!

So ein Blödsinn, aber ein gelungener Scherz von Sophie. Schön, dass sie wieder gemeinsam lachen und Witze machen konnten!

»Du bist ja so was von lustig«, zerkugelte Ninnie sich weiter. Wenn nur ihre Tochter endlich auch mitlachen würde.

»Mom! Das ist ganz und gar nicht witzig! Wie viel hast du denn davon gegessen?«

Mit den Fingern zeigte Ninnie ihr, dass es nur ein ganz kleines Stück gewesen war, vielleicht einen halben Zentimeter breit. Dann aber, und sie sah sich selbst dabei zu, vergrößerte sie den Abstand zwischen ihren Fingern immer mehr und plötzlich lief Sophie um die Kücheninsel herum, riss die Kühlschranktür auf und rief: »Shit!«

»Wie bezeichnend!« Ninnie prustete gleich wieder los. Deshalb überhörte sie auch, dass es nun tatsächlich an der Tür klingelte, aber ihre Tochter zum Glück nicht.

»Das sind bestimmt Oma und Opa!«, sagte Sophie, die geöffnete Kühlschranktür noch in der Hand, und der blanke Horror stand ihr ins Gesicht geschrieben.

»Wunderbar! Dann kann Weihnachten doch endlich beginnen. Öffne ihnen die Tür!«, erwiderte ihre Mutter mit einer ausladenden Geste. »Oder nein. Das sollte besser ich selbst machen.«

Geräuschlos glitt Ninnie auf den Boden und begann, in Richtung Vorraum zu robben. Zwar konnte sie den Riss in der Zeit nicht mehr sehen, aber sie wusste, dass er noch immer da war. Gleich hatte sie es geschafft! Dann war sie endlich auf der anderen Seite der Zeit. Dass ihre Tochter ihr fassungslos und völlig verzweifelt nachlief, sah sie nicht, aber dass sie andauernd »Steh auf, Mom! Bitte, steh auf« faselte, hörte Ninnie sehr wohl. Sie konnte auch Sophies Jammern hören. »Und alles ist meine Schuld!«

Dann aber packte ihre Tochter sie unter den Achseln und zog sie einfach hoch. »Mom! Bitte! Hilf mir und stell dich auf deine Füße.«

»Kann ich nicht«, sagte Ninnie und schickte ihrer Tochter ein zufriedenes Lächeln. Immerhin waren sie knapp vor der Eingangstür, auch wenn sie wie eine Marionette an Sophie baumelte. Aber sie waren ganz bestimmt auf der anderen Seite der Zeit. Das fühlte sie. Und das war zauberhaft.

Wieder, und etwas ungeduldiger, läutete die Glocke.

»Okay. Mom! Stell dich auf deine Füße«, schimpfte ihre Tochter und Ninnie versuchte es.

Tatsächlich. Dank Sophie stand Ninnie nun aufrecht und ihre Beine hielten sie in dieser Position. Sie fuhr sich durch die Locken und grinste ihre Tochter an. »Dann heißen wir Oma und Opa mal herzlich willkommen in der neuen Zeit.«

»Bist du sicher?«, fragte Sophie kleinlaut. »Soll ich ihnen nicht lieber sagen, Weihnachten ist abgesagt, weil dir schlecht ist oder so?«

»Wieso? Auf gar keinen Fall. Mir geht es besser denn je.« Da fiel ihr die Sache mit dem Cannabis wieder ein. »Wir lassen sie jetzt herein, und dann, mein Fräulein, rufen wir die Polizei und machen eine Selbstanzeige.«

Yes! Auf dieser Seite der Zeit tut man das Richtige. Und das Richtige war, ihren unabsichtlichen Drogenkonsum bei der Polizei zu melden, ein Vorbild für ihre Tochter zu sein und ihr später dann, wenn sie nicht mehr lachen musste, den Kopf zu waschen. Schließlich war das ja eine ernste Sache und die musste sie mit ihrer Tochter ebenso ernst diskutieren, wozu sie im Moment ganz sicher nicht in der Lage war.

»Bist du ganz sicher, Mom?«

»So sicher, wie man nur sein kann.«

»Okay«, sagte Sophie kleinlaut und drückte zögerlich mit einem Seitenblick in Richtung ihrer Mutter auf den Türöffner für den Hauseingang. Für ein Erdloch, in das sie verschwinden könnte, hätte Sophie in diesem Moment alles gegeben. Sogar ihr neues Handy.

Ihr Herz klopfte so wild und sie fühlte den Schweiß unter ihren Achseln. Wie sollte sie das mit Mom vor ihren Großeltern vertuschen? Sophie war verzweifelt.

Im Schneckentempo öffnete sie die Eingangstür einen Spaltbreit, jederzeit bereit, sie beim kleinsten Zeichen ihrer Mutter zuzuschlagen, das Licht abzudrehen und notfalls so zu tun, als seien sie gar nicht zuhause. Doch auch die Sache mit der Polizei arbeitete in Sophie. Die Tür noch in der Hand haltend, sagte sie leise, aber drohend: »Ich mach ganz sicher keine Selbstanzeige, und wenn du das machst, rede ich nie wieder ein Wort mit dir!«

»Du, du!«, kicherte Ninnie und bohrte ihren Zeigefinger beinahe in Sophies Nase. »Wir machen das Richtige und du erzählst mir später, wie ihr beide auf diese idiotische Idee gekommen seid, und auch, wo du die Drogen herhast!«

»Niemals!«

Ninnie schaffte es bei allem Bemühen nicht, ihrer Tochter wirklich böse zu sein, denn sie surfte noch immer auf einer innerlichen Welle des Glücks. Eine, von der sie meinte, sie passe perfekt zu Weihnachten.

Vielleicht war es andersrum und *das ist Weihnachten?*

Weihrauch und Myrrhe? Bitte! Die sind Hunderte Kilometer oder noch viel mehr einem Stern nachgelaufen.

Entschuldige, lieber Gott, aber echt, wer weiß schon, was da wirklich passiert ist?

Sie kicherte wieder laut auf und Sophie deutete ihrer Mutter, still zu sein. Doch da erinnerte diese sich wieder an die ursprüngliche Frage.

»Und ob, Sophie! Natürlich gehen wir zur Polizei. Und jetzt freuen wir uns auf deine ...« Oh, da waren sie auch schon.

»Großeltern! Herzlich willkommen, ihr beiden! Ach, wie ich mich freue, dass ihr hier seid, Rita und Othmar!«

Sophie hatte das Gefühl, niedergeschlagen worden zu sein, trat aber brav zur Seite und küsste Oma bereits. Dann kam Opa dran. Zum Schluss durfte auch Ninnie ihren Schwiegervater küssen. Othmar bedankte sich bei ihr artig für die Einladung. Ninnie wollte auch Rita um den Hals fallen, doch diese hielt sie von sich weg, indem sie schnell die Hand ausstreckte und Ninnies schüttelte. Das Küsschen schenkte Oma sich also.

»Ja, danke für die Einladung, Ninnie. Ich hoffe, wir kommen nicht zu früh.«

»Wieso zu früh?« Wobei Ninnie keine Ahnung hatte, wie spät es war.

Rita drehte sich zu Othmar um. »Sie weiß nicht, wie spät es ist! Also ich weiß bei jeder Einladung, die ich gebe, exakt, wie viel Uhr es ist! Timing ist doch alles.«

Othmar verdrehte die Augen, aber seine Frau atmete zwischen einzelnen Sätzen nie. Sie zu unterbrechen, war also ein Ding der Unmöglichkeit.

»Nun, es ist fünf vor vier Uhr, Ninnie, aber wir haben sofort einen Parkplatz gefunden, und ich weiß ja, dass du immer etwas länger brauchst.«

Das war alles ein wenig verwirrend für Ninnie, aber der Vorwurf war nicht zu überhören. Selbst in ihrem Ausnahmezustand nicht.

»Du denkst also, ich kriege nichts auf die Reihe? Dann geh doch mal ins Wohnzimmer. Erste Tür rechts!«, sagte sie völlig entspannt, was Sophie ein klein wenig beruhigte, denn sie wusste, dass ihre Mutter heute eine tickende Zeitbombe war und Oma Rita sowieso.

»Darf ich bitten?«

Galant nahm Ninnie beiden die Mäntel ab, die Sophie ihr flugs wieder abnahm und aufhängte.

Othmar machte ihnen Komplimente, wie hübsch sie aussahen, die Rita unwidersprochen stehen ließ. Im Gehen wandte Ninnie sich ihrer Tochter zu. »Also, wenn deine Großmutter der Meinung ist, ich schaffe kein Weihnachtsfest, sollte sie es doch mal mit Weihnachten bei Linda versuchen!«

Alleine diese Vorstellung löste den nächsten hysterischen Lachkrampf aus und Sophie wusste nicht, wohin sie sehen sollte.

»Entschuldige, Ninnie. Rita hat das vorhin nicht so gemeint.«

»Oh doch, Othmar, das hat sie. Aber weißt du was? Mir ist es egal.« Schwungvoll, beinahe zu schwungvoll, denn Ninnie musste sich kurz wieder ausbalancieren, drehte sie sich um die eigene Achse und betrat als Erste das Wohnzimmer. »Heute ist Weihnachten und es wird ein ganz wunderschöner Abend werden.«

Bitte! Irgendeiner mach, dass Weihnachten so schnell wie möglich vorbeigeht, dachte Sophie. *Oder nein! Chrissi soll mich retten kommen. Immerhin ist er schuld an dem Desaster.*

Schnell, wie Sophie nun mal beim Tippen am Handy war, schrieb sie, während sie den Tisch ansteuerte, eine Nachricht an Chrissi: *Hol mich hier raus.*

Nein.

Löschen.

Elena soll mich heulend anrufen, einen Notfall vortäuschen und ich schleich mich.

Der zweite Versuch ging an ihre beste Freundin Elena: *Lass dir was einfallen und rette mich! Ich muss hier dringend weg!* Versehen mit jedem Notfalls- und Kotz-Emoji, das sie in der Schnelle antippen konnte.

Senden.

Sophie hatte von Anfang an gewusst, dass Weihnachten nun, da ihre Eltern sich getrennt hatten, nie wieder das sein würde, was es einmal war. Sie musste irgendeinen Weg finden, damit auch ihre Eltern das einsahen. Mom musste Dad doch bloß verzeihen und alles wäre wieder gut!

Linda würde sie höchstpersönlich aus dem Haus werfen.

Die Stadtvilla nebenan

3weisamkeit war nicht seines. Er liebte es, mit der Familie, seinen Eltern und seinen beiden jüngeren Schwestern, deren Ehemännern und seinen Neffen und Nichten, ein traditionelles, gleichzeitig aber auch lautes, ausgelassenes Weihnachtsfest zu feiern. Und zwar in Salzburg, von wo Linus und auch Marcus stammten.

Aber dieses Jahr hatte Chantal entschieden, dass sie nach dem Revival ihrer Beziehung nur zu zweit und *superromantisch* unter dem Christbaum sitzen wollten. Linus hatte sogar den Vorschlag gemacht, über Weihnachten in die Karibik oder sonst wohin zu fliegen, wo er zumindest windsurfen konnte, aber das wollte sie nicht, weil Weihnachten ihr plötzlich so am Herzen lag. Sie wollte auch nicht Marcus und Susi mit den Kids im Urlaub überraschen.

Linus hatte nicht den geringsten Schimmer, warum es plötzlich so wichtig war, den Heiligen Abend nur zu zweit zu verbringen, aber wenn sie es unbedingt wollte, tat er es, um Chantal glücklich zu machen. Zu seiner Familie hätte er sie ohnehin nur ungern mitgenommen.

Da Linus die Gabe besaß, aus allem das Beste zu machen, und das Geld, das, was er als das Beste erachtete, zu realisieren, hatte er beschlossen, sie mit einem Weihnachtsabend in seiner neuen Villa zu überraschen. Sie wusste gar nicht, dass er dieses Haus gekauft hatte und renovieren hatte lassen. Daher saß Chantal nun mit verbundenen Augen neben ihm in seinem dunkelgrauen Bugatti und er parkte den Sportwagen in der Tiefgarage seines neuen Hauses. Hinter ihm schloss sich das Garagentor automatisch.

Chantal wusste nicht, dass er vorhatte, aus seiner Vorstadtvilla direkt in die Innenstadt zu ziehen, wie sie auch sonst nie Informationen über seine Projekte erhielt. Linus reichte schon, dass er bei einigen Bauträgerprojekten ihren Vater als Mit-Investor an Bord hatte. So hatte er Chantal auch kennengelernt. Über Geschäftliches sprach er grundsätzlich kaum, und wenn, dann nur mit wenigen, sorgfältig ausgewählten Freunden wie Marcus.

»Wo sind wir?«, strahlte sie Linus unübersehbar unter ihrer Augenbinde an. Die Sache mit den verschlossenen Augen war zwar ein Zirkus, aber er wusste, dass Chantal solche Dinge liebte.

»Steig aus, ich zeige es dir gleich.«

Er nahm Chantals Hand, zog sie aus dem Auto und hing ihr ihren Kaschmirmantel über.

»Jetzt bin ich aber mehr als gespannt«, lächelte Chantal und ließ sich von Linus blind zum Lift führen. »Verrätst du mir wenigstens, wo wir sind?«

Da sie extreme High Heels zu ihrem in Gold glitzernden bodenlangen und rückenfreien Abendkleid trug, war Linus auf jeden ihrer Schritte bedacht und führte sie durch sanften Druck an der Schulter. »Nein. Nur so viel: in Wien.«

Sie sah sexy aus. Das Kleid, ihr langes, offenes Haar und ihre langen Beine, die seitlich immer wieder unter dem langen Schlitz hervorsahen.

Er blieb stehen, Chantal daher auch, gab einen Code am Lift ein und schon öffnete sich die silberne Tür. Linus küsste sie auf die Wange. »Du siehst toll aus.«

»Danke«, hauchte sie aufgeregt. »Oh, ich weiß es«, jubelte Chantal nun mit dem Rücken an der Wand des Aufzugs stehend. »Ich weiß, wo wir sind.«

»Ach ja?«, sagte er verschmitzt lächelnd und fuhr sich mit der Hand durchs Haar. Gerade wieder erkannte er, wie viel Freude es ihm bereitete, Menschen glücklich zu machen. Jemanden zu überraschen. Ja, seine neue alte Freundin damit zu überraschen, dass er ihr das nun beinahe fertig eingerichtete Haus zeigen und hier mit ihr feiern würde. Linus war voller Vorfreude auf den Moment, in dem er ihr die Augenbinde abnehmen und sie den festlich erleuchteten Weihnachtsbaum im neuen, großräumigen Wohnzimmer sehen würde.

»Jaaa! Du hast ein Restaurant nur für uns beide gemietet. Oh, wie romantisch!«

»Romantisch?« Linus würde sich niemals selbst als Romantiker bezeichnen. Er erfüllte gerne Wünsche. Das bereitete ihm Freude. Er sah Chantal gerne lachen. Aber romantisch war er ganz sicher nicht.

Im ersten Stock, der sogenannten Beletage, angekommen, ging er mit ihr noch die paar Schritte ins Wohnzimmer und lächelte überrascht. Das von ihm beauftragte Team seiner Innenarchitektin wie auch jenes des Gourmet-Caterers hatte wunderbare Arbeit geleistet. Der Baum war prachtvoll in Weiß, Gold und Dunkelblau geschmückt und reichte bis an die überhohe Decke. Die Lichtergirlanden waren hinter den Ästen kunstvoll versteckt und so leuchtete der Christbaum in einem warmen Weißton. An seiner Spitze hing ein Engel aus Porzellan und auch am Weihnachtsbaum selbst hingen viele Engelfiguren.

Sehr schön.

Am Couchtisch inmitten seiner U-förmig angeordneten Ledersofas lag der Champagner auf Eis, zwei Gläser standen bereit, wie auch einige Canapés auf einem Silbertablett. Perfekt. So hatte er sich das vorgestellt. Der große Esstisch aus Echtholz war für zwei gedeckt und geschmückt, das Essen würde dann ein Koch, der vermutlich in der Küche auf seinen Auftritt wartete, servieren.

Chantal sprang aufgeregt von einem Bein auf das andere und bat ihn, ihr endlich die Augenbinde abzunehmen. Doch erst nahm er ihren Mantel ab und legte ihn über eines der Sofas. Nun kam die Schlafmaske dran. »Aber gerne!«, sagte er, tat es und blickte sie erwartungsvoll an.

Chantal sah sich um, taxierte für einen Moment den Baum, unter dem auch einige Geschenke lagen, die Linus für sie besorgt hatte, und fragte ihn: »Äh, wo sind wir?«

Das war sein Einsatz!

»In meinem neuen Haus.«

Bewusst hatte Linus nicht ›in unserem‹ gesagt, denn das würde bei ihr falsche Vorstellungen und Hoffnungen schüren.

»Verstehe«, sagte sie leicht verärgert, ging zur Champagnerflasche und schenkte sich ein Glas ein. Linus sah ihr irritiert dabei zu, wie sie es ex leerte.

»Äh, bist du sauer?«

Die Frage war rein rhetorischer Natur, denn es war nicht zu übersehen, dass Chantal verärgert war, bloß hatte Linus nicht den Funken einer Ahnung, warum.

»Wollten wir nicht erst zusammen auf Weihnachten anstoßen?«

Sie schenkte sich abermals das Glas voll und nahm demonstrativ auf einem der drei dunkelbraunen Ledersofas Platz. Einen Arm auf der Lehne, in der anderen Hand das volle Glas. »Nein? Warum? Ach, und ich liebe diese altmodischen Sofas und den rustikalen Tisch. Toll, dass du all die Möbel ganz allein ausgesucht hast.«

Sie schickte ihm einen ihrer verkniffenen Blicke, die Linus nur zu gut kannte. Was üblicherweise folgte, war ein lautstarkes Streitgespräch, sie zerbrach irgendetwas und rannte anschließend weg. Doch da heute Weihnachten war und er sich ernsthaft noch einmal um die Beziehung zu Chantal bemühen wollte, musste er genau dies verhindern. Außerdem hasste er Streit.

Daher schob er seine aufkeimenden Zweifel weg, ob er mit dieser Frau wirklich ein weiteres Mal zusammen sein wollte, und sagte so locker wie möglich: »Nun, das sind Designermöbel aus Italien. Ich hatte gehofft, dass sie dir gefallen, aber wenn dem nicht so ist, können wir neue kaufen.«

Ihre Reaktion, ein kleines, siegessicheres Lächeln, das sanft ihre Mundwinkel umspielte, zeigte ihm, dass er das wohl würde tun müssen, um sie zufriedenzustellen. Aber zum Glück nicht heute Abend, denn heute Abend war Weihnachten.

Linus drückte auf die Fernsteuerung der neuen Soundanlage, die er über das iPad bedienen konnte, und schon erklang im ganzen Raum mit der nachträglich eingebauten Glaswand in den riesigen Innenhof weihnachtlicher Jazz. »Wie findest du den Baum?«, fragte er Chantal, um sie in bessere Stimmung zu versetzen, und setzte sich neben sie.

»Kitschig. Aber wenigstens groß. Er hat ja nicht einmal echte Kerzen.«

Nein, die hatte er nicht, denn die musste er in dieser Wohnung auch nicht haben, zumindest seiner Meinung nach. Echte Kerzen, der Duft von Bienenwachs und Zimt, Bratäpfel und Strohsterne, das war das Weihnachten seiner Mutter. Und so sollte es bleiben.

Linus schlang einen Arm um ihren Nacken und zog sie an sich heran. »Aber wir sind hier allein, also bis auf den Kellner, der anschließend das Essen servieren wird. Ist das nicht genau das, was du wolltest?«

Plötzlich wurden Chantals Züge wieder weich, so wie er sie liebte.

»Du hast recht! Nur das zählt. Wollen wir uns nicht zum Baum stellen und *Stille Nacht* singen?«

Sich bereits erhebend, antwortete Linus: »Sehr gerne!«

Außerdem wusste er, dass sie sich über seine Geschenke sehr freuen würde, was ihn wiederum schon jetzt glücklich stimmte.

Er suchte das Lied aus und da sie beide nicht singen konnten, standen sie Hand in Hand vor dem Baum und summten mit, nur den Refrain sangen sie mit. Zwar falsch, aber lachend.

Linus zog Chantal in seine Arme, küsste sie innig auf den Mund und wünschte ihr: »Fröhliche Weihnachten!«

»Dir auch, Liebling. Oh, mein Geschenk für dich ist in meiner Handtasche.«

Sie holte sie vom Sofa, zog ein kleines goldenes Päckchen heraus und übergab es ihm. »Ich hoffe, es gefällt dir, aber du weißt, wie schwer es ist, einem Mann, der alles hat, etwas zu schenken.«

»Danke, mein Schatz! Und ich hoffe, du weißt, dass es mir nicht auf Geschenke ankommt. Aber hier«, ausladend deutete er in Richtung der Tanne, »die sind alle für dich. Ich hoffe, sie gefallen dir.«

»Ganz sicher«, strahlte sie ihn an. »Solange auch eines dieser klitzekleinen Päckchen dabei ist?«

Am liebsten hätte Chantal sofort nach dem gesucht, was sie sich heute Abend erhoffte. Die Vorfreude darauf hatte sie beinahe die ganze Nacht wach gehalten. Heute würde er sie ganz sicher fragen. Er hatte die Zeichen und kleinen Hinweise von ihr in den letzten Wochen verstanden, sonst hätte er ihr sicher nicht die Augen verbunden und sie hier mit dem Baum und allem überrascht. Ihr Herz klopfte laut in ihrer Brust und ihre Wangen glühten. Heute war also der Tag der Tage.

Irgendetwas in Linus sackte in sich zusammen. Er wusste genau, dass sie damit Schmuck meinte, und ja, natürlich hatte er ihr ein Collier mit einem großen Diamanten gekauft.

»Nun, ich weiß nicht so genau, was das Christkind sich für dich hat einfallen lassen, also schau doch einfach mal nach.«

Chantals Geschenk hielt er noch immer in seinen Händen, als sie bereits sein erstes unter dem Baum hervorholte und stehend neben ihm öffnete. Es war das kleinste der drei Geschenke und damit die Halskette. Im größten wartete eine rosa Silkin Bag von Mermis auf Chantal. Linus hatte sie vor über einem Jahr in Paris bestellt, dazwischen völlig auf seine Bestellung vergessen und kurz vor Weihnachten war er angerufen worden, dass er die Handtasche nun abholen könne. Für zwölftausend Euro. Irgendwie interessant, dass sie nun wieder zusammen waren, denn sonst hätte er Nathalie die Tasche geschenkt. Eine Silkin Bag war für all seine Freundinnen so etwas wie ein Statussymbol und Linus wusste, dass Chantal sich schon immer eine in Rosa gewünscht hatte. Er konnte es nicht erwarten, ihr Gesicht zu sehen, wenn sie diese Handtasche auspackte.

Im Moment aber hielt sie die Halskette in die Luft. Es war natürlich das teuerste seiner Geschenke an sie.

»Eine Kette?«, sagte Chantal ungläubig und sah ihm direkt in die Augen.

»Ja! Ist sie nicht toll?«

Schnell legte Linus sein eigenes Geschenk am Couchtisch ab, nahm ihr das edle Collier aus der Hand und wollte es Chantal gleich anlegen, aber sie ging einen Schritt von ihm weg.

»Toll? Denkst du nicht, es wäre hoch an der Zeit für einen Ring gewesen?«, blaffte sie ihn an, denn all ihre Erwartungen, dass er sie endlich bitten würde, seine Frau zu werden, waren in sich zusammengefallen.

So ein Idiot! Wie kann er mir das antun? Was denkt er, wie lange ich noch auf ihn warte? Er muss doch checken, dass es ein Geschenk ist, dass ich mit ihm zusammen sein will. Ja, ihn endlich heiraten will!

Sie schniefte, Tränen rannen ihre Wangen entlang, so tief enttäuscht war Chantal. Und das konnte und wollte sie vor Linus gar nicht verbergen, denn zur Abwechslung waren ihre Gefühle mal echt

»Du hättest lieber einen Ring gehabt?«

Linus war ehrlich verblüfft, denn wie die Handtasche hatte er auch diese Halskette speziell für Chantal anfertigen lassen.

Was dachte Linus sich? Dass sie ihm ihre Jugend und Schönheit schenkte, die hart erarbeitet war, und er sie, bis sie verwelkt war, zappeln ließ?

So geht niemand mit mir um! Niemand. Und schon gar nicht Linus! Der alte Sack soll dankbar sein, dass ich mit ihm ins Bett gehe und ihn heiraten will!

Chantal ging auf ihn zu und bohrte ihren Zeigefinger in seine Brust. »Du glaubst doch nicht, dass ich ewig auf dich warte und mir das Hin und Her mit dir antue, oder?«

Linus wich, das silberfarbene Collier nach wie vor in seiner Hand haltend, einen Schritt zurück. Bedrohlich, geradezu hexenhaft funkelte sie ihn aus zornigen Augen an, dabei war er sich keiner Schuld bewusst. Er hatte sich doch ehrlich bemüht, dass dieses Weihnachtsfest ein besonderes werden und genau nach ihren Wünschen stattfinden würde.

»Du hast ... äh ... Du hast gedacht, ich frage dich heute ...«

Hat Chantal sich tatsächlich heute Abend einen Heiratsantrag von mir erwartet? Wieso denn? Wir sind doch erst seit Kurzem wieder zusammen und der nächste logische Schritt wäre doch, erst einmal zusammenzuziehen?

Ganz so weit wollte er es nicht treiben, deshalb steckte der Schlüssel für seine Luxuswohnung direkt im Zentrum mit Blick auf den Stephansdom im zweiten, von Chantal ebenfalls noch ungeöffneten Geschenk. Linus hatte ihn in eine lustige rosarote Schürze mit dem Spruch *›Ich küsse besser, als ich koche‹* eingepackt.

»Ja! Hab ich!«, schrie sie ihn an. »Und weißt du was? Ich hätte es mir auch weiß Gott verdient gehabt!«

Verdient? Einen Heiratsantrag?

Stirnrunzelnd betrachtete er sie, denn mit einem Mal war ihm die Frau völlig fremd geworden. Ihre hellen Augen, die er immer als wach und ausgesprochen hübsch empfunden hatte, waren plötzlich die eines Monsters. Dunkel. Bösartig. Rachsüchtig.

Im nächsten Moment, während Linus noch am Nachdenken war, griff Chantal nach dem teuren Kristallglas und schmetterte es in Richtung des Weihnachtsbaums. Gemeinsam mit einer Glaskugel, die mit einem Engel bemalt war, zerschellte es am Boden.

Ein Wort ergab das andere und ehe Linus sich versah, standen sie einander gegenüber und schrien sich ins Gesicht. Um genau zu sein, schrie Chantal, er dagegen sprach leise, aber mit einem mehr als bedrohlichen Unterton und forderte sie schlussendlich auf, zu gehen.

»Du denkst, du kannst mich hinauswerfen? Gerade du? Sei froh und dankbar, dass ich einen so alten Sack wie dich überhaupt ausgehalten habe.«

Linus kniff die Augen zusammen. Das hatte gesessen. Es war also immer nur um sein Geld gegangen!

»Und übrigens: Deine Geschenke kannst du dir sonst wohin stecken, wenn ich dir nicht einmal einen Antrag wert bin!«

Wutentbrannt griff Chantal nach ihrem Mantel und ihrer Handtasche, lief nach draußen und die Treppe nach unten.

Am liebsten wäre sie über ihn hergefallen und hätte auf ihn eingeschlagen. Was erlaubte er sich eigentlich? Er müsste dankbar sein, dass eine Frau wie sie ihn überhaupt heiraten wollte. Und es stünde ihr zu, mit einem der reichsten Männer in Österreich verheiratet zu sein. Absolut! Ihr Vater war auch nicht arm, aber verglichen mit Linus natürlich schon. Was sollte sie dem jetzt sagen? Sie hatte ihren Eltern gegenüber bereits angedeutet, dass dieser Abend für sie mit einem Ring am Finger enden würde.

Unten angekommen, knallte sie wütend die Tür hinter sich zu und lief durch den Schnee. Das auch noch! Sie musste ein Taxi rufen. *So eine Niederlage.*

Linus dagegen stand wie benommen im Wohnzimmer, so zornig war er auf Chantal. Er hatte dieses egomanische Verhalten von ihr endgültig satt. Das und ihre Aggressionen. *Einen Heiratsantrag? Dieser Frau? Nur über meine Leiche!* Trotzdem lief er ihr nach. Nun ja. Langsamen Schrittes folgte er ihr die Treppe hinunter ins Erdgeschoss. Auf der siebten Stufe blieb er stehen und hörte, wie die schwere Tür mit einem Schlag ins Schloss fiel. Und in diesem Moment kehrte er um. Mehr wütend auf sich selbst als auf Chantal.

Was habe ich mir überhaupt dabei gedacht, mich ein weiteres Mal von ihr bezirzen zu lassen? Nur weil ihr Vater das will und mir immer wieder und ganz beiläufig erzählt hat, wie sehr Chantal unter der Trennung von mir leidet und wie sehr sie mich liebt? Diese Frau liebt nur sich selbst und sonst niemanden!

Linus wusste genau, dass es nur einen einzigen Menschen gab, dem er für dieses Horrorweihnachten die Schuld geben konnte, und das war er selbst. Eine gestandene Frau wie Ninnie würde nie im Leben so reagieren wie Chantal. Nein, das konnte er sich nicht vorstellen.

Mit zitternden Händen zog Linus eine Stoffserviette vom Esstisch, ging zum Baum und wischte die Champagnerreste vom Fußboden auf. Beiläufig fiel sein Blick auf das Geschenk, das sie ihm überreicht hatte, aber es interessierte ihn nicht, was sich darin verborgen hielt. Unschlüssig über seinen nächsten Schritt ging er mit der Serviette in der Hand im Zimmer auf und ab.

Irgendwann goss er sich Champagner in sein Glas und setzte sich auf eines der Sofas. Er musste nachdenken. Über sich. Sein Leben und seine Beziehungen. Dass da etwas gehörig falsch lief, konnte er nicht länger negieren, denn er war tief in seinem Herzen froh, dass der Spuk mit Chantal vorbei war.

Irgendwann viel später trug er das nur mehr leicht feuchte Tuch nach unten in die Küche. Sofort sprang der Koch, oder Kellner, Linus wusste es nicht ganz genau, der an der großzügigen Theke lehnte, auf. »Kann ich etwas für Sie tun? Darf ich beginnen, die Vorspeisen zu servieren?«, fragte der dunkelhaarige Mann ihn beinahe akzentfrei.

Linus warf die Stoffserviette in das Spülbecken aus Edelstahl. »Ja, Sie dürfen gerne etwas für mich tun!« Er griff in die hintere Hosentasche seines dunklen Anzugs, zog sein Portemonnaie hervor und drückte dem Mann dreihundert Euro in die Hand. »Das ist für Sie! Es tut mir leid, dass Sie heute den Weihnachtsabend mit mir statt mit Ihrer Familie verbracht haben! Also: Was Sie für mich tun können, ist, hier alles stehen und liegen zu lassen und den Rest des Abends mit Ihrer Familie ein schönes Weihnachtsfest zu feiern.«

Abwehrend stotterte der Mann: »Nein, nein! Das kann ich nicht annehmen und ich mache meinen Job hier auch wirklich gerne.«

Daher weht der Wind. Linus war geradezu berührt vom Fleiß und Eifer des Mannes.

»Keine Sorge, für mich haben Sie Ihren Job heute ganz hervorragend erledigt, was ich der Cateringfirma auch so übermitteln werde. Ich habe Sie wie geplant gegen dreiundzwanzig Uhr entlassen.«

Noch immer weigerte sich der kleine und sehr schlanke Dunkelhaarige in der Profischürze, die Geldscheine anzunehmen. »Ich darf das nicht annehmen und auch nicht meine Chefin anlügen!«

»Das ist keine Lüge, guter Mann, sondern Hilfe in der Not. Ich muss allein sein und das sollte unter uns beiden bleiben, ja? Auch alles, was Sie eventuell gehört haben.«

Heftig nickte er. »Ja, ja, natürlich, Herr Wagner.«

»Sehr gut. Ich sehe, wir verstehen uns. Und das Geld hier nehmen Sie bitte, denn das ist einfach nur mein kleines Weihnachtsgeschenk an Sie.«

Zögerlich streckte er die Hand aus, nahm die drei Scheine entgegen und steckte sie sofort unter seiner knielangen Schürze in die Hosentasche. »Danke! Sie sind sehr großzügig! Und ich, also, ich soll sofort gehen?«

»Ja, bitte!«

»Gut. Geben Sie mir noch fünf Minuten, dann bin ich verschwunden.«

»Perfekt. Ich danke Ihnen und hoffe, dass Sie einen weit schöneren Heiligen Abend als ich haben werden.«

Der Mann senkte den Kopf. »Das tut mir sehr leid für Sie, Herr Wagner.«

»Muss es nicht. Heißt es nicht, besser ein Ende mit Schrecken als ein Schrecken ohne Ende?«

Der Mann verstand, dass Linus kein weiteres Wort mehr mit ihm wechseln wollte, und nahm sich nickend, aber schweigend seine Schürze ab.

Linus verschwand zurück nach oben in den ersten Stock, goss sich ein Glas Whiskey ein und setzte sich auf das Sofa mit direktem Blick auf den Baum. *Soll ich Chantal nicht doch anrufen? Vielleicht hat sie sich in der Zwischenzeit beruhigt und wir können doch noch einen schönen Abend verbringen? Möglicherweise wartet sie draußen in der Kälte auf mich?*

Unwillkürlich schüttelte er den Kopf und nahm einen kräftigen Schluck.

Ist das zu fassen? Warum bin ich, wenn es um Chantal geht, immer wieder bereit, all ihre negativen Eigenschaften und Szenen einfach hinzunehmen? Ständig bin ich am Suchen nach Ausreden, am Beschwichtigen oder mit vorauseilendem Gehorsam beschäftigt, nur um ihre Laune ja nicht zu gefährden. Was hat das alles mit Liebe zu tun? Und wie dumm kann ein Mann sein? Wie dumm bin ich?

»Sehr dumm!«, sagte er laut, prostete mit dem Glas dem Baum zu und trank den Rest des Whiskeys, der ohnehin schon ein doppelter war, ex.

Ihm fiel ein, dass er nun auch die Möglichkeit hätte, zu seinen Eltern nach Salzburg zu fahren und mit der Familie zu feiern. Aber dafür hatte er bereits zu viel Alkohol intus. Nein, das war keine gute Idee.

Die andere Option war, er blieb mit sich und seinem Blues in seinem neuen Haus allein. Linus konnte sich noch nicht entscheiden, sehr wohl aber dafür, eine andere Musik zu spielen als die Playlist, die er für Chantal angeklickt hatte. Jazz. Er wählte eine seiner Lieblingsnummern aus, lehnte sich in seinem neuen Sofa zurück und grübelte weiter.

Hier bin ich also. Sechsundvierzig Jahre alt und nicht fähig, eine Beziehung mit einer normalen Frau zu führen. Einer, der ich am liebsten sofort und ohne Wenn und Aber einen Heiratsantrag machen würde. Einer, die mich liebt, weil ich ich bin. Nicht weil ich Geld habe. Oder Verbindungen. Oder in der Lage bin, diese dämliche Silkin Bag von Mermis zu bekommen! Weit habe ich es gebracht. Wirklich weit.

Tief in seinem Herzen wusste er, dass diese Frau einen Namen hatte, aber er bezweifelte sehr, dass sie sich in ihn verliebt hatte. Wenn, dann hätte er das bemerkt. Aber sie hatte ihm ja geraten, Blumen für Chantal zu kaufen. Also nein, sie empfand nicht mehr als reine Freundschaft für ihn.

Diese Erkenntnis traf ihn weit mehr als der Abgang von Chantal. Linus war irgendwie verloren, auch wenn er es niemals zugegeben hätte.

Kiffin' Christmas

Viel zu lange saß Ninnie bereits mit ihren Ex-Schwiegereltern und ihrer mehr als gelangweilt aussehenden Tochter im Wohnzimmer. Sie versuchte angestrengt, der Weihnachtsmusik zu lauschen und das Gebrabbel von Rita wegzublenden. Was gar nicht so einfach war.

Wie es bei ihnen auch im Haus bereits Tradition gewesen war, aßen sie vor der Bescherung kleine Brötchen mit Shrimps, Lachs, Prosciutto oder auch jene mit dem selbst gemachten Fischaufstrich mit klein gewürfelten Essiggurkerln, Zwiebeln und harten Eiern nach einem Rezept von Ninnies Großmutter, das sie wie diese nur einmal im Jahr machte, und zwar exakt zu Weihnachten. Ebenfalls wie jedes Jahr tranken sie dazu Wasser und Weißwein, den Champagner gab es erst nach der Bescherung. Ninnie allerdings blieb ausschließlich bei Wasser, denn ihr Hals fühlte sich noch immer so trocken an und sie hatte überhaupt keine Lust auf Alkohol. Das war der einzige Unterschied, und natürlich auch der, dass Hannes nicht dabei war. Die Einzige, die seine Anwesenheit nicht vermisste, war Ninnie, was sie andauernd und abwechselnd von allen dreien zu hören bekam und was sie zunehmend nervte. Daher gestaltete sich das Gespräch äußerst schleppend, nicht nur für Ninnie, die immerhin zumindest zwischendurch irgendetwas extrem erheiternd fand, sondern speziell für Sophie, weil sie zusätzlich noch immer auf den erlösenden Notfallsanruf ihrer besten Freundin Elena wartete.

Sophie wusste, dass sie ihre Großeltern bloß freundlich lächelnd anlügen sollte, denn die Probleme ihrer Generation würden sie niemals verstehen. Es reichte ja schon die hitzige Diskussion mit Omama darüber, dass es sehr wohl einen Klimawandel gab, was diese stur verneinte, war doch dieser Winter »einer der kältesten der letzten Jahre. Und Schnee bekommen wir auch noch genug, ihr werdet sehen! Also so ein Blödsinn, das sind doch bloß die Medien, die alle wahnsinnig machen.«

Bevor Sophie einen Tick energischer widersprechen konnte als zuvor, funkte ihre Mutter dazwischen: »Du hast recht, Rita. Wir haben keinen Klimawandel, die Coronakrise war auch mehr als übertrieben, und weißt du was? Schicken wir doch alle Schwarzen zurück zu Tarzan in den Dschungel und unter den Weißen verteilen wir Cannabis, damit sie endlich ein wenig lockerer werden.«

Ninnie fand ihren Einwand geradezu königlich amüsant, war damit aber allein, denn Sophie war stocksauer und schämte sich zunehmend, dass ihre Mutter heute einfach sagte, was ihr in den Sinn kam, und daher ging ihr Benehmen leider bis weit über die Peinlichkeitsgrenze hinaus. Wo bitte blieb der Anruf von Elena?

»Cannabis?«, fragte Rita nach. Offensichtlich hatte sie keine Ahnung, was das war.

Wie weltfremd kann man sein, dachte Ninnie.

»Das ist Marihuana«, klärte Othmar seine Frau auf.

»Was?«, schrie Rita auf. »Jetzt sollen wir vielleicht auch noch alle Drogen nehmen? Bist du völlig übergeschnappt, Janina?«

Ninnie überlegte glatt, Ja zu sagen, doch Rita keifte ohne Atempause weiter. »Aber gut«, sagte sie, unterstrichen durch eine abfällige Handbewegung, »was diskutiere ich auch mit dir. Du hast ja nicht einmal deinen Mann halten können, also wäre es kein Wunder, wenn du auch noch Drogen nimmst.«

Ninnie konnte nicht anders, als hysterisch aufzulachen. Ein Bild für die Götter! Wenn ihre Ex-Schwiegermutter, wobei *Ex* wirklich befreiend und fantastisch war, ihre Augen wie gerade eben zusammenkniff und die Mundwinkel die untere Linie ihres Kinns berührten, sah sie wie eine Hexe aus. Fehlte nur noch: »Du hast so recht, Rita. Du hast ja keine Ahnung, wie sehr!«

Ach, tat das gut.

»Mom!«, schimpfte Sophie und trat sie unter dem Tisch ins Schienbein.

»Au.«

Als beobachtete sie ein Tennismatch, sprang Ritas Blick von einer zur anderen. »Du bist ja völlig übergeschnappt, Janina! Ich verstehe dich nicht. Wirklich nicht. Ist es das, was du wolltest?«

Kurz sah Ninnie ihre Schwiegermutter an. Wovon redete sie? Aber sie verkniff sich, nachzufragen, denn so wie sie Rita kannte, würde sie ihren Monolog ohnehin fortführen.

»Sieh dich doch einmal um. Jetzt wohnt ihr in dieser furchtbar kleinen Wohnung.«

Was nicht stimmte, denn aus Ninnies Sicht war sie groß genug und im Grunde ganz kuschelig. Sehr sogar, denn sie liebte diese Mischung aus Shabby Chick und modernen Möbeln. Die meisten waren weiß und passten perfekt zu den alten Türen dieser Wohnung.

»Wärst du nicht weggelaufen, würden wir jetzt im Haus feiern. Wie jedes Jahr.«

Weggelaufen? Hannes hatte sie rausgeworfen.

»Hannes hat doch bloß eine Midlifekrise. Da rennt man nicht weg. Heißt es nicht in guten wie in schlechten Zeiten? Hättest du das ernst genommen, wie man es von einer Ehefrau erwarten könnte, dann wärst du geblieben.«

Ritas Glück war, dass Ninnie langsamer als üblich dachte, denn sonst wäre sie aufgesprungen und hätte sich lautstark über die Anschuldigungen aufgeregt. Aber so saß sie nur da und lächelte Rita ins Gesicht, was diese wiederum befeuerte, weiterzumachen.

»Findest du das lustig? Vierundvierzig und geschieden?«

Zweiundvierzig. Ich bin erst zweiundvierzig, korrigierte Ninnie Rita gedanklich.

»Glaubst du wirklich, du bekommst noch einmal so einen tollen Mann wie meinen Sohn?«

Das Einzige, was Othmar einwarf, war: »Unseren Sohn«, was Ninnie nun doch ärgerte. Sie hätte sich etwas mehr Beistand von ihm erwartet.

Heftig nickend stimmte Rita ihm zu und Ninnie nahm noch einen Schluck Wasser. »Vielleicht hättest *du* deinen *ach so tollen Sohn* heiraten sollen?«

»Was soll der Blödsinn? Ich meine es ja nur gut!«

»Und ich ernst, Rita«, erwiderte Ninnie grinsend.

»Lass das, Janina! Wir wollen doch bloß ein friedliches Weihnachtsfest mit euch beiden feiern, damit ihr an einem Tag wie heute nicht allein seid!«

Wie aus dem Nichts fuhr Sophie hoch und warf gleich noch ein Glas um, ignorierte aber, dass das Wasser nun langsam auf den Parkettboden tropfte. »Friedlich? Du kommst her und beschimpfst Mom, seit du angekommen bist, Oma!«

Rita schickte ihrer Enkelin einen bösen Blick. »Das ist ja die Höhe! Setz dich sofort wieder hin, Sophie, oder ich gehe.«

Das wäre zu schön, dachten Sophie und Ninnie gleichzeitig, sprachen es aber beide nicht aus. Ninnie, weil sie das Weihnachtsfest ihrer Tochter wegen nicht komplett zerstören wollte, und Sophie, weil sie sich schuldig fühlte, dass ihre Mutter wegen ihres Haschkuchens nicht ganz am Damm war. Dabei hatte sie selbst nicht einmal ein Stück davon gegessen. Weder gestern Abend noch heute. Aber das hatte sie ihrer Mutter bislang noch nicht sagen können.

»Janina, ich warte auf eine Entschuldigung von dir!«, mahnte Rita an.

Schnell setzte Sophie sich wieder hin und begann, das Wasser abzuwischen, damit sie mit irgendetwas beschäftigt war. Sie schubste ihre Mutter und raunte ihr zu: »Sag was, Mom!«

Doch ihre Mutter verschränkte die Arme vor der Brust und starrte Rita an. Eine Weile starrte diese wortlos zurück, doch dann stand sie mit einem Ruck auf. »Keine Antwort ist auch eine Antwort.« Sie deutete Othmar, sich ebenfalls zu erheben. »Komm. Wir fahren zu Hannes. Ich lasse mir diesen Irrsinn hier nicht länger bieten.«

Irrsinn? Die einzige Irre hier war sie selbst, aber bitte, wenn sie unbedingt wollte. Langsam erhob sich auch Ninnie. »Du hast recht! Er wartet bestimmt auf euren Besuch und freut sich sicher, wenn ihr vorbeikommt.« Kichernd fügte sie hinzu: »Aber ich habe da noch ein Stück Schokokuchen im Kühlschrank! Vielleicht solltest du zur Beruhigung deiner Nerven noch ein paar Bissen davon essen?«

In der Sekunde fuhr Sophie herum, heulte auf: »Mom!«, und gleichzeitig fiel das umgekippte Glas endgültig auf den Boden und zerbrach. Aber das ignorierten alle vier.

Othmar kam um den Tisch herum auf Sophie zu und legte seine Arme auf die Schultern seiner Enkelin. »Es tut mir leid, Sophie! Aber du musst auch verstehen, dass deine Großmutter unter der Scheidung deiner Eltern leidet.«

Erstaunlich, aber nun wurde Ninnie wütend und blaffte ihn an: »Ach? Sie leidet? Und was glaubst du, wie Sophie und ich das alles finden? Etwa lustig?«

Sie war bereits in der Tür angekommen, aber Rita drehte sich noch einmal um. »Ja! So sieht es aus. Du findest das alles lustig, aber vielleicht bist du ja auch verrückt geworden. Würde mich nicht wundern.«

Sophie zitterte neben Ninnie am ganzen Körper. Daher nahm sie die Hand ihrer Tochter und sagte, was sie gar nicht sagen wollte: »Okay, es tut mir leid! Setzt euch doch bitte wieder hin und wir reden einfach nicht mehr über Hannes oder die Scheidung.«

Othmar schickte seiner Frau einen flehenden Blick, sie zögerte, kam aber an den Tisch zurück. »Na gut. Aber nur für Sophie!«

»Danke«, murmelte Ninnie und ging in die Küche, um Besen und Schaufel zu holen.

Die Scherben waren im Nu aufgekehrt und Sophie bot sich an, sie im Müll zu entsorgen. Von dort rannte sie direkt ins WC und versperrte die Tür. Sie musste dringend Elena erreichen, denn das hier, das lief völlig aus dem Ruder. Sophie hatte Angst, dass ihre Mutter kurz davorstand, doch noch wie eine Bombe hochzugehen, und für diesen Fall wollte sie außer Reichweite sein.

Und schon hörte sie eine weitere lautstarke Auseinandersetzung aus dem Wohnzimmer. Während Sophie verzweifelt versuchte, Elena zu erreichen, hielt der Frieden tatsächlich nicht lange an, denn Rita fauchte in Richtung Ninnie: »Weißt du, im Grunde ist mir Linda ohnehin lieber, als du es je warst! Ganz im Gegensatz zu dir ist sie nämlich wirklich herzlich!«

Linda und herzlich? Fehlte nur noch, dass ihre Ex-Schwiegermutter behauptete, die dumme Kuh könne auch noch besser kochen als sie oder was auch immer.

Ninnies Atem und Puls beschleunigten und Sophie hatte die Eskalation aus der Ferne richtig gedeutet, denn nun hielt Ninnie gar nichts mehr zurück. Mit »Dann solltest du heute mit ihr feiern und vielleicht auch gleich noch dort essen« läutete sie den Showdown ein. »Denn wer weiß, vielleicht habe ich ja vor, euch zu vergiften! Oder ... Oh! Ich könnte euch auch Drogen ins Essen gemischt haben!«

Ihre Schwiegermutter fuhr verdutzt nach hinten und schüttelte den Kopf. »Janina! Versündige dich nicht! Ich habe ja immer schon gewusst, dass dir nichts heilig ist. Nicht einmal der Heilige Abend! Othmar, so sag doch was?! Müssen wir uns denn justament heute mit Gift und Drogen bedrohen lassen?«

Ihr Mann schüttelte den Kopf. Auch wenn er grundsätzlich eher auf der Seite seiner Schwiegertochter und seiner über alles geliebten Enkelin war, Ninnie irritierte ihn mit ihrem seltsamen Verhalten schon die ganze Zeit. Normalerweise war sie beflissen am Servieren, Nachschenken, Wieder-Abservieren, nur um es allen recht zu machen. Aber heute? Lehnte sie wie ein Holzhacker in ihrem Stuhl, daran änderte auch das schöne Kleid nichts, war mehr als nur entspannt und grinste die ganze Zeit.

Ob sie kurz vor einem hysterischen Nervenzusammenbruch steht? Das wäre ja auch kein Wunder, denn mit Sophie muss sie ja alles allein schultern, weil der Herr Sohn ja mit seiner neuen Liebe beschäftigt ist. Arme Ninnie. Und erst Sophie!

In dem Moment sprang Ninnie auf, drückte auf ihrem Handy herum und plötzlich erfüllte ein Weihnachtslied in ohrenbetäubender Lautstärke den Raum. Othmar traute seinen Augen nicht und selbst Rita saß bloß mit offenem Mund da. Tatsächlich! Ninnie tanzte plötzlich vor ihren Augen um den Baum herum und sang lautstark: »Kiffin' Christmas everyone!«

Jetzt wiederholte sie das auch noch!

Rita stand auf, nahm ihre Handtasche unter die Achsel und fuhr ihren Ehemann schroff an: »Othmar! Es reicht! Die spinnt doch!«

Für einen Moment hielt Ninnie inne, kam langsam auf den Tisch zu, klatschte beide Hände auf die Platte und sah Rita direkt in die Augen. »Oh yes, Schwiegermami! Und nur zur

Info: Gekifft habe ich gar nicht, aber dafür den besten Haschkuchen der Welt gegessen!« Sie hob ihre Hände, wirbelte im Kreis herum und sang wieder den Baum an. »Oh, kiffin' Christmas everyone!«

Sophie hatte ungläubig die Tür vom WC einen Spalt geöffnet, da sie nicht glauben konnte, was sie vermeinte, zu hören!

Wahnsinn! Mom singt Kiffin' Christmas? *Was ist denn jetzt los?*

In dem Moment vibrierte Sophies Telefon. »Elena, endlich!«, flüsterte sie. »Du, kannst du mich in zehn Minuten noch mal anrufen und mich hier befreien?«

»Sicher. Klar. Aber wieso denn?«

»Mom singt *Kiffin' Christmas*. Reicht das?«

»LOL! Ja! Aber warum denn?«

»Sie hat ein Riesenstück von Chrissis Weed-Cake gegessen.«

Kurz herrschte Stille am anderen Ende, dann schrie Elena: »So ein Kack! Ich lass mir was einfallen, aber gib mir ein paar Minuten, ich muss das erst meinen Oldies verklickern!«

»Mach das, aber beeil dich!«

Auch wenn Sophie nicht an Gott glaubte, jetzt betete sie dafür, dass Elena sie so schnell wie möglich befreite! Wer weiß, wie das hier enden würde? Und was, wenn ihre Mutter, sobald die Wirkung nachließ, sie tatsächlich zur Polizei schliff? Wenn Sophie das einem Menschen zutraute, dann war das ihre Mom!

Sie betätigte die Klospülung, nur um den Schein zu wahren, und als sie die Tür öffnete, blockierte etwas und dann schrie ihre Großmutter dahinter auf.

Vorsichtig lugte sie hinter der Tür hervor. »Oh! Sorry, Omama!«

Mist! Ihre Großmutter hielt sich die Hand an die Stirn.

»Hab ich dich erwischt?«

Und mit einem Mal wurde das so perfekt geschminkte Gesicht Ritas zur Fratze. Sie herrschte ihre Enkelin an: »Ja, hast du! Aber was kann man von dir schon anderes erwarten?«

Othmar stand hilflos neben seiner Frau und wusste nicht, was er tun sollte. Er wusste nur, dass Sophie nicht mit Absicht seiner Frau die Tür an den Kopf geknallt hatte und dass er Rita so schnell wie möglich von hier wegbringen musste, damit nicht noch mehr passierte. Rita und eine Beule am Kopf! Das würde er bis nach Silvester hören.

Sophie baute sich vor ihrer Oma auf. »Ach! Was meinst du denn? Dass ich ein Loser bin? Willst du mir das sagen?«

Rita schnappte sich den Mantel und Othmar öffnete auch schon die Eingangstür. In der Tür drehte sie sich noch einmal theatralisch zu Sophie um. »Ja! Genau das. Neben dieser Irren wird sowieso nie was aus dir! Nicht einmal die Schule schaffst du! Aber dass du deine Großmutter grün und blau schlägst, verzeihe ich dir nie!«

Sophie sackte in sich zusammen, Tränen stiegen in ihren Augen hoch, aber ihre Mutter drückte sie zur Seite und fuhr dazwischen. »Verlass auf der Stelle unsere Wohnung und lass dich hier nie mehr wieder blicken, du Monster! Ein Wort noch zu Sophie und ich vergesse mich!«

Rita öffnete bereits den Mund zum Gegenangriff, aber Othmar zog sie in den Flur hinaus und Sophie knallte die Tür hinter ihr zu. Rutschte mit dem Rücken an die Tür gelehnt nach unten auf den Boden und seufzte.

Oh nein, sie weint!

Ninnie setzte sich neben ihre Tochter und nahm sie in den Arm. Streichelte über ihren Kopf und raunte immer wieder: »Liebling, beruhige dich!«

»Ich hab alles verbockt!«, heulte Sophie und hielt ihre Knie fest umschlungen.

»Blödsinn! Sie hat alles verbockt.«

»Aber ich ...«, Sophies Körper krampfte, »ich hab dir doch ...«

Ninnie wusste, worauf Sophie hinauswollte. »Ja, das hast du. Und das war auch nicht in Ordnung, aber darüber reden wir morgen. Doch das war nicht der Grund für die Bösartigkeiten deiner Großmutter.«

Sophie blickte ihre Mutter tränenverschmiert an, was Ninnie das Herz brach. »Warum hasst sie uns so? Dad hat doch dich betrogen und nicht du ihn?«

»Ja, das hat er. Ich weiß auch nicht, was sie will, aber Sophie, auch wenn unsere Ehe schiefgegangen ist, hat das nichts mit dir zu tun. Dein Vater und ich lieben dich! Daran hat sich nichts geändert.«

»Das stimmt doch nicht! Omama hat doch recht! Wir sollten zuhause sein und nicht hier!«

Ninnie entwich ein tiefer Seufzer, denn ihre Tochter hatte recht. So hätte es zwischen Hannes und ihr niemals enden dürfen. Einen Wimpernschlag lang konnte sie sogar Rita verstehen, denn auch sie wünschte sich, dass das alles nie passiert wäre.

Aber das half nicht. Nun lebten sie nicht mehr in der Vorstadtvilla, sondern eben hier, in einer Wohnung mitten in der Stadt. Und alles, was Ninnie wollte, war, dass Sophie sich hier ebenfalls zuhause fühlte.

»Zuhause ist doch dort, wo wir beide sind, oder nicht?«

Das war der falsche Satz gewesen, denn wieder umklammerte Sophie ihre Beine, vergrub ihr Gesicht zwischen ihren Knien und schüttelte heftig den Kopf.

»Ach Schatz! Ich weiß, für dich gibt es nur ein Richtig, und das ist, wenn wir alle drei wieder zusammen sind. Und glaub mir, das habe ich mir ganz lange Zeit auch gewünscht.«

Sophie sah sie von der Seite an. »Und das hast du aufgegeben?«

»Ja, mein Engel. Denn manchmal muss man, auch wenn es noch so wehtut, akzeptieren, dass sich eine Tür schließt.«

»Muss man nicht! Glaubst du denn im Ernst, dass Papa und diese blöde Kuh ewig zusammenbleiben?«

»Nein, das glaube ich nicht, aber er denkt es und damit hatte ich keine andere Wahl, als ihn gehen zu lassen.« Auch wenn es noch so schmerzvoll war. »Und weißt du, er ist an der ganzen Sache auch nicht allein schuld.«

Jetzt riss Sophie ihre Augen weit und ungläubig auf. »Nicht? Wieso denn?«

»Wenn ich ehrlich bin, hat zwischen uns beiden schon seit Längerem vieles nicht mehr gestimmt, Sophie. Vielleicht haben wir uns einfach auseinandergelebt und er ist dann eben als Erster den letzten Schritt von uns beiden gegangen.«

Sophie warf sich in Ninnies Arme. »Dann ist er nicht schuld?«

Klar ist er das! Er hätte ja auch um ihre Ehe kämpfen können, so wie sie es ihm vorgeschlagen hatte, doch das wollte Hannes nicht. Aber das sagte sie ihrer Tochter nicht.

»Weißt du, es gehören immer zwei dazu, um eine Beziehung zu beginnen, und wenn eine Liebe endet, ist das meistens auch nicht einer allein.«

Sie wiegte Sophie in ihren Armen und spürte deutlich, dass sich ihre Tochter langsam wieder beruhigte.

»Mom?«

»Ja, Liebes?«

»Heißt das, wir könnten nächstes Jahr vielleicht doch wieder gemeinsam mit Dad Weihnachten feiern?«

Ninnie schnappte nach Luft und verschluckte sich. Krächzend antwortete sie: »Ja, vielleicht, Sophie. Irgendwann ganz bestimmt, denn was uns immer verbinden wird, das bist du! Und dafür sind wir beide dankbar. Glaub mir.«

Und genau so empfand Ninnie es in diesem Moment. Sophie war ein Wunschkind gewesen und das war sie geblieben. Egal, was auch immer passierte, ein Leben ohne ihre Tochter konnte und wollte Ninnie sich nicht vorstellen. Und tief in ihrem Innersten wusste sie, dass Hannes ganz gleich empfand, und wenn nicht viel von dem, was sie einmal verbunden hatte, geblieben war, das würde sie für immer verbinden und das war schön. Denn so schlimm das Ende ihrer Ehe auch war, Ninnie erinnerte sich mittlerweile immer öfter an all die guten Zeiten mit Hannes. Und das waren so viele schöne Momente in so vielen Jahren. Und das tat sie nicht nur für Sophie, sondern auch für sich selbst, denn sie wollte keine dieser Ex-Frauen sein, die ewig über ihren Ex-Mann herzogen. Nein, diese Sorte von Frauen hatte sie immer gehasst.

Da saßen sie also, am Holzboden vor der Tür, eng umschlungen, und hingen ihren Gedanken nach. So absurd das am Heiligen Abend auch war, es war auch schön. Innig. Und tröstlich. Als würde eine neue Zeit für sie beide beginnen.

Weihnachten, einfach perfekt

Es gab sie: die perfekten Weihnachten. Susis Familie war der Beweis dafür. Im Gegensatz zu Ninnie und Linus lief hier alles mehr als rund.

Das große Wohnzimmer war voller Lachen und Stimmen, der Baum leuchtete und glitzerte und Marcus zog seine Frau an sich und schmunzelte glücklich in sich hinein. Seine kleine Welt war so was von in Ordnung.

Susi gab ihm einen Kuss auf den Mund. »Danke! Ich liebe dieses Armband!«

Ja, es stand ihr wirklich gut. Gemeinsam mit Linus war er bei einer exklusiven Goldschmiede-Werkstatt in der Innenstadt gewesen und hatte seiner Frau ebenfalls ein Schmuckstück anfertigen lassen. Es war ein dünnes, mit Diamanten besetztes Glied-Armband, das ihr schmales Handgelenk toll betonte. Marcus kannte den etwas ausgefallenen Geschmack seiner Frau in puncto Kleidung und Schmuck, aber er wusste, dass ihr dennoch ein so klassisches Schmuckstück mehr als nur gefallen würde.

»Das freut mich sehr, Liebling! Und danke für die tolle Uhr. Genau die habe ich mir immer gewünscht.«

Marcus hielt ihr sein Handgelenk vor die Nase, denn ja, sie hatte ihm das teuerste und neueste Modell der *Garmin*-Sportuhr gekauft. Auf dieser Uhr liefen alle Apps gemeinsam, die er zum Joggen, Segeln oder auch bei Skitouren derzeit getrennt über sein Handy verwendete. Oder nicht verwendete. Aber Marcus hatte ja in letzter Zeit immer wieder betont, er wolle wieder mehr Sport machen, und Susi hoffte, dass die Uhr ihn ein wenig motivieren konnte.

»Das ist ein Wink mit dem Zaunpfahl, oder?«, grinste er seine Frau belustigt an.

»Niemals«, lächelte Susi ihn verliebt an. »Aber ich kenn dich doch. Du magst diesen Schnickschnack mit den Apps.«

»Und wie! Die Uhr zeigt über GPS-Daten jede Route an. Einfach alles. Echt toll. Und mit den Geschenken für die Kids hast du anscheinend auch ins Schwarze getroffen. Du bist einfach die Beste!«

»Du auch!«, antwortete sie verliebt.

Sie schickten einander ein vertrautes Lächeln. Eines, das davon erzählte, dass sie seit über zwei Jahrzehnten ein Paar und mehr als nur glücklich waren, einander noch immer zu lieben und gemeinsam stolz auf ihre Brut sein zu können. Keine Geheimnisse voreinander und sogar noch richtig Spaß am gemeinsamen Sex hatten. Nicht viele ihrer Freunde, die gleich lange zusammen waren, konnten das alles von ihrer Beziehung behaupten, davon waren Susi und Marcus überzeugt.

Umarmt blickten sie zum Tisch, den die Großfamilie bevölkerte. Sie hatten schon gewusst, warum sie diesen langen großen Holztisch wollten. Er war einfach perfekt für Anlässe wie Weihnachten. Hier saßen sie meist bis in die frühen Morgenstunden auf den gemütlichen Ledersesseln mit den Armlehnen und quatschten und lachten. So sollte es sein.

Tatsächlich redeten ihre Kinder gerade ausgelassen und in bester Stimmung mit ihren Tanten, Onkeln und Großeltern. Es war einfach nur schön, das mit anzusehen.

»Ich sollte dann wohl mit dem Auftragen der Vorspeise beginnen«, schmunzelte Susi.

»Ja, denke ich auch. Komm, ich helfe dir.«

Susi himmelte ihn an. »Hab ich dir schon gesagt, dass du der Beste bist?«

»Mit der besten Ehefrau von allen doch kein Wunder, oder?«

Er kniff ihr in den Po, Susi kicherte wie ein Teenager, was dazu führte, dass ihre Tochter Lisi peinlich berührt die Augen verdrehte, aber es wenigstens unkommentiert ließ, und ihr Sohn meinte: »Ich hoffe nur, unser Strandhaus ist weit von eurem entfernt!«

»Worauf du dich verlassen kannst, Bennie!«, erwiderte Marcus grinsend im Vorbeigehen und beide verschwanden in der Küche.

Susi richtete die Blattsalate in großen Glasschüsseln an, während Marcus in einer Pfanne die Garnelen anbriet. Im Handumdrehen waren sie fertig und jeweils mit einem großen Tablett in der Hand, Marcus trug zusätzlich noch den großen Korb mit frischem Toscanabrot, erschienen sie unter großem Hallo wieder im Wohnzimmer. Ganz offensichtlich hatte die Meute bereits großen Hunger. Selbst Bennie und Lisi halfen beim Servieren der besonders leichten Vorspeise.

Susi liebte Garnelensalat. Bloß bei ihrer Tochter hatte sie die Garnelen durch Büffelmozzarella ersetzt, denn Lisi hasste diese armen Tierchen. Vegetarierin war sie nicht, dafür liebte sie Fleisch dann doch zu sehr, aber Garnelen sahen sie an, wie sie ihrer Mutter bereits ein paar Mal angeekelt erklärt hatte.

Wie immer las Susis Vater erst aus der Bibel vor, nicht weil er sonderlich gläubig war, sondern weil er die Ansicht vertrat, ein Festtag müsse sich von einem normalen doch in irgendeiner sinnstiftenden Form unterscheiden und den Kindern schade es bestimmt nicht, zu wissen, warum sie Geschenke an einem Tag wie Weihnachten bekamen.

Gerade als er ans Ende kam, läutete Marcus' Handy. Susi schickte ihm den Heb-jetzt-ja-nicht-ab-Blick, doch es nützte nichts, denn er raunte ihr »Chantal?« zu und verschwand in Richtung Küche.

Unbeirrt las Opa fertig, wünschte als Ältester am Tisch allen noch einmal ein frohes Weihnachtsfest und dann begannen alle, zu essen. Nur Bennie motzte in Susis Richtung: »Also, wenn ich jetzt mein Handy abgehoben hätte, wärst du ausgezuckt!«

»Stimmt«, erwiderte sie gelassen und genoss den ersten Biss der noch heißen Garnele. Susi wunderte sich zwar sehr darüber, dass Chantal ausgerechnet bei Marcus anrief, das hatte sie ihres Wissens nach noch nie getan, aber wer weiß? Vielleicht war Linus' Akku leer und er wollte ihnen nur vor ihrer Abreise noch einmal persönlich frohe Weihnachten wünschen? Bestimmt war das der Grund.

Männertelefonate dauerten üblicherweise auch bei Marcus nicht besonders lange. Weder er noch Linus oder die anderen waren große Quatscher. Meist tauschten sie das Wesentliche aus und waren spätestens nach zwei Minuten fertig, daher wunderte Susi sich extrem darüber, dass Marcus ihr erst entgegenkam, als sie ihrerseits mit einem Tablett bereits am Weg zurück in die Küche war.

»Und? War es Linus?«

Zu ihrem Erstaunen schüttelte ihr Mann den Kopf. »Nein, du wirst es nicht glauben, er hat sich justament heute von Chantal getrennt.«

»Heute? Also das finde ich echt fies von ihm. Aber dass Chantal dann dich anruft, wundert mich doch ein wenig.«

Sie stellte das Tablett auf die große Anrichte und nahm die heißen Teller, die sie zum Vorwärmen in den Backofen gestellt hat, mit Handschuhen heraus, um die Hauptspeise anzurichten.

»Glaubst du, mich nicht? Ich weiß nicht einmal, was sie genau von mir wollte, außer mir zu erklären, was für ein A... Linus sei und dass er auf sie losgegangen sei.«

Susi schüttelte energisch den Kopf. »Linus soll sie physisch angegangen sein? Das glaub ich nie.«

»Nein, nicht körperlich, das habe ich dann falsch ausgedrückt. Linus soll sie beschimpft und aus dem Haus gejagt haben. Ich rufe ihn schnell noch an. Jetzt interessiert es mich auch, was da los war.«

»Ja, mach das. Und wenn das, was Chantal behauptet hat, stimmt, dann sag ihm schöne Grüße von mir und er ist ein Idiot! So was tut man nicht. Nicht zu Weihnachten.«

Marcus nickte zustimmend.

»Na geh schon. Ich komme mit der Hauptspeise auch allein zurecht, aber deine Garnelen sind mittlerweile bestimmt kalt geworden.«

»Passt schon. Ich serviere ab und versuche mal, ihn zu erreichen.«

Mit dem Handy am Ohr verließ Marcus die Küche. Auch wenn Susi Chantal für eine verwöhnte und äußerst intelligenzbefreite dumme Kuh hielt, verspürte sie dennoch einen kleinen Funken Mitleid für sie. Gerade am Heiligen Abend verlassen zu werden, egal, was immer zwischen den beiden heute vorgefallen war, war traurig. Ja, geradezu tragisch. *Weihnachten ist doch das Fest der Liebe*, dachte sie und hoffte, dass sich das wieder einrenken würde. Zwar konnte sie sich das bei Linus schwer vorstellen, denn wenn er etwas entschieden hatte, dann blieb er üblicherweise dabei, aber gerade Chantal war das Gegenbeispiel. Das wievielte Mal waren sie jetzt zusammen? Also das dritte Mal bestimmt, vielleicht auch das vierte Mal?

Susi beugte sich gerade nach unten, weil ihr einer der feuerfesten Handschuhe auf den Fußboden gefallen war, als sie von Marcus hörte: »Komisch. Ich erreiche ihn nicht.«

Susis Kopf erschien wieder über der Anrichte. »Hast du ihm aufs Band gesprochen?«

»Ja. Hab ich. Ich habe ihm gesagt, er soll mich dringend zurückrufen.«

»Das wird er sicher tun. Linus dreht sein Telefon doch nie ab.«

»Genau deshalb kommt mir das auch so seltsam vor. Ich hoffe, es geht ihm gut!«

»Ich auch, aber du kennst Linus. Manchmal zieht er sich auch einfach zurück. Apropos: Was hat Chantal denn noch gesagt? Wie geht es ihr? Wo ist sie denn?«

»Ihrem Schreien habe ich entnommen, dass sie am Weg zu ihren Eltern war.«

»Oje! Dann kann sich Linus ja auf etwas gefasst machen.«

Marcus hielt sie an der Hand zurück, als Susi gerade dabei war, den Truthahn aus dem Rohr zu holen.

»Kann er, aber ich denke, da wird der Herr Papa von Chantal auf Granit beißen. Linus lässt sich von ihm sicher nichts sagen.«

»Nein. Da hast du recht. Aber mir tut sie trotzdem leid.«

»Irre ich mich oder warst nicht du es, die mir gesagt hat, er soll sich endlich eine gescheite Frau suchen? Und du hast damit definitiv nicht Chantal gemeint.«

Susi zuckte mit den Schultern. »Ja, habe ich. Aber was weiß ich? Ich weiß nicht, was Linus will, und auch nicht, was da heute wirklich passiert ist.«

»Auch wieder wahr«, murrte Marcus. »Ich rate ihm, sich schleunigst bei mir zu melden!«

Besänftigend tätschelte Susi Marcus am Arm. »Das wird er. Ganz bestimmt. Und dann wissen wir mehr. Außerdem: Wenn er es bald tut, kannst du ihn ja noch zu uns einladen, damit er nicht alleine wo auch immer herumsitzt, falls er das tut und sich nicht bis dahin mit Chantal versöhnt hat.«

»Ja, das mache ich. Du bist die Beste!«

»Was bin ich aber froh, dass du das weißt«, kicherte sie und servierte der Großfamilie das Weihnachtsessen.

Eines war sicher: Das hier war das einzige beinahe absolut perfekte Weihnachtsfest unter ihren besten Freunden. Und nur das. Aber das wussten Susi und Marcus noch nicht in voller Tragweite, denn Susi hatte noch immer nicht die Zeit gefunden, ihre Mobilbox abzuhören.

Lichterglanz

tille Nacht, heilige Nacht!«, sangen Ninnie und Sophie aus voller Kehle, aber auch ziemlich falsch, vor dem nun hell erleuchteten Baum. Nach längerem Schweigen hatten sie noch eine ganze Weile über ihr neues Leben gesprochen und beides hatte etwas Befreiendes gehabt. Nun aber flackerten die echten Kerzen in dem sonst dunklen Wohnzimmer, Wunderkerzen, die Sophie nacheinander anzündete, versprühten etwas Magisches im Raum und endlich roch es auch so, wie Weihnachten riechen sollte, fand Ninnie.

Mittlerweile hatte Sophie sogar vergessen, dass Elena sie längst zurückrufen hätte sollen, denn sie fiel ihrer Mutter gerade um den Hals. »Fröhliche Weihnachten, Mom! Und noch einmal: Mir tut das echt leid, was heute passiert ist.«

Ninnie, die so entspannt war wie Jahre nicht, lächelte ihre Tochter versöhnlich an. »Ist schon gut! Jetzt ist nur eines wichtig, Süße: Fröhliche Weihnachten! Und sieh mal unter dem Baum nach.«

Sie küssten und drückten einander noch einmal ganz fest, dann holte Sophie ein kleines in Silberpapier gewickeltes Päckchen hinter dem Baum hervor, das definitiv nicht von Ninnie selbst von oder den Schwiegereltern kam.

»Das ist für dich«, strahlte Sophie ihre Mutter an.

»Oh, wie lieb von dir! Danke, mein Schatz.«

Sie nahm es, Sophie holte sich ein weiteres Geschenk, das eindeutig für sie bestimmt war, und beide setzten sich auf das Sofa, um ihre Päckchen zu öffnen.

»Wir haben doch glatt den Champagner vergessen!«

Ninnie sprang auf und war schon in Richtung Küche unterwegs. Sophie kam ihr nachgelaufen.

»Äh, Mom?«

»Ja?«

»Ich glaub, das ist keine gute Idee zum ... du weißt schon was!«

Kurz hielt Ninnie inne. »Mag sein, aber heute ist Weihnachten und in Amsterdam machen die Leute so was doch dauernd, oder?«

Kopfschüttelnd erwiderte Sophie: »Keine Ahnung.«

»Aha. Und ich sag dir, wir trinken jetzt ein Glas Champagner. Wie jedes Jahr.«

Es konnte doch nicht sein, dass sie hier nicht wenigstens das Minimum an Traditionen aufrechterhielten, falls Alkohol trinken in diese Kategorie fiel. Dennoch ließ sie sich nicht davon abbringen, holte die Flasche aus dem Kühlschrank und entkorkte sie mit einem lauten »Plopp«. Der Korken schoss quer durchs Wohnzimmer und traf zum Glück bloß einen Sessel. Mutter und Tochter sahen einander an und begannen, zu lachen.

»Das war jetzt Glück«, kommentierte Sophie und holte zwei Gläser vom Tisch.

»Stimmt, aber auch wir zwei dürfen mal Glück haben«, gluckste ihre Mutter. Leider fiel Ninnie gleich nach ihrer Tochter und dem Wort Glück auch Linus wieder ein. *Hm. Linus und Chantal trinken sicher auch Champagner, und wie ich ihn kenne, wird er ihr die tollsten Weihnachtsgeschenke besorgt haben.* Obwohl? Die Geschenke waren Ninnie egal, aber die Tatsache, dass er diese oberflächliche Frau vergötterte, und so sah es zwischendurch aus, denn er war sich nicht zu blöd, ihr jeden Wunsch von den Augen abzulesen und ihr zu erfüllen, wie Linus selbst ihr immer wieder stolz berichtet hatte, das verstand Ninnie nicht. Bloß, dass sie ganz sicher nicht sein Typ war.

Ich könnte mein Haar aber auch blond färben, kam ihr beinahe trotzig in den Sinn, während sie zwei Gläser von den schlanken, hohen vollschenkte, die Sophie ihr hinhielt. Ninnie setzte die Flasche ab und stellte sie auf den Couchtisch. *Wieso schon wieder?* Das war das Weihnachtsfest ihrer Tochter, dabei hatte Linus ganz bestimmt nichts zu suchen.

»Noch einmal fröhliche Weihnachten, mein Engel!«

»Danke. Dir auch, Mom!«

Sie stießen an, Ninnie nahm einen Minischluck und seufzte.

»Ah! Der ist immer wieder gut.«

»Na ja, ich finde, Hugo schmeckt besser.«

Ninnie riss die Augen auf. »Hugo? Echt jetzt?«

»Ja, aber chillex, Mom. Champagner geht auch.«

Kichernd sagte Ninnie: »Danke, mein Fräulein. Das ist aber sehr großzügig von Ihnen.«

»Ja, nicht?«, lachte Sophie zappelnd. »Aber kannst du jetzt endlich dein Geschenk aufmachen?«

»Natürlich.«

Unter der goldenen Verpackung verbarg sich eine kleine weiße Schachtel. Ninnie hob den Deckel ab und rief in der Sekunde: »Nein! Gott, ist die schön!« Sie fiel ihrer Tochter mit der Kette in der Hand um den Hals. »Danke, mein Schatz! Die passt perfekt zu den Delfin-Ohrringen, die ich mir selbst geschenkt habe. Und ich hab sie mir sogar angesehen!«

Der große Delfin, der an einer silbernen Gliedkette hing, war so was von herzig. Woher hatte Sophie gewusst, dass sie diese Kette so gerne haben wollte?

»Weiß ich, Mom. Ich habe sie im selben Geschäft gekauft, aber du musst sie öffnen.«

»Öffnen?«

Verwundert betrachtete Ninnie den Anhänger mit dem silbernen Delfin. Tatsächlich. Da war ein klitzekleiner Verschluss auf der Seite. Sie öffnete ihn vorsichtig und zum Vorschein kam im Bauch des Fischs ein Minibild von Sophie und ihr selbst sowie ein ganz kleines Stück Papier, das zusammengerollt war. Sie faltete es auf und las laut, was draufstand: »Du bist mein Engel! Ich liebe dich über alles, Mom! Sophie.«

Sie konnte nicht anders, Tränen füllten ihre Augenwinkel. Verstohlen wischte Ninnie sie weg und umarmte Sophie schon wieder. »Und du bist mein Engel, Sophie! Ich bin sprachlos! Danke!«

»Dafür redest du aber viel«, grinste ihre Tochter, der so viel Hype um ihr Geschenk peinlich war, was Ninnie sofort bemerkte.

»Stimmt. So, jetzt siehst du dir mal deine Geschenke an.«

»Soll ich die von Oma und Opa auch aufmachen oder zurückgeben?«

»Natürlich öffnest du sie. Schließlich haben sie sie dir geschenkt.«

»Auch wieder wahr.«

Während Sophie sich an ihre hübsch verpackten Geschenke machte, setzte Ninnie sich in den Ohrensessel und beobachtete ihre Tochter. Wie groß sie war! Bilder vergangener Weihnachten mengten sich zu dem, was sie beobachtete. Da war es, dieses süße kleine Mädchen mit den großen grünen Augen und den überlangen Wimpern, denen man nichts abschlagen konnte. Wie ehrfürchtig Sophie immer auf den Weihnachtsbaum geblickt hatte. Besonders auf die Wunderkerzen. Sophie waren sie immer wie pure Magie erschienen. Und sie war nie ein Kind gewesen, das sich sofort auf die Geschenke gestürzt hatte, sondern als Allererstes auf Ninnies Schoß sitzend die Weihnachtsgeschichte hören wollte. Erst dann öffnete sie ein Päckchen nach dem anderen. Wie jetzt. Vorsichtig. Nie zerriss sie das Papier, sondern legte es sorgsam zur Seite. Sammelte jedes Band und jede Schleife.

Ob Linus einen Platz in diesem Bild finden könnte? Nur hypothetisch? Ninnie war sich nicht ganz sicher, wie ihre Tochter darauf reagieren würde, wenn es in ihrem Leben einen neuen Mann geben würde. Bei Hannes und Linda funktionierte es rein gar nicht, aber Sophie wusste ja auch, dass er sie mit Linda betrogen hatte. Wie würde sie also auf jemanden reagieren, der mit der Trennung gar nichts zu tun hatte? Ninnie war sich nicht ganz sicher, wischte den Gedanken aber damit weg, dass es ohnehin niemanden in ihrem Leben gab, daher brauchte sie sich deshalb ihren Kopf auch nicht zu zerbrechen. Viel schöner war es doch, dass sie sich hier mit Sophie richtig glücklich fühlte. So glücklich und so gelöst wie seit Ewigkeiten nicht mehr.

»Mom! Der ist aber cool!«

War er. Weiß mit silbernen Einprägungen und ein paar Sonderfeatures, zum Beispiel mit integriertem Handy-Ladegerät. Sophie stand mit dem schicken neuen Rucksack in der Hand vor ihrer Mutter und strahlte. »So einen hab ich mir schon immer gewünscht.«

»Und sieh mal einer an, das Christkind hat ihn dir auch gleich gebracht.«

»Ja«, grinste Sophie. »Braves Christkind.«

Ein paar Danke-Küsse und Umarmungen später hatten beide all ihre Geschenke ausgepackt. Sophie spielte auf ihrem neuen Handy herum und hatte auch das neue Bettelarmband mit den kleinen Charms am Handgelenk.

Gerade als Ninnie vorschlagen wollte, dass sie nun das Fondue aus der Küche holen würde, sah sie, wie Sophies Gesichtszüge entglitten. All ihre Fröhlichkeit war blankem Horror gewichen, daher sprang Ninnie auf und ging mit offenen Armen auf ihre Tochter zu. »Um Himmels willen, Sophie! Was ist passiert?« Schnell steckte ihre Tochter das Handy in den Rucksack und sagte nur: »Nichts.«

»Blödsinn. Ich sehe dir doch an, dass etwas ist.«

Energisch schüttelte Sophie den Kopf, da schoss es Ninnie, dass es vielleicht mit irgendeinem Burschen zusammenhängen könnte. Sophie hatte noch nie einen Freund gehabt, aber wer weiß? So aufgetakelt und so guter Laune, wie sie in letzter Zeit gewesen war, könnte ja auch bedeuten, dass sie verliebt war?

Plötzlich läutete Sophies Handy, das nun im neuen Rucksack steckte. Sie zog es heraus und für einen Moment blieb Ninnie noch im Wohnzimmer, um mitzubekommen, wer dran war.

»Elena!«

Gut so.

Ninnie verzog sich, damit ihre Tochter ihr Leid in Ruhe ihrer besten Freundin klagen konnte. Und genau das tat Sophie auch, während ihre Mutter lautstark in der Küche rumorte. Allerdings musste sie Elena zuerst darüber aufklären, dass sich die Situation mit dem Schokokuchen und ihrer Mutter wieder entspannt hatte und die Großeltern das Weite gesucht hatten. Woraufhin Elena zunächst einmal ein Stein vom Herzen fiel.

»Du, der Chrissi hat gepostet, dass er bei Marie ist!«, schluchzte Sophie dann etwas später doch ins Telefon, denn sie war verzweifelt. Vier Wochen hatte sie nun angenommen, dass Chrissi, für sie der coolste aller Jungen, den sie jemals kennengelernt hatte, und drei Jahre älter als sie, auf sie stand. Aber da er ausgerechnet am vierundzwanzigsten Dezember mit Marie, der größten Tussi aus ihrer Klasse, zusammen war, übermannte sie die Eifersucht. Was, wenn er etwas mit Marie hatte?

»Bestimmt nicht! Der mag sie doch nicht einmal«, versuchte Elena, Sophie zu beruhigen.

»Aha. Und warum ist sie dann in seinem Haus und Chrissi postet das auch noch?«

»Keine Ahnung, aber du: Sorry, hat etwas gedauert, aber ab jetzt habe ich frei von der Family. Du kannst also herkommen. Oder aber …« Elena hielt bedeutungsschwer inne.

»Oder aber was?«

»Oder aber ich rufe Chrissi an«, schlug Elena vor, »und frage ihn, ob seine Einladung, dass wir heute Abend bei ihm vorbeikommen können, noch steht.«

»Das würdest du tun?«

»Klar. Er hat doch gestern gesagt, dass seine Eltern heute Nachmittag wegfliegen und er zuhause bleibt, weil er für eine Prüfung im Jänner an der Uni lernen muss.«

»Okay. Stimmt. Ja, bitte. Mach das! Ich frag Mom, ob ich zu dir gehen kann.«

»Texte mir einfach, wann du dann bei mir sein kannst.«

»Mach ich.«

Hoffnung hatte sich in Sophie breitgemacht. Vielleicht hatte Elena recht und die Sache mit Marie war ganz harmlos?

Eindeutig fröhlicher als zuvor lief Sophie zu ihrer Mutter in die Küche, die gerade dabei war, die heiße Suppe vom Herd zu nehmen, damit sie sie in den Fondue-Topf gießen konnte.

»Mom! Äh …« Wie sollte sie ihrer Mutter beibringen, dass sie unbedingt zu Elena musste? Jetzt sofort? Noch vor dem Abendessen?

Ninnie stellte den Topf ab und sah ihre Tochter an. Und in dem Moment wusste sie alles.

»Also: Wohin willst du?«

»Ich?«

»Ja, du!«

»Uhm, zu Elena«, log Sophie nur halb.

Seelenruhig setzte Ninnie sich und musterte ihre Tochter. »Okay. Du hast jetzt zwei Möglichkeiten, mein Schatz.« Ihre Tochter schwieg und blieb neben der Theke der Kochinsel stehen, daher fuhr Ninnie fort. »Nummer eins: Du lügst mich weiter so halb an und bleibst hier, oder Nummer zwei, wir sind ab heute die coolste Mutter-Tochter-WG, die es je gegeben hat und wie wir es beim Einzug beschlossen haben, und ab sofort sind wir absolut ehrlich zueinander. Das bedeutet, du sagst mir, worum es hier geht, denn dann stehen deine Chancen gut, dass ich willens bin, den Heiligen Abend hier alleine zu verbringen.«

Ninnie fand es amüsant, wie die Stirn ihrer Tochter Falten warf und sie angestrengt darüber nachdachte, was sie ihr nun sagen sollte oder nicht. Klar war das eine Erpressung, aber hey, sie war die Mutter! Und sie wollte wissen, was im Leben ihrer Tochter vorging. Was hieß *wollte*? Sie musste es wissen.

Sophie setzte sich neben sie. »Okay. Das war gelogen. Na ja, nur ein bisschen. Ich will tatsächlich erst zu Elena und dann mit ihr gemeinsam zu Chrissi.«

»Und wer ist diese Chrissi?«

Den Namen hatte Ninnie noch nie gehört.

»Keine sie, ein er. Und ...« Sophie senkte den Kopf.

»Und du magst ihn?«

»Ja. Sehr«, antwortete Sophie kleinlaut.

Ninnie lachte auf. Also doch! Ihre Tochter war verliebt. Das war doch schön!

»So. Dann erzählst du mir mal kurz, wer dieser *Chrissi* ist und wo er wohnt, und dann entlasse ich dich für heute. Möglicherweise.« Sie kicherte. »Auch wenn es mir schwerfallen würde!«

»So klingst du aber gar nicht.«

Ninnie hob tadelnd den Zeigefinger. »Stimmt, Madame. Dank deines Schokokuchens.«

Chrissis Schokokuchen, den ich nicht einmal angerührt habe, dachte Sophie, aber das erzählte sie ihrer Mutter lieber nicht, stattdessen ließ sie ihn im besten Licht erstrahlen.

»Ja, also, Chrissi ist einundzwanzig, studiert an der Wirtschafts-Uni und wohnt in Hietzing. Ja, und seine Eltern sind heute weggeflogen, deshalb ist er allein zuhause und macht eine Christmasparty.«

»Verstehe. *Chrissi allein zuhause*, und da musst du natürlich hin.« *Ob ich mit ihr noch einmal ein Aufklärungsgespräch führen sollte? Andererseits ist Sophie achtzehn. Hm. Aber ich könnte sie* »Hast du Kondome?« *fragen.*

Ihre Tochter wurde leicht rot, nickte zur Erleichterung ihrer Mutter aber. »Ja, hab ich. Aber Mom, so weit sind wir noch gar nicht, ich weiß ja nicht einmal, ob er nicht mit Marie zusammen ist.«

Den letzten Teil presste sie beinahe heulend heraus, was Ninnie dazu veranlasste, Sophie sofort in den Arm zu nehmen.

»Ach, daher weht der Wind. Du hast Angst, dass sie ihn dir wegschnappt, wenn ich dich nicht gehen lasse.«

Sophie wischte sich mit der Hand über die Augen und nickte heftig.

»Okay. Dann bist du ab sofort entlassen, aber du musst mir schwören, dass du keine Drogen anfasst. Haben wir uns da klipp und klar verstanden?«

Wieder nickte Sophie und küsste ihre Mutter auf die Wange. »Du bist die Beste, Mom! Danke! Und nein, mach ich nicht und hab ich auch noch nie.«

Ach? »Und woher kommt dann der Kuchen?«

»Das ist eine lange Geschichte und ich schwöre, ich erzähl sie dir morgen, Mom. Aber noch was.«

»Ja?«

»Ich würde heute gern bei Elena übernachten.«

Prüfend sah Ninnie ihrer Tochter in die Augen. »Elena oder Chrissi?«

»Elena. Ganz sicher. Ich mag einfach nachher nicht mitten in der Nacht noch von ihr zu uns fahren.«

»Das verstehe ich. Passt schon. Dann also bis morgen.«

Sophie fiel ihrer Mutter um den Hals, küsste sie und schon war sie weg. Glücklich und aufgeregt in ihr Zimmer verschwunden, vermutlich um ein paar Sachen in ihren neuen Rucksack zu packen und ihr Make-up aufzufrischen.

Gedankenverloren räumte Ninnie das Essen wieder weg, dann den Tisch im Wohnzimmer ab und gerade als sie mit allem fertig war, erschien ihre Tochter in der Tür. »Bin fertig und fahr jetzt.«

»Ist gut! Du, ich habe dir noch Weihnachtskekse hier in ein Tupperware gegeben, die kannst du mitnehmen.«

Sie drückte Sophie die vorbereitete weiße Dose und auch noch eine Flasche sehr guten Weißwein in die Hand.

»Danke, Mom. Das ist ja cool!«

»Die Sachen kannst du ja Chrissi mitbringen.«

»Der freut sich bestimmt.«

Strahlend rauschte ihre Tochter ab und eine weniger strahlende, weil plötzlich sich einsam fühlende Mutter blieb vor dem Christbaum stehend zurück, denn wie heute schon so oft wanderten ihre Gedanken ungefragt zu Linus. Je bunter und schöner sie sich sein Weihnachten mit Chantal ausmalte, desto trister wurde ihr eigenes.

Einige Zeit lang hatte sie es mit einem Weihnachtsfilm im Fernsehen versucht, aber sie bekam die Geschichte einfach nicht mit.

Ich muss raus.

Ninnie wechselte von den High Heels in Stiefel, zog sich einen flauschigen beigen Mantel über das bodenlange Kleid und setzte sich eine ebenfalls beige Mütze auf. Noch die Handtasche mit dem Schlüssel und der Geldbörse und sicherheitshalber steckte sie auch ein Paar Handschuhe in die Manteltaschen.

Langsam ging sie die Treppe hinunter und mit einem lauten »Klack« fiel die Eingangstür hinter ihr ins Schloss.

»Es schneit ja!«, rief sie aus und entschied sich spontan, nach links zu gehen, da am Ende der Straße ein kleiner Park war. Hätte sie etwas intensiver nach rechts geblickt, hätte Ninnie gesehen, dass auch jemand vor dem Eingang der neuen Stadtvilla auf die Straße trat und dick vermummt nach rechts abbog.

Aber sie sah eben nicht nach rechts.

Ein Desaster

Rita hatte darauf bestanden, dass Othmar schnurstracks zu Hannes fuhr. Sie musste ihrem Sohn von dem ungehörigen Verhalten ihrer Ex-Schwiegertochter brühwarm erzählen, sonst würde sie an ihrer Wut auf Ninnie geradezu zerplatzen. Was für eine Demütigung! Sie war tief gekränkt und stinksauer, dafür brauchte sie ein Ventil. Es bloß ihrem Mann an den Kopf zu werfen, war nicht befriedigend, da er immer nur »Du musst Ninnie auch verstehen« murmelte. Selbst ihre Beule auf der Stirn tat er mit »Sophie hat das doch nicht absichtlich getan« ab. Nein, sie musste mit ihrem Sohn reden. Der würde sie verstehen.

Erst nach ihrem Sturmläuten öffnete Hannes endlich die Tür. Nur in Unterhosen und mit T-Shirt bekleidet und mit völlig zerzaustem Haar. »Mutter? Was tust du denn hier?«

»Hannes! Heute ist Weihnachten! Wieso muss ich mich heute andauernd dafür entschuldigen, dass ich dir oder meiner Enkeltochter einen Besuch abstatten will?« Sie schob ihren Sohn, der seinen Arm an den Türrahmen lehnte, einfach weg und trat ins Vorzimmer. »Sag einmal, warst du gerade dabei, dich umzuziehen?«, fragte sie Hannes mit Blick auf die beiden Koffer, die gleich hinter der Tür für die Abreise bereitstanden.

»Ich? Äh ...« Hannes fuhr sich nervös durchs Haar. »Ja, also, stimmt. Ich wollte mich gerade für den Flug umziehen.«

»Hannes, du böser Junge! Komm auf der Stelle wieder nach oben!«

Die hohe Stimme, die aus dem ersten Stock wie quietschendes Glas nach unten drang, ließ alle drei einen Moment lang erstarren.

Und dann erschien sie auf der Treppe: Linda. In schwarzen Lederdessous, Stöckelschuhen und mit einer Peitsche in der Hand.

Rita quietschte auf, schlug sich die Hände vor die Augen und rief nur: »Othmar!«, bevor sie in sich zusammensackte. Aber es war nicht ihr Ehemann, der sie auffing, sondern ihr Sohn, der auch gleichzeitig nach oben schrie: »Bleib im Schlafzimmer!«

Doch Linda hielt sich nicht daran und spazierte seelenruhig die Treppe herunter. Selbst seine mehrmaligen Aufforderungen, dass sie sofort wieder nach oben gehen sollte, ignorierte sie geflissentlich.

Mit seiner schlaffen Mutter im Arm stand Hannes hilflos da, bis sein Vater vor sie trat und ihr die Hand hinhielt. »Rita! Komm. Der Junge ist doch erwachsen.«

Plötzlich kam Leben in den Körper seiner Mutter, sie zog sich an Othmars Arm hoch und drehte sich zu Hannes um. »Seid ihr eigentlich alle verrückt? Erst Janina und jetzt du?« Mit einem bösen Blick über Hannes' Schultern hinweg fauchte sie: »Und was soll das bitte werden, Linda? Willst du mich damit verprügeln?«

»Wo denkst du hin?«, piepste Linda zurück.

Rita hasste ihre Stimme. Auch wenn sie vor ihrer Ex-Schwiegertochter immer so tat, als sei Linda geradezu perfekt, es war gelogen, und das nur, um ihrem Sohn den Rücken zu stärken. Wenn einer perfekt war, dann war das ihr Sohn. Diese Frau in der nuttigen Kleidung mit Sicherheit nicht. *Kleidung?* Das waren ein paar Stofffetzchen, die nicht einmal das Nötigste verdeckten!

Linda ließ die Peitsche hinter ihrem Rücken verschwinden und gab dem verdutzten Othmar ein Küsschen auf jede Wange. Für einen kleinen Moment, und nur bis seine Frau ihn mit einem schroffen »Othmar!« um seine geradezu fantastische Aussicht auf Lindas durchaus mächtigen Busen beraubte, schwebte er im siebten Himmel. Könnte Othmar wählen, würde er sich wie sein Sohn für Linda statt für Ninnie entscheiden. Allerdings nur, wenn es ums Bett ging. Heiratsmaterial war diese Frau keines. Alleine dieses Dingsda, welches sie anhatte. Beim besten Willen konnte Othmar sich seine Ex-Schwiegertochter nicht in Lack und Leder vorstellen. Ninnie war mehr der Typ für weiße Spitzendessous.

Kaum hatte er das Bild von Ninnie in ihrem stilvollen blassrosa Abendkleid und gleich danach bloß in Spitzendessous vor Augen, schämte er sich dafür und schob es weg. Immerhin war sie die Mutter seiner Enkelin! Die stellte man sich nicht in Unterwäsche vor.

Othmar dachte sich daher: *Das geht mich alles nichts an.* Genauso wenig wie die Tatsache, dass Hannes ganz offensichtlich Weihnachten mit Linda im Bett verbracht hatte.

»Was ist denn nun? Willst du uns nicht hereinbitten?«, fauchte seine Frau ihren Sohn an.

»Aber du bist doch schon herinnen.«

Ein böser Blick genügte und Hannes zuckte zusammen.

»Schon gut, entschuldigt. Darf ich euch ins Wohnzimmer bitten und euch noch schnell ein Gläschen anbieten?«

»Ich bin froh, dass du fragst«, antwortete Othmar als Erster. »Etwas Starkes bitte.«

Zu seinem Erstaunen hörte er seine Frau »Für mich bitte auch« sagen. Gut, das waren auch nicht die Weihnachten, die sie sich vorgestellt hatte. Ganz bestimmt nicht!

Beide folgten Hannes ins geräumige Wohnzimmer mit den Glastüren, die einen wunderbaren Blick auf den beleuchteten Garten ermöglichten. Linda lief nach oben, um sich etwas anzuziehen, und Othmar fragte sich, ob er Hannes zur Seite nehmen und ihn auf den Drogenkonsum seiner Ex-Frau ansprechen sollte.

»Übrigens: Wir kommen gerade von Janina. Stell dir vor: Deine Ex-Frau nimmt jetzt Drogen!«

Die Frage hatte sich für Othmar somit erledigt und er bewunderte seine Frau beinahe ein wenig dafür, wie sie das Thema fast beiläufig, aber gleichzeitig bestimmt anschnitt, während sie sich im großen Ohrensessel niederließ.

Ganz so beiläufig dürfte es doch nicht gewesen sein, denn Hannes fiel ein benutztes Glas aus der Hand, das er gerade vom Tisch räumen wollte.

»Nicht schon wieder Scherben!«, schrie seine Mutter auf, lief selbst in die Küche und holte Besen und Schaufel.

Während sie bereits kehrte, stand ihr Sohn noch immer genau da, wo ihm das Glas aus der Hand gerutscht war. »Drogen?«, wiederholte er reichlich spät, dafür aber mit umso größeren Augen. Wenn er sich alles vorstellen konnte, aber das bestimmt nicht. Nie im Leben würde Ninnie auch nur welche anfassen. War seine Mutter am Verrücktwerden? *Sind das erste Zeichen einer Altersdemenz?* Er wollte sich gar nicht erst vorstellen, welche Konsequenzen es hätte, wenn dem so war.

Linda, die nun Jeans und ein T-Shirt trug und auch für Hannes eine Jeans mitgebracht hatte, hatte nur das letzte Wort von Hannes mitbekommen. »Drogen? Wer?« Sie sah Hannes, dann Othmar direkt in die Augen. Rita wandte ihr gerade den Rücken zu, weil sie sich noch nach kleinen Splittern umsah. Plötzlich streckte sie ihren Rücken durch, drehte sich mit der Schaufel in der Hand um und Linda zischte in diesem Moment alle drei an: »Moment einmal. Ihr denkt doch nicht etwa, ich nehme Drogen?! Oder?« Verunsichert blickte sie ein weiteres Mal von Hannes zu Othmar. Nun auch zu Rita, die sie anfauchte: »Du doch nicht! Hier gehts nämlich ausnahmsweise mal nicht um dich!« Lindas Mund klappte auf, doch bevor ihm etwas entweichen konnte, fuhr Rita fort: »Hier. Bring das mal zurück in die Küche.«

Wann hat diese Frau das letzte Mal eine Schaufel und einen Besen in der Hand gehabt, fragte sich Othmar bei Lindas Anblick. Unnatürlich hielt sie beides von ihrem Körper weg, gerade so, als würde Gefahr von den Haushaltsgeräten ausgehen. Die Jeans hatte sie fallen lassen. Hannes hob sie gerade auf und schlüpfte hinein.

»Wer denn dann?« Linda gab nicht auf. Sie wollte wissen, wovon sie hier redeten, aber hauptsächlich, über wen. Die Bosheiten von Rita nahm sie nicht ernst. Sie war es gewohnt, dass manche Menschen über sie lästerten, aber da stand sie drüber.

»Na, sie«, antwortete Hannes lapidar.

»Sie? Wer sie?«

Hoffentlich nicht Sophie, dachte Linda. *Nicht auszudenken, wenn sie das Problem ist und ich deshalb nicht in die Karibik fliegen kann! In dem Fall verpasse ich diesem pubertierenden Fratz eigenhändig eine Überdosis!*

»Ninnie«, sagte Hannes zögerlich, womit er eine Regel gebrochen hatte, woran Linda ihn auch in der Sekunde erinnerte.

»Wir sprechen heute nicht von ihr und nennen auch nicht ihren Namen«, tadelte sie ihn wie einen Schuljungen und seine Mutter bedauerte zutiefst, dass ihr Drink leer war.

»Du wolltest es doch wissen und hast nach ihrem Namen gefragt!«

»Stimmt auch wieder. Ich verzeihe dir, Bärchen.«

Augenaufschlag und Luftküsschen.

Rita war übel, Othmar leerte nun auch sein Glas und hielt es so lange in die Luft, bis auch der letzte Tropfen in seinem Mund verschwunden war.

»Welche Drogen waren es denn?«, fragte Linda nun unschuldig.

»Mari-Chuana«, sagte Rita verächtlich und verzog dabei ihren Mund.

»Es heißt Marihuana, Mutter.«

»Ist das dein Ernst? Ist doch egal, wie das Zeug heißt.«

Meine Güte, was die hier abzogen! Linda kannte jede Menge Männer, Staranwälte, Chirurgen und sogar Politiker, mit denen sie einen One-Night-Stand oder auch eine Affäre gehabt hatte, die alle koksten. Also was regten die sich hier so auf? Über Cannabis? Einen kleinen Joint?

»Gut für sie«, ätzte Linda daher, was ihr sofort ein »Bist du übergeschnappt?« von Rita einbrachte. »Wieso? Dann entspannt sie sich endlich mal!«

Mit einem Seitenblick in Richtung Hannes, der ›Jetzt unterstütz mich doch und sag halt auch etwas‹ ausdrücken sollte, was er sichtlich nicht verstand, da er auf den Boden starrte und kopfschüttelnd schwieg, fuhr Linda letztendlich doch selbst fort: »Wenns stimmt! Die ist doch immer bloß stressig drauf und unentspannt! Also was ist schon dabei, wenn sie sich mal einkifft? In Kalifornien und Kanada ist das legal.«

»Aber hier nicht!«, fuhr Othmar sie an. »Und Schluss jetzt! Ich werde das morgen mit ihr in Ruhe besprechen, schon allein wegen der armen Sophie.«

Und genau das hatte er vor, denn einer musste hier ja Vernunft walten lassen. Dass seinem Sohn seit geraumer Zeit das Hirn in die Hose gerutscht war, war Othmar nicht erst seit heute klar. In seiner Welt hätte er Sophie und Ninnie das Haus überlassen müssen und sie nicht bis vor den Richter zerren brauchen! So was tat man als verantwortungsvoller Familienvater nicht und da konnte Rita Hannes noch so sehr in Schutz nehmen. Ihm tat Ninnie leid und er hatte größte Hochachtung vor dem, was sie im letzten Jahr alles ausgehalten und dann auf die Beine gestellt hatte. Auch wenn Othmar keine Ahnung hatte, warum Ninnie heute so aus der Rolle gefallen war, es gab sicher einen Grund dafür. Einfach zum Spaß kiffte Ninnie sich nicht ein, davon war er überzeugt.

»Du hast recht!«

Unterstützung von Rita? Damit hatte Othmar nicht gerechnet.

»Willst du hier Wurzeln schlagen, Linda? Ich brauche nämlich jetzt noch einen Drink«, fuhr Rita die Freundin ihres Sohnes unwirsch an. Gut so, damit war das Thema vorerst vom Tisch, befand Othmar.

»Nein, natürlich nicht. Ich gehe schon.«

Sowohl Othmar als auch Rita war klar, dass sie diesen Heiligen Abend am besten so schnell wie möglich vergessen sollten. Auch hier, bei ihrem Sohn, würde nicht so etwas wie Weihnachtsstimmung aufkommen. Othmar reichte der Anblick eines so halbwegs, wenn auch karg geschmückten Baumes, aber seine Frau musste sich zwingen, über die Unordnung im Wohnzimmer hinwegzusehen. Überall lag zerrissenes Geschenkpapier am Boden herum, benutzte Teller standen am Couchtisch, wo auch noch zwei Gläser aufs Abservieren warteten. Eindeutig die Spuren der kleinen Weihnachtsfeier am frühen Nachmittag mit Sophie. Sie hatte ihren Großeltern kurz davon erzählt. Aber das Schlimmste war: Es roch nicht einmal nach Weihnachten. Weder nach verbrannten Wunderkerzen noch nach Vanille oder Zimt, sondern nach einem Tag wie jedem anderen!

Unwillkürlich schüttelte Rita den Kopf. Und die beiden wollten in einer Stunde oder vielleicht auch zwei mit dem Taxi zum Flughafen und zwei Wochen lang diesen Saustall einfach so stehen lassen?

In Momenten wie diesem wünschte Rita sich in einem Moment der Unachtsamkeit ihre Ex-Schwiegertochter zurück, denn abgesehen von heute waren bisher alle gemeinsamen Weihnachten perfekt gewesen. Und das bedeutete etwas, denn Rita war Ninnie gegenüber immer etwas kritisch gewesen, doch unter ihrer Führung, andere würden es als kritisieren oder nörgeln bezeichnen, auf jeden Fall hatte Ninnie über die Jahre dazugelernt und gegen die letzten paar Weihnachten gab es wirklich nichts einzuwenden. Doch, fiel Rita zum Glück ein, letztes Jahr gab es Thunfisch und die Steaks waren beinahe roh. Dafür war der Baum toll gewesen. Ragte bis zur Decke. Eine üppig gewachsene Tanne. Schöner Baum. Nicht so wie dieses jämmerlich anzusehende Buschwerk mit den paar goldenen Kugeln, die lieblos draufgeklatscht wurden.

»Danke«, strahlte sie ihren Sohn an, der ihr statt dieser unnützen Linda einen Bourbon auf Eis servierte, und bevor irgendeiner »Fröhliche Weihnachten« auch nur aussprechen konnte, trank sie ihn ex und seufzte genussvoll. Den hatte sie gebraucht. Dass ihr jemand heute, wie ihr Sohn und Linda soeben, »Fröhliche Weihnachten« wünschte, eher nicht. *Was soll das auch?* Ihre Enkelin war pampig, ihre Ex-Schwiegertochter im Drogenrausch, die Neue hier im Huren-Outfit, und selbst ihrem Sohn musste sie innerlich vorhalten, dass er seine Ehe für dieses blonde Gift geopfert hatte. Es war das erste Mal, dass sie richtig sauer auf Hannes war. Daher stand Rita auf.

»Othmar. Wir gehen. Die beiden müssen sich fertig machen und«, ein abfälliger Rundumblick sollte unterstreichen, was sie in Richtung Linda zu sagen hatte »hier zusammenräumen, außer, Hannes, du willst, dass sich während deiner Abwesenheit die Mäuse hier einnisten. Obwohl?« Sie zog Othmar an der Hand mit in den Vorraum. »Was mische ich mich ein? Du wirst schon wissen, was du tust!«

Hannes, ob der kühlen Reaktion seiner Mutter verblüfft, gab ihr nur mehr recht, half ihr in den Mantel und brachte seine Eltern, von Linda wie ein Schatten verfolgt, zur Tür.

Als er sie endlich hinter sich zuzog, atmete er laut aus. »Komm, lass uns schnellstens zum Flughafen fahren. Ich brauch nicht noch mehr Überraschungsgäste.« Linda wand sich. »Aber Bärchen, du bist mir noch was schuldig.«

Für einen Moment stand Hannes auf der Leitung, dann lachte er hell auf und zog sie in seine Arme. »Gleich, nachdem wir im Hotel angekommen sind! Ich schwöre!«

Sie zog gekonnt ein Schnoferl, damit hatte Linda bei Männern immer schon alles erreicht, aber die Aussicht, mit ihm und auf seine Kosten ab morgen für über zwei Wochen in einem Luxushotel auf St. Barth abzuhängen, ließ sie ihren Leider-doch-nicht-Orgasmus vergessen. »Okay. Aber du musst es schwören!«

Er wirbelte sie durch die Luft. Durch seinen Kopf schwirrten genau drei Wörter: Sex, Sex und Sex. Sonne, Strand, Meer oder traute Zweisamkeit mit Linda hatten keinen Platz mehr gefunden. Für Hannes war das das beste Weihnachten aller Zeiten. Sex gleich nach dem Aufwachen, dann noch einmal, bevor seine Tochter vorbeigeschaut hatte, und jetzt wieder. Er war ja kurz zuvor gekommen, Linda brauchte immer etwas länger. Aber meine Güte, welche Frau hatte auch schon bei jedem Geschlechtsverkehr einen Höhepunkt? Ninnie nicht.

Bedeutungsschwer legte er zwei Finger auf die Brust. »Ich schwöre, Liebling! Aber lass uns jetzt abhauen, ich will so schnell wie möglich ganz weit weg von hier.«

»Ich auch«, hauchte sie und sah zuckersüß aus, wie Hannes fand. Wozu brauchte man all den Weihnachtsschnickschnack? Ein wenig frischer Zimt auf den flachen, nackten Bauch von Linda war mehr Weihnachten als jeder Baum!

Weihnachtsmagie

Hätte Linus nur für einen Wimpernschlag nach links geblickt, hätte er sie gesehen. Vielleicht wäre er auf sie zugegangen. Hätte Ninnie gefragt, was sie um diese Zeit auf der Straße täte und ob sie mit ihm auf einen Drink gehen wolle. Möglicherweise wäre er aber auf der Stelle umgekehrt, weil er sie zu sich auf ein Gläschen unter dem Christbaum eingeladen hätte. Oder aber er hätte genau das Gleiche wie jetzt getan: gedankenverloren unter den Schneeflocken die Straße entlangzuschlendern, die absolut verlassen dalag.

Plötzlich fiel ihm ein kleines Lokal auf, aus dessen Fenster warmes Licht auf den Gehsteig fiel. Spontan entschied er sich, einzutreten und sich noch einen Drink zu genehmigen.

Die Bar war leer, nur hinter der Theke stand ein sehr großer, kahlköpfiger Mann, der ihn aus schwarzen Augen warmherzig anblickte und willkommen hieß. Linus setzte sich zu ihm an die Theke.

»Was kann ich Ihnen servieren?«

»Einen Gin Tonic, bitte.« Der sympathische Mann mixte das Getränk und stellte es auf der glatt polierten Holztheke ab. Linus nahm einen Schluck und fragte sich, wie um alles in der Welt er heute hier enden konnte. Und warum er die ganze Zeit an Ninnie dachte und sich tausend Fragen zu ihr stellte, aber keine einzige zu Chantal. Warum spukte sie immer wieder durch seine Gedanken und beherrschte sie? Ninnie war mehr oder weniger gerade erst geschieden, und das von Hannes, den er durchaus als einen Freund bezeichnete.

Ich stehe auf junge Frauen! Solche, die irgendwann einmal ein Kind mit mir haben wollen. Was also will ich von der Mutter einer Achtzehnjährigen?

Irgendetwas in seinem Kopf erinnerte ihn daran, dass Chantal zwar ins Schema passte, er aber gleichzeitig sich niemals vorstellen konnte, ein Baby mit ihr zu haben. *Bin ich verrückt? Ein Kind mit Chantal?* Sie hätte es sicher haben wollen, aber er hatte nicht ein einziges Mal darüber nachgedacht. *Ich habe immer gewusst, dass das mit Chantal ein Ablaufdatum hat.* Dass das Ablaufdatum auf Weihnachten fiel, war für Linus zwar überraschend gekommen, aber nicht wirklich verwunderlich. Und wenn er ehrlich zu sich selbst war, und der Alkohol führte zu beinahe selbstgeißelnder Ehrlichkeit, hatte er in diesen Anlauf, der wievielte ihrer Beziehung war es eigentlich, nicht sonderlich viel investiert.

Selbst die Handtasche hatte er in einer weitaus innigeren Zeit mit Chantal für sie bestellt. Schon als er die Tasche abgeholt hatte, hatte er das Gefühl gehabt, sie sei nicht für sie bestimmt. Aber was sollte er damit? Doch vielleicht war es gut, dass sie dieses Geschenk nicht geöffnet hatte.

Linus schwenkte das Glas in seiner Hand und sah ins Leere vor sich. Nahm die vier Reihen an Flaschen, die hinter der Bar aufgereiht in einem dunkelbraunen Regal auf ihre Verwendung warteten, nur verschwommen wahr.

Der Kellner unterbrach plötzlich seine innere Gedankenflut. »Das ist schon ein seltsamer Tag. Warum haben die meisten Menschen so viele Erwartungen an diesen einen Abend im Jahr?«

Linus hob den Kopf und blickte den Mann an, der sich nun auf der anderen Seite der Theke in seine Richtung lehnte. »Das ist ein wahres Wort. Ich habe mich immer schon gefragt, warum das so ist. Vielleicht, weil wir uns einreden wollen, dass wir geliebt werden? Eine perfekte Familie haben?« Linus sah auf sein Glas. »Aber wie gesagt, ich weiß es nicht.«

Schmunzelnd erwiderte der etwa Vierzigjährige: »Ich denke, weil wir an Wunder und an die Liebe glauben wollen.«

»Mag sein. Aber Sie sind hier und arbeiten. Ich nehme an, Sie haben einen anderen Glauben? Oder gar keinen?«

Zu seiner Überraschung schüttelte der Mann sehr energisch den Kopf. »Nein. Ich bin auch Christ und Sie würden sich wundern, was ich Ihnen alles darüber erzählen könnte.«

Linus führte selten Gespräche mit wildfremden Menschen. Hin und wieder einmal mit einem Taxifahrer, aber das wars im Grunde. Er wusste nicht, was ihn ritt, aber plötzlich war er an diesem Mann interessiert. Seine Augen strahlten etwas Geheimnisvolles aus. Er wollte mehr über ihn wissen.

»Würden Sie einem Ungläubigen wie mir mehr darüber erzählen?«

»Was würden Sie denn gerne wissen?«

»Nun ja, beginnen wir doch einmal mit Weihnachten. Was denken Sie, wie sich diese Geschichte vor mehr als zweitausend Jahren zugetragen hat?«

Nun war Linus gespannt. Niemand konnte denken, dass die Sache mit Jesus in dem Stall, dem Stern, dem Heiligen Geist und den Heiligen Drei Königen für bare Münze zu nehmen war.

»Sie werden jetzt staunen oder aber mich für verrückt erklären, denn ich bin überzeugt davon, dass es genau so war, wie es
in der Bibel steht.« Er lächelte Linus an. »Mit ein paar Ergän-
zungen vielleicht.«

»Das kann doch nicht Ihr Ernst sein?!«

Und dann erzählte Jacob ihm seine Version der Weihnachtsgeschichte, die umwerfend war. Der Mann war der Überzeu-
gung, dass der Heilige Geist so etwas wie das unendliche gött-
liche Wissen war. Eine Art Bibliothek, für jedermann zugäng-
lich, wenn er es nur wollte. Er glaubte auch daran, dass Josef
sehr wohl Jesus' leiblicher Vater war, denn er war gleichzeitig die
Inkarnation von Gott. Und als er starb, ging seine Göttlichkeit
als Christus auf Jesus über.

Nach einer Weile surrte Linus' Kopf. An jedem anderen Tag
hätte er gesagt, er säße einem völlig irren Fanatiker gegenüber,
doch heute war er einfach unsicher, denn die Art, wie der Mann
die Dinge erzählte, klang beinahe so, als wäre er dabei gewesen.

»Wissen Sie was? Ich danke Ihnen, aber mehr kann ich heute
nicht verkraften«, lächelte er ihn an.

»Ja, das verstehe ich. Die Sache ist wie mit einem guten Wein.
Man sollte sie in kleinen Dosen genießen.«

»Interessanter Vergleich.«

»Nun ja, wir sitzen ja in einer Bar, also so weit hergeholt ist
er nicht.«

»Stimmt auch wieder.«

Ein sanftes Lächeln umspielte die Mundwinkel des Fremden. Es irritierte Linus, dass dieser Mann nichts sagte, was dazu
gedacht war, ihn umzustimmen. Im Gegenteil. Er schien zu res-
pektieren, wie er die Sache sah, und das war es. Seltsam.

»Was ist mit Ihnen? Ein gut aussehender und erfolgreicher
Mann wie Sie sitzt doch nicht zufällig in einer schäbigen Bar
wie dieser, und das am vierundzwanzigsten Dezember. Sollten
Sie nicht gerade mit Frau und Kindern unter dem Weihnachtsbaum Lieder singen?«

Kurz hatte Linus die Bezeichnung *erfolgreich* irritiert. Wusste der Mann, wer er war? Selbst wenn. Kellner waren wie Therapeuten, nur billiger. Also je nachdem, welchen Alkohol man bestellte, daher schob er den Gedanken wieder weg und sagte: »Sollte ich? Ich weiß nicht. Jahrelang habe ich gedacht, darauf wird es eines Tages hinauslaufen, und jetzt? Jetzt ...«

... würde ich lieber Sophie zu Freunden schicken und mit der Mutter eines Teenagers direkt unter meinem Weihnachtsbaum schlafen. Aber das dachte er sich nur.

»Noch einen?«, fragte der Mann ihn und Linus nickte. Im Umdrehen fuhr er fort: »Sie sollten zumindest an die Liebe glauben, wenn schon nicht an Wunder. Liebe ist die Essenz.«

Mit geübten Handgriffen mixte der Linus immer seltsamer und doch immer vertrauter erscheinende Kellner seinen nächsten Gin Tonic.

»Tun Sie es denn? Ich meine, glauben Sie an die Liebe? An Wunder?«

Mit dem vollen Glas in der Hand wandte der Mann sich Linus wieder zu. »Natürlich! Was denken Sie, warum ich heute hier bin?«

Linus war verwirrt. »Ich glaube, ich verstehe nicht, was Sie meinen. Sie arbeiten doch. Wenn Sie also so viel für Weihnachten übrighaben, sollten Sie doch bei Ihrer Frau und Ihren Kindern sein, nicht?«

Wie kann man so wissend lächelnd, und das ohne auch nur den Hauch von Sarkasmus? Zynismus? Überheblichkeit?

Der Mann war Linus ein Rätsel.

»Meine Frau weiß, wenn ich irgendwo gebraucht werde. Sie ist ein Engel und deshalb bin ich genau dort, wo ich sein sollte: hier in der Bar, wo die Seelen vorbeikommen, die gerade an Weihnachten zweifeln. An der Liebe zweifeln. Hoffnungslos sind.«

Die letzte Bemerkung brachte Linus zum Lachen. »Danke vielmals! Als ich gekommen bin, war ich bloß der, der von seiner

Freundin justament am Weihnachtsabend verlassen worden ist, und jetzt bin ich auch noch ein hoffnungsloser Fall? Vielleicht hätte ich doch besser einen Therapeuten finden sollen, statt zu Ihnen in die Bar zu kommen.«

Wieder beugte sich der Mann in seine Richtung. »Ich habe gesagt, Sie sind hoffnungslos, nicht, Sie sind ein hoffnungsloser Fall. Sie sind verliebt. Ich weiß nicht, ob in die Frau, die Sie verlassen hat, oder in eine andere. Aber egal, in wen, Sie sollten es ihr sagen. Wer wirklich liebt, sollte den Mut haben, es einzugestehen, und zwar unabhängig davon, was der andere Mensch empfindet oder daraus macht. Wenn diese Frau Sie ebenfalls liebt, ist das das Wunder, welches Sie als Geschenk von oben«, er deutete auf den warm und spärlich beleuchteten Plafond der kleinen Bar »betrachten und daher annehmen sollten. Wenn nur Sie alleine lieben, ist es ebenfalls ein Geschenk, denn ein liebendes Herz ist besser als ein trauriges oder hassendes.«

Da war etwas Wahres dran, doch das Verstörende war, dass dieser Mann bei Linus einen echten Nerv getroffen hatte. Dieser Mann hier sprach nicht von Chantal, sondern ganz eindeutig von Ninnie.

Woher weißt du von ihr, wenn nicht einmal ich mir eingestanden habe, wie oft ich an Ninnie denke und wie sehr ich mir wünsche, dass wir zwei Fremde ohne gemeinsame Geschichte wären, die sich zufällig treffen und sich frei von allem ineinander verlieben können?

»Und woraus schließen Sie, dass ich verliebt bin und nicht vielleicht unglücklich verliebt, weil ich verlassen worden bin?«

Jetzt würde sich herausstellen, ob das Zufall oder eben die Menschenkenntnis eines wirklich aufmerksamen Barmannes war.

»Ihre Augen, wenn Sie denken, niemand beobachtet Sie. Aus Ihren Augen strahlt pure Liebe. Keine Trauer. Keine Enttäuschung. Bloß Liebe.«

Spätestens jetzt bräche Linus üblicherweise das Gespräch ab, weil zu intim. Aber heute war alles anders.

»Okay, Sie haben recht. Und was würden Sie tun, wenn Sie darauf kommen, dass Sie sich ausgerechnet in die Ex-Frau eines Freundes verliebt hätten, die vielleicht zu alt ist, ein neues Leben mit Ihnen zu beginnen, und einen schwierigen Teenager zuhause hat?«

Linus war erstaunt, mit welcher Leichtigkeit er zum ersten Mal in seinem Leben über diese verstörenden Gedanken und Gefühle für Ninnie gesprochen hatte. Ja, sie ausgesprochen hatte. *Vielleicht war es deshalb so einfach, weil ich ihn in meinem Leben nie mehr wiedersehen werde?*

»Und wo ist nun das Problem mit der Frau, die Sie lieben?«

Lieben war nun doch ein großes Wort, daher wollte Linus etwas klarstellen: »Also lieben würde ich das noch nicht nennen, und ich sagte doch gerade, sie ist die ...«

Für Linus völlig ungewohnt, weil ihm stets alle ihre volle Aufmerksamkeit schenkten, fiel ihm der Mann ins Wort: »Nein, Sie haben mir Fakten, aber keine Probleme über diese Frau erzählt, und aus meiner Beobachtung habe ich Ihnen gesagt, dass Sie sie lieben. Also gut, dann ist sie geschieden, eine alleinerziehende Mutter und Sie kennen vielleicht ihren Ex-Mann. Wozu diese Frau aus Liebe bereit wäre oder nicht, wissen Sie auch nicht, weil Sie sie nicht gefragt habe. Also wo ist das Problem? Warum sitzen Sie hier, trinken den zweiten Gin Tonic und haben nicht längst an ihrer Tür geläutet?«

Ja. Warum nicht? Noch dazu, wo ich seit gestern weiß, dass Ninnie quasi meine Nachbarin ist? Aber was, wenn sie eben nicht in mich verliebt ist, wovon ich ausgehe?

Zum wiederholten Mal am heutigen Tag grübelte Linus, ob es in der letzten Zeit objektiv gesehen Anzeichen für ihr Interesse an ihm gegeben hatte. Die Antwort war eindeutig Jein! Ja, denn so wie sich ihr Gesicht erhellte und Ninnie ihn anstrahlte, kaum ging er auf sie zu, um sie zu begrüßen, wies das zumindest auf Interesse an ihm hin. Ihm fielen auch noch einige weitere Beweise dafür ein, dass sie sich eventuell auch in ihn verliebt hatte, leider aber auch die Gegenbeweise. Und davon gab es in Summe mehr.

Hatte sie ihm nicht erst gestern geraten, Chantal mit Blumen zurückzuerobern? So etwas hätte Chantal ihm niemals geraten, wenn es um eine andere Frau ginge. Sie wollte auch lieber zu Fuß nach Hause gehen, als mit ihm mitzufahren, und sie hatte ihn nicht auf ein Gläschen zu sich in die neue Wohnung eingeladen. Also nein. Definitiv nein.

»Wir haben heute Weihnachten«, erinnerte der Barmann ihn plötzlich und unpassend, denn das wusste Linus ja. »Sie sollten weniger denken und mehr fühlen, dann lautet die Antwort ganz bestimmt, dass Sie nun bezahlen und zu ihr gehen sollten. Wie ich schon gesagt habe: Liebe verlangt nichts. Es ist auch falsch, zu denken, wer die Liebe seines Lebens in der Hoffnung ziehen lässt, dass sie dann zurückkommen würde, hätte die Liebe verstanden! Nur wer völlig frei von jedem eigenen Anspruch liebt, der liebt wirklich.«

Linus nickte und leerte sein Glas. »Sie haben recht. Was habe ich schon zu verlieren?«

»Nichts, was Sie nicht schon verloren hätten«, grinste der Mann ihn an. »Aber Sie können natürlich auch den einzigen Abend im Jahr, an dem Wunder wahr werden können, verstreichen lassen und die Flasche hier leeren.«

Mit einem dumpfen Knall stellte er die Gin-Flasche direkt vor Linus ab.

»Ist ja nur gut, dass ich starke Nerven habe«, lachte Linus. »Ein anderer springt nach so einem Gespräch mit Ihnen von der Brücke!«

»Mit einem anderen spreche ich anders.«

Aha!

»Was sind Sie? Ein Weihnachtsengel?«

Und? Kommt jetzt dann bald ein Nein? Aber der Mann lächelte wieder einmal nur still in sich hinein.

Linus akzeptierte sein Schweigen und wechselte das Thema. »Wie lange sind Sie heute noch hier?«

»Solange mich jemand braucht.«

Linus legte zweihundert Euro auf den Tisch. »Danke, und gut zu wissen. Die Chancen stehen nämlich außerordentlich gut, dass ich bald wieder hier bin und doch die Flasche leeren muss. Heben Sie sie bitte für mich auf.«

»Wollten Sie sie gleich mitbezahlen, denn Ihre Rechnung macht nur fünfundzwanzig Euro aus?«

»Ja, bitte. Der Rest ist für Sie.«

»Wir sehen uns dann später.«

Linus hielt mitten im Aufstehen inne. *Toll! Erst ermutigt der Mann mich, zu Ninnie zu gehen und ihr einfach zu sagen, dass ich Gefühle für sie habe, und andererseits weiß er, dass ich schon bald wieder hier an seiner Theke sitzen und mich volllaufen lassen werde?*

»Warum bleibe ich dann nicht einfach gleich hier?«

»Wie soll ein Wunder geschehen, wenn Sie nichts dafür tun? Oder muss Gott Ihnen erst in den Hintern treten?«

Linus lachte hell auf. »Also Therapeut sind Sie keiner, das steht fest, aber ich dachte, gerade das sind Wunder, dass man eben nichts tut und sie trotzdem passieren?«

»Wenn ich Ihrem Gedankengang folge, hätten die Heiligen Drei Könige ja wohl zuhause auf die Ankunft des Messias warten können und nicht dem Stern nach Betlehem folgen müssen, um ihr Wunder zu erleben.«

»Das war jetzt ein Killerargument.«

»Stimmt, aber passend, oder? Heute ist doch Weihnachten.«

Ja, heute ist Weihnachten. Bis jetzt das schlimmste Weihnachten, das Linus je erlebt hatte, warum sollte er sich also nicht auch noch vor Ninnie zum Affen machen?

110

Er nahm seinen Mantel vom schwarz bemalten Kleiderständer aus Holz und verließ die Bar mit den Worten: »Dann bis später, und passen Sie auf meinen Gin auf!«

»Keine Sorge, das werde ich«, rief der seltsame Mann ihm nach.

Die Luft schlug Linus kalt entgegen und er zog den Kragen hoch. Zu viel nachdenken durfte er jetzt nicht über den Irrsinn, den er gerade vorhatte, daher hörte er dem Knirschen des frisch gefallenen Schnees unter seinen dicken Sohlen zu und ging schnurstracks die Straße in Richtung seines Hauses zurück. Ihm fiel auf, dass er den Mann nicht einmal nach seinem Namen gefragt hatte! Zu dumm. Das würde er nachholen.

Vor seinem Eingang zögerte er. Da oben wartete ein warmes Wohnzimmer auf ihn. Jede Menge an Vinylplatten und Alkohol. Warum sollte er nicht einfach durch diese Tür gehen, sich die Schneeflocken aus dem Haar und vom Mantel schütteln, sich auf seine Couch legen und schlichtweg gar nichts tun?

Und genau das tat er: Er ging durch seine Tür.

Schneeflocken-
zauber

Minnie war bereits quer durch einige Seitengassen spaziert und hatte sich wirklich bemüht, ihrem abendlichen Spaziergang etwas abzugewinnen. Zumindest hatte die frische Luft sie ein wenig ernüchtert. Oder sie bildete sich das zumindest ein, denn sicher war nur, dass jeder Schritt eine Qual war, da sie sich bleischwer fühlte.

Nun war sie wieder im Park gelandet und fühlte sich verloren. Um sich ein wenig auszurasten, hatte sie den Schnee von einer der Parkbänke geputzt und sich hingesetzt. Außer ihr war niemand hier, doch das Schöne war, dass die Bäume und Büsche Häubchen vom frisch fallenden Schnee hatten und von den großen Leuchten angestrahlt wurden. Wie eine Oase der Ruhe wirkte dieses kleine Plätzchen und das gefiel ihr.

Weniger toll waren ihre Gedanken, die sich nach wie vor um Sophie und Linus drehten.

Ihre Tochter war mittlerweile sicher bei diesem Chrissi und sie betete dafür, dass Sophie nichts anstellte, was sie im Nachhinein bereuen würde. Dass sie ihre Schwiegereltern losgeworden war, tat einerseits gut, denn Rita hatte nie viel für sie übriggehabt, aber für Othmar, den sie vom ersten Treffen an, damals bei einem Heurigen, als Hannes ihr seine Eltern vorgestellt hatte, ins Herz geschlossen hatte, tat es ihr leid. Er hatte dieses Desaster heute wirklich nicht verdient!

Ninnie seufzte und sah sich um. In den romantischen Weihnachtsfilmen, die sie so liebte, sah das doch immer so unglaublich schön aus: Einsame Frau wandelte im Schneefall durch einen Park, setzte sich auf eine Bank, sah traurig ins Nichts, und plötzlich erstrahlten entweder alle Bäume ringsum in bunten Lichtern oder, noch besser, der Märchenprinz tauchte unvermutet auf, gestand ihr seine Liebe und sie tanzten glücklich und verliebt unter den Schneeflocken.

Nichts davon passierte. Und bunte Lichter gab es auch keine. Niemand von der Bezirksverwaltung hatte sich die Mühe gemacht, auch nur einen der Bäume weihnachtlich zu behängen oder gar eine Lichterkette anzubringen. Sie hätte sich wenigstens eine Flasche Wein mitnehmen sollen!

Linus feierte natürlich mit Chantal irgendwo ein wundervolles Weihnachtsfest und vielleicht machte er ihr ja sogar einen Heiratsantrag? Ein Stich in ihr Herz verriet ihr, dass sie innig hoffte, dass genau das nicht gerade geschah.

Da fiel ihr ein Satz von Friedrich Nietzsche ein, den ihre Mutter so oft zitiert hatte: ›Die Hoffnung ist der Regenbogen über dem herabstürzenden Bach des Lebens.‹

Langsam arbeitete sich die Nässe durch ihren Mantel bis zu ihrem Po durch.

Wie bin ich nur auf den Blödsinn mit der Zeit gekommen? Natürlich gibt es nur diese eine Zeit. Die, in der ich um zwanzig Jahre älter bin als damals, als ich Hannes begegnet bin. Damals hätte ich wissen müssen, dass ich mich nicht in ihn verlieben darf, weil ich am Ende mit zweiundvierzig am Heiligen Abend allein auf einer Parkbank sitze! Schön, man kann auf alles hoffen, aber deshalb erscheint hier im Park auch nicht plötzlich ein Regenbogen. Denn wer will schon eine alleinerziehende Mutter, die auf die fünfzig zugeht? Linus ganz bestimmt nicht! Jede seiner Freundinnen war jünger als er. Nicht um vier Jahre jünger als ich, sondern um neun Jahre, wie damals diese, wie hieß sie doch gleich? Na egal, Fakt ist, je älter Linus wird, desto jünger werden seine Frauen, und Chantal ist vierzehn Jahre jünger als er! Irgendwann muss damit also Schluss sein. Das ist doch so, als wünschte ich mir den ganzen Tag meinen Körper mit zwanzig oder fünfundzwanzig Jahren zurück. Klar kann ich mir das wünschen, aber es wird nicht passieren. Also völlig sinnlos!

Ein Lächeln huschte über Ninnies Gesicht und sie wischte sich auch ein paar auf ihrer warmen Haut geschmolzenen Schneeflocken weg.

Blödsinn. Ich will gar nicht mehr fünfundzwanzig sein, denn dann hätte ich Sophie nicht, und jetzt, auch wenn sie hin und wieder verdammt schwierig ist, jetzt ist sie beinahe erwachsen, was schön ist.

Sie musste nicht mehr nächtelang wegen ihres zahnenden Babys aufbleiben oder heulend zusehen, wie ihre Kleine durch diese riesige Holztür der Volksschule am ersten Schultag verschwand. Sie musste sich nicht wochenlang, nein, monatelang überlegen, wie sie Sophie aufklären sollte, um dann, nachdem sie sich endlich ein Herz gefasst und sie zur Seite genommen hatte, festzustellen, dass es nur eines gab, was ihre Tochter noch nicht wusste: dass Sex immer nur mit Liebe verbunden sein sollte.

Nicht, dass Sophie es gar nicht wusste, aber im Gespräch war sie darauf gekommen, dass Sophie rein technisch darüber sprach. Deshalb hatte sie ihr dann lange von der Liebe erzählt. Versucht, sich mit Sophie übers Verliebtsein, über den richtigen Moment für den ersten Kuss, falls es den gab, oder auch über den ersten Sex auszutauschen. Ihre Gedanken dazu zu hören und zu verstehen. Und ihr einzubläuen, dass sie nur das tun durfte, was sie selbst wollte, und niemals etwas, was nur der Mann wollte.

Ninnie wusste, denn sie vertraute Sophie, dass ihre Tochter noch nie mit einem Burschen geschlafen hatte. Was, wenn sie es genau heute mit diesem Chrissi tat? Würde Sophie sich an all das, was sie ihr ab dem ersten Gespräch immer wieder versucht hatte, mit auf den Weg zu geben, erinnern?

Ich kann es nur hoffen! Vielleicht ist meine Zeit ja vorbei, aber Sophie soll nicht enttäuscht werden. Das wäre das Schlimmste für mich.

Und das war es, denn die Hoffnung, dass Linus auch nur irgendetwas mehr als reine Freundschaft für sie empfand, hatte sie nicht. Nie gehabt.

Kein Regenbogen und auch kein Tanz unter den Schneeflocken.

Noch einmal tief seufzend erhob sie sich, denn mittlerweile war sie knapp am Erfrieren. So gut es ging, wischte sie sich den Mantel ab, wärmer oder trockener wurde er deshalb nicht. Ninnie wollte nur mehr nach Hause, doch sie konnte nicht anders, als im Vorbeigehen in all die Fenster zu sehen, hinter denen mal helleres Licht und mal schummrigeres leuchtete, und sich zu fragen, ob es hier noch jemanden außer ihr gab, dessen Weihnachtsfest ein völliger Verhau war.

War sie tatsächlich die Einzige?

Überraschungs-
besuch

*V*or ihrer Haustür angekommen, sah Ninnie ein Stückchen weiter unten an der Straßenecke eine Gestalt in einem Haus verschwinden. Seltsam. Da waren Lichter, als wäre das ein Lokal. Dabei war sie doch schon unzählige Male am Weg von der U-Bahn-Station nach Hause dort vorbeigekommen, aber ihr war noch nie aufgefallen, dass dort eine Bar oder Ähnliches war. Aber andererseits: Gut zu wissen, vielleicht war das der Ort, an dem sich heute alle verlorenen Seelen aus der Umgebung trafen. Wenn ja, dann sollte sie dorthin gehen.

Aber was sollte sie dort, was sie nicht auch zuhause und das auch noch gemütlicher könnte? Entschlossen sperrte Ninnie die Eingangstür auf und ging die Treppe zu ihrer Wohnung hinauf. Aus der ersten Wohnung klang jazzige Weihnachtsmusik, die Familie, die unter ihr wohnte, hatte wohl gerade ihre Bescherung, denn als sie dort vorbeikam, hörte Ninnie, wie sie »Stille Nacht, heilige Nacht« sangen.

Während sie sich auszog und den Rest des Champagners aus dem Kühlschrank holte, fühlte sie sich elend. Vielleicht nicht ganz so elend, wie sie sich fühlen würde, hätte sie Sophies Schokokuchen nicht gegessen, aber elend genug, um sich am Sofa zusammenzukauern, einen Schluck zu trinken, ihn ekelig zu finden und traurig auf ihren Baum zu blicken.

Sie hätte doch eine Lichterkette anbringen sollen, denn so unbeleuchtet wie er war, führte sein Anblick dazu, dass sie sich noch weit mehr als gerade eben bedauerte. Kurz dachte sie an Susi und beneidete ihre beste Freundin zutiefst. Susi hatte alles: einen Mann, den sie aufrichtig und seit über zwei Jahrzehnten liebte, und zwei Kinder wie aus dem Bilderbuch, auch wenn Susi das selbst nicht so sah. Aber was wusste Susi schon von echten Problemen? Früher einmal, ja. Aber heute? Lebte sie in ihrer Luxusvilla in einer Bubble. Einer Blase, in der alles rosarot war, alle glücklich waren und Geld keine Rolle spielte. Wie Ninnie. Bis die Blase vor einem Jahr zerplatzt war und mit dem großen Unterschied, dass sie Hannes schon lange nicht mehr geliebt hatte.

Linus, wo bist du? Und warum bist du schon wieder da? Gerade heute?

Ja, sie träumte sich aus der Realität weg und er spielte den Prinzen. Was natürlich lächerlich war. Aber heute war es extrem. Daran musste das dämliche Cannabis schuld sein! Nie mehr wieder!

Doch dann fiel ihr ein, wie toll sie sich vor ein paar Stunden gefühlt hatte. Von der Vergangenheit befreit. Wie auf dem Meer treibend, ohne Angst, mit weit ausgebreiteten Armen und dem Gefühl, dass die ganze Welt zum Lachen sei. War sie ja auch.

Ninnie stand auf und drückte auf ›Play‹, da die Musikanlage ohnehin niemand ausgeschaltet hatte. Ein Weihnachtssong, den sie noch nie gehört hatte, erfüllte den Raum. *Eindeutig besser!*

Sie ging in die Küche und öffnete die Kühlschranktür.

Jap. Da war noch das klitzekleine Reststückchen vom Kuchen. Sie könnte es jetzt essen. War sie deshalb schwer drogenabhängig? So von null auf total?

Blödsinn. Heute war Weihnachten!

Ninnie nahm den Teller aus dem Kühlschrank, legte eine kleine Gabel dazu und auch die Sprühsahne. Mit beidem in den Händen ging sie zurück ins Wohnzimmer, als es Sturm läutete.

Schnell stellte sie den Kuchen am kleinen Couchtisch ab, lief zur Gegensprechanlage im Vorzimmer und drückte auf den Knopf. »Ja bitte?«

»Gott sei Dank! Ich bins, Susi. Mach auf!«

Susi? Ninnie blickte auf ihre Uhr. Es war doch schon halb acht Uhr abends! Wollte sie nicht längst auf dem Weg zum Flughafen sein? Oder nein, Susi flog später, es war Hannes' Flug, der früher ging.

Sie öffnete ihre Tür und hörte, wie Susi die Treppe hochkeuchte.

»Das ist aber eine Überraschung!«, rief sie ihr fröhlich entgegen.

Und dann setzte ihr Herz aus.

Was soll denn das?

Hinter Susi hetzten drei Sanitäter die Stufen hoch. Zwei trugen eine Bahre! *Wo wollen die denn hin?*

Oh Gott! Hoffentlich war Frau Schneider nichts passiert! Die nette alte Dame wohnte einen Stock über ihr.

»Wollen Sie zu Frau Schneider?«, fragte Ninnie die drei Männer aufgebracht.

»Nein, zu dir!«, antwortete Susi, fiel ihr um den Hals und erdrückte sie beinahe. Ninnie war noch immer starr wie ein Stück Holz, denn sie verstand gerade gar nichts und hatte das Gefühl, Teil einer Filmszene zu sein, in der sie sich zu allem Überfluss auch noch gleichzeitig selbst beobachten konnte. Doch an dieser Szene stimmte etwas ganz und gar nicht! Wieso war Susi hier? Wieso tastete Susi sie von oben bis unten ab? Und wieso in aller Welt schüttelte sie immer wieder ihre Hand? Das war extrem witzig.

Ninnie begann, zu kichern, und kiekste: »Merkst du auch, wie schwer und gleichzeitig federleicht meine Arme sind?«

Wieso schickte Susi ihr diesen seltsamen Blick? Der passte gar nicht zu ihrem schönen Abendkleid. Ninnie griff den Stoff an. »Wow! Fühlt sich der gut an. Wie ein Bad in Kaschmir.«

»Sehen Sie, was hier los ist? Sie weiß nicht, was sie spricht!«

Susi war verzweifelt und voller Selbstvorwürfe. Warum hatte sie Ninnies Anruf einfach vergessen? Das passierte ihr doch sonst nie! Aber ausgerechnet heute, wo Ninnie sie wirklich gebraucht hätte, hatte sie versagt. Es war einfach nur furchtbar und ihr schnürte es den Brustkorb zu. Wie sie aussah! Die Wimperntusche völlig verschmiert, ihr blassrosa Abendkleid war völlig verdrückt, sie war barfuß und ihre Arme fühlten sich schlaff an. Ninnie sprach auch langsamer als sonst und krächzte.

Susi riss sich zusammen. Die drei Männer von der Rettung mussten doch ... »Würden Sie endlich mal was tun und nicht einfach nur hier herumstehen?!«

»Keine Sorge, wir haben alles im Griff. Und Sie sind Janina Fuchs, oder? Sie setzen sich am besten gleich hier auf den Boden«, sagte der Älteste der drei Männer zu ihr.

Ninnie nickte, als er ihren Namen aussprach, um dann gleich den Kopf zu schütteln. »Wieso denn? Ich stehe gut! Sogar auf einem Bein!« Was sie ihnen gleich bewies.

»Spielverderberin«, maulte sie Susi an, aber in Wirklichkeit fühlte sie sich glücklich. Susi war um sie besorgt. Das war doch extrem süß von ihr. »Aber danke, dass du hier bist!« Sie deutete auf die Männer. »Die hättest du aber zuhause lassen können.«

»Bist du verrückt? Die sind hier, weil du doch einen Schlaganfall hattest«, brüllte Susi plötzlich so laut, dass es sicher auch der Einsiedler im obersten Stockwerk hören konnte.

»Pssst! Nicht so laut!«, lachte Ninnie und legte Susi zwei Finger auf den Mund. »Sonst kommt Kurt von ganz oben auf einen Drink vorbei!«

Und dann fiel er ihr wieder ein! Dieser dumme, saudämliche, superblöde Anruf, den sie selbst getätigt hatte!

»Susi!«, schrie Ninnie auf, aber es klang für die anderen eher hysterisch als erleichtert, wie es klingen hätte sollen. »Mir tut das so leid! Aber es ist sooo süß von dir.«

Während Ninnie noch sprach, drückte einer der Sanitäter sie sanft an der Schulter nach unten und hielt sie fest, sodass Ninnie am Ende am kalten Terrazzoboden im Stiegenhaus direkt vor ihrer offen stehenden Tür saß. Er stellte ihr Fragen, die sie ohne groß nachzudenken beantwortete, denn Ninnie konzentrierte sich gerade auf das Gespräch mit Susi.

»Dir tut es leid? Ninnie, mir tut das leid! Das werde ich mir nie verzeihen.«

Warum war Susi so aufgeregt? Sah sie denn nicht, dass alles in bester Ordnung war? Geradezu überirdischer Ordnung? Jetzt, wo sie nicht mehr alleine war, fühlte Ninnie sich so berauscht wie vorher, als Sophie noch bei ihr gewesen war.

»Mein Gott, ich bin so froh, dass du die Tür öffnen konntest! Hätte ich doch nur gleich deine Nachricht abgehört!«

Susi sah völlig verstört aus.

»Bin auch schon hier!«, hallte es von weiter unten.

Marcus! Oh, wie nett, dachte Ninnie.

Einer der drei Sanitäter schob ihren Ärmel nach oben und legte ihr eine Blutdruckmanschette an, ein anderer leuchtete in ihre Augen und Susi rubbelte sie sanft am Rücken. »Alles wird gut, Ninnie. Versprochen! Wir sind hier.«

Nun erschien auch noch Marcus auf dem kleinen Platz vor ihrer Wohnung und Ninnies Mund war so trocken, dass sie sich verschluckte.

»Tun Sie doch was! Sehen Sie nicht, dass sie kaum atmen kann?«, herrschte Susi die Männer an. Ihr ging hier alles viel zu langsam. *Wann packen sie Ninnie endlich auf die Trage, schließen sie an irgendeine Infusion an und verfrachten sie auf schnellstem Weg ins Krankenhaus?*

»Nein, nein«, hustete Ninnie und winkte verzweifelt ab. »Bitte nicht! Das ist alles nur ein ...«

»Haben Sie Drogen konsumiert?«, fragte der ältere Mann von der Rettung mit dem Dreitagebart.

»Ninnie und Drogen?«, kreischte Susi ihn an. »Hören Sie, sie hatte einen Schlaganfall, das sage ich Ihnen doch schon die ganze Zeit.«

Ninnie verfolgte aufmerksam das Gespräch und war dabei tiefenentspannt, und das, obwohl sie sich ein wenig davor fürchtete, die Wahrheit zuzugeben.

Er schloss sie gerade an ein Gerät an und machte ein EKG. Während die Aufzeichnung lief, wandte er sich kurz Susi zu. »Ich habe nicht Sie gefragt, sondern Sie.«

Damit war er wieder mit voller Aufmerksamkeit bei seiner Patientin. Armin Wildbauer, so hieß der Notarzt, wusste längst, dass hier kein Notfall vorlag, aber er wollte sich auch nichts zuschulden kommen lassen oder etwas durch eine voreilige Diagnose übersehen.

»Also, Ninnie. Haben Sie irgendwelche Drogen genommen?«

»Jap!«, sagte die an sich sehr hübsche dunkelhaarige Frau und schmunzelte ihn an.

»Waaas?«, schrie Susi auf und wenig überraschend hörte Ninnie irgendwo im Haus das Knarren einer Tür. Da wollte wohl jemand lauschen.

»Welche?«, fragte er sie sanft. Armin war klar, dass bei einem Menschen mit ihrer zarten Gestalt wenig genügte, um die geschilderten Symptome hervorzurufen. Aber er hatte längst unbemerkt ihre Armbeugen kontrolliert und keine Einstichstellen gesehen.

»Einen Schokokuchen«, murmelte Ninnie und zeigte ihm: »So ein großes Stück! Mit Schlagobers!«

Na dann. Armin begann, sein Equipment wieder einzupacken.

»Ich rate Ihnen, greifen Sie ja keinen Alkohol an und auch keinen *Schokokuchen*!«

»Wieso denn?«

»Dann könnten Sie ernsthaft im Krankenhaus landen, denn beides würde sich ziemlich kreislaufsenkend auswirken.«

Susi fuhr sich durchs Haar. Das hier konnte alles nicht wahr sein! *Er will sie hierlassen?* Wann begriff der Mann endlich, dass Ninnie sofort ins Spital musste? Zu einem richtigen Arzt?

»Marcus! Komm, wir tragen Ninnie einfach runter und bringen sie ins Krankenhaus.«

Doch ihr Mann rührte sich nicht von der Stelle und die Sanitäter sahen sie mitleidig an. Sprechen konnte anscheinend nur der Älteste von ihnen.

»Das ist wirklich nicht notwendig. So wie ich das sehe, war das ein Weed-Cake. Der Blutdruck Ihrer Freundin ist etwas niedrig, aber keinesfalls besorgniserregend, sie hat einen Puls von 55 und erweiterte Pupillen. Wie gesagt: Sie soll die Finger von diesem Kuchen und von Alkohol lassen, sich ausschlafen und morgen ist sie wieder voll fit.«

Moment! Ein Weed-Cake? Woher sollte Ninnie einen Weed-Cake haben? Susi schüttelte ungläubig den Kopf und sah verzweifelt zu ihrem Mann hinüber. Marcus musste doch auch checken, dass dieser Trupp hier völlig inkompetent war!

»Sie sind ja völlig übergeschnappt! Wir bringen Ninnie jetzt ins Krankenhaus, wenn Sie es nicht tun.«

Schon zerrte sie an Ninnies Achseln herum.

Marcus trat auf seine Frau zu und flüsterte ihr ins Ohr: »Hör auf, Susi. Ich glaube, der Mann hat recht. Ninnie ist zugedröhnt und sonst gar nichts.«

»Aber du kennst doch Ninnie! Wie soll sie zu einem Haschkuchen oder so kommen?«, zischte Susi zurück.

»Sophie?«, schlug Marcus aus dem Bauch heraus vor.

»Oh, Shit!«

»Genau«, kicherte Ninnie und zog sich nun selbst an Susis Hand hoch.

Ihre beste Freundin brauchte ein paar Sekunden, denn tausend Gedanken gingen ihr durch den Kopf. Der letzte war dann der: »Äh, kriegt Ninnie jetzt eine Anzeige?«

»Heute? Ist doch Weihnachten, oder«, grinste der Susi gerade immer sympathischer werdende Notarzt.

»Danke, Herr Doktor!« Susi streckte ihm die Hand hin, in die er einschlug.

»Wildbauer. Gerne.«

»Ich danke Ihnen auch«, sagte Marcus, schüttelte ebenfalls allen drei Männern die Hand, wie auch Ninnie es schuldbewusst tat.

Mit »Na, dann noch frohe Weihnachten« verabschiedeten sich die drei Männer und Susi schob Ninnie unsanft in ihre Wohnung. Marcus schloss schnell die Tür hinter sich, denn gerade war von oben jemand auf der Treppe zu hören gewesen.

»Was soll das mit den Drogen? Welche waren es und was ist passiert?«, fauchte Susi ihre beste Freundin an und hätte ihr am liebsten eine geklebt. Nicht nur wegen der Sorgen um Ninnie, als sie mit Marcus wie eine Irre hierher gedüst war und von unterwegs die Rettung alarmiert hatte, sondern auch wegen ihrer Selbstvorwürfe. Rein zufällig waren sie gleichzeitig mit der Rettung angekommen und sie hätte vor Erleichterung heulen können, dass Ninnie ihnen die Eingangstür öffnen konnte.

»Chill!«, sagte Ninnie langsam. Sie musste etwas trinken, denn ihr Hals und ihr Mund waren schon wieder sehr rau und trocken. »Sophie hat einen Weed-Cake in den Kühlschrank gestellt, von dem ich nichts wusste und dachte, es sei ein Schokokuchen.«

»Du hast Kuchen gegessen?« Susi war sehr verwundert, denn Süßes griff Ninnie wegen ihrer Figur nur alle heiligen Zeiten an. Aber dann erinnerte sie sich daran, dass ja heute der Heilige Abend war. Insofern also äußerst stimmig.

»Ja. Hab ich. Ein Riesenstück davon, mit Schlagobers«, lächelte Ninnie, nun bereits am Kühlschrank. Susi war ihr gefolgt, Marcus ins Wohnzimmer abgebogen.

»Ist ja irre! Hast du mit Sophie darüber gesprochen? Ist sie deshalb nicht hier?«

Abgehoben hatte sie genauso wenig wie ihre Mutter. Susi hatte es mehrmals bei beiden versucht.

Nach einem kräftigen Schluck Wasser, der guttat, konnte sie endlich antworten: »Ja. Aber ehrlich? Wie soll ich mit ihr ein ernstes Gespräch führen, wenn ich dabei die ganze Zeit kichern muss?«

»Und das hast du? War es so lustig?«

Susi hatte weder jemals gekifft noch geraucht, daher hatte sie keine Ahnung, wie das Zeug wirkte.

»Ist es noch immer. Und ich bin relaxt wie das letzte Mal in den 68er-Jahren oder bei Woodstock.«

»Da warst du noch gar nicht auf der Welt!«

»Genau!« Was Ninnie zum Brüllen lustig fand und gleichzeitig erkannte, dass sich das Zeug für sie ganz wunderbar mit Menschen, aber ganz schlecht mit Einsamkeit vertrug. Doch die ganze Sache mit der Rettung hat Ninnie erschöpft, daher ließ sie sich auf einen der Sessel in der Küche fallen. Susi blieb stehen.

»Aber danke, Susi. Du bist echt die beste Freundin der Welt! Und es tut mir leid, dass ich dir wirres Zeug aufs Band gesprochen habe. Ich hoffe, ihr versäumt jetzt nicht wegen mir den Flug.«

Wobei? Dann könnte Susi hierbleiben und mir Gesellschaft leisten.

Nach einem Blick auf die Uhr meinte diese: »Nein, geht sich alles noch aus, aber nur, wenn wir dich sofort wieder verlassen.«

Sie musterte Ninnie von oben bis unten. »Kann ich das? Ohne schlechtes Gewissen?«

Ninnie verzog ihr Gesicht zu einem Schmollmund. »Lieber wäre mir, ihr bleibt! Und du, im Wohnzimmer hab ich noch ein kleines Stück von dem Kuchen. Magst du ihn probieren?«

Wann hätten sie je wieder die Gelegenheit, es gemeinsam zu versuchen? Nach ihrem Gespräch mit Sophie, das sie sich fest für morgen vorgenommen hatte, sicher nie wieder.

»Moment! Da steht ein Schokokuchen im Wohnzimmer?« Sie wusste, dass ihr Mann ein Nachspeisenjunkie war.

Wie von Sinnen lief Susi »Marcus!« brüllend dorthin und Ninnie ihr nach. Allerdings weit langsamer.

»Du heilige Scheiße!«, schrie Susi auf. »Leg sofort die Gabel weg und rühr das Ding ja nicht mehr an!«

Aber Ninnie sah, dass Susi erst gar nicht auf Marcus' Reaktion wartete, sondern ihm Gabel und Teller aus den Händen riss und damit in die Küche lief. Schade, der Rest würde jetzt wohl im Mistkübel landen.

»Was hat sie denn? Ich dachte, das Stück war ja unberührt, dass ich es essen darf.«

Ninnie legte einen Arm auf seinen und schmunzelte, weil sie es nicht unterdrücken konnte. »War es ja und durftest du auch, aber Marcus, da ist Cannabis drinnen. Genau das war der Kuchen von Sophie!«

Marcus' Augen wurden immer weiter und zögerlich stand er auf. »Nicht dein Ernst! Aber ich spüre gar nichts.«

»Hat bei mir auch eine Stunde gedauert«, erwiderte Ninnie nun doch etwas kleinlaut.

»Komm! Wir gehen! Und Ninnie, bete, dass uns niemand aus dem Flugzeug wirft, weil Marcus eingekifft ist.«

»Ich bezweifle, dass man das so nennt«, sagte er. »Aber es waren ja nur zwei kleine Bissen, also wird das schon nicht so schlimm werden.«

Was Ninnie hoffte. Susi jedoch noch viel mehr.

»Abflug! Und ich fahre«, gab sie das Kommando zur Verabschiedung, bei der sich Ninnie gefühlt noch tausend Mal entschuldigte. Doch Marcus nahm es nach dem ersten Schock relativ gelassen hin und erzählte sogar, dass er das Zeug in seiner Jugend auch schon mal probiert hatte, was Ninnie überraschte. Dass er Alkohol in rauen Mengen trinken konnte, wusste sie, aber dass Marcus Drogen nahm?

Kaum hatte Ninnie sich gesetzt, denn sie war extrem müde, läutete es schon wieder an der Tür. Unten.

Vermutlich hat Susi etwas vergessen.

Weihnachts-
überraschung

om Notarztwagen vor Ninnies Haustür hatte Linus nichts mitbekommen, da er zu diesem Zeitpunkt bereits wieder als einziger Gast an der Theke der kleinen Bar lehnte. Das Lokal hatte offenbar nicht einmal einen Namen, zumindest hatte er draußen kein Schild und auch nirgendwo einen Schriftzug gesehen. Auch keine Öffnungszeiten. Der groß gewachsene Kellner hatte ihn mit »Schon zurück?« begrüßt, wortlos seine Flasche Gin aus dem Regal geholt und ihm einen weiteren Gin Tonic gemixt.

Linus fand es angenehm, dass außer ihnen beiden niemand hier war, denn wie immer, wenn er über den Durst getrunken hatte, war er in Redelaune. Was er sonst in einer Woche von sich gab, konnte bei einem ordentlichen Schwips schon mal innerhalb von ein paar Stunden aus seinem Mund purzeln. Zum Glück passierte das bloß ein oder zwei Mal im Jahr. Dieses Jahr noch nie, also war es am vierundzwanzigsten Dezember durchaus an der Zeit für ihn, sich seinen diesbezüglichen Jahresschnitt nicht zu zerstören.

Eine ganze Weile unterhielten sie sich im wahrsten Sinne über Gott, die Welt und Ninnie. Selten in seinem Leben hatte Linus so viel von seinen Einstellungen zum Glauben in so kurzer Zeit diskutiert. Ja, er hatte einen klitzekleinen, jedoch verblasste dieser angesichts dessen, wie überzeugt Jacob von der Existenz Gottes war. Absolut einig waren sie sich in dem Punkt, dass die Menschheit schlicht und ergreifend im letzten Jahrhundert nichts dazugelernt hatte, und da konnten die Mikrochips noch so mikroskopisch klein sein und Roboter, ausgestattet mit künstlicher Intelligenz, noch so viele unnatürliche Tränen weinen. Ganz zu schweigen von den Klimakrise-Verweigerern. Doch so sehr Jacob Linus' Redefluss zu genießen schien, kam er immer wieder auf Ninnie zurück, da er Linus' Aussage »Ich habe es versucht, aber sie war nicht da. Das wars dann also« schlichtweg nicht hinnehmen wollte.

Wieder hakte er beim Thema Ninnie nach. Sie waren mittlerweile zum vertraulichen Du übergegangen, denn bei seinem zweiten Besuch hatte Linus Jacob als Erstes nach seinem Namen gefragt.

»Du denkst also, ein einziger Versuch reicht aus? Sie könnte am Klo gesessen sein, gerade Geschenkpapier zu den Tonnen im Hof gebracht haben oder sonst was. Wenn du mich fragst, solltest du es noch einmal versuchen.«

»Sicher nicht«, winkte Linus ab, denn er sah es mittlerweile als Zeichen, dass die Sache mit Ninnie nicht sein sollte. Die Frau, ja, selbst die Ex-Frau eines Freundes, war tabu. So einfach war das und zum Glück hatte ihn das Schicksal vor einer Riesendummheit bewahrt.

»Der erfolgsverwöhnte Linus Wagner gibt also nach nur einem Versuch klein bei?«, provozierte Jacob ihn.

Dem musste Linus sofort widersprechen. »Sicher nicht, aber ich habe erkannt, dass es von vornherein falsch war, zu ihr zu gehen! Zum Glück hat sie die Tür nicht geöffnet.«

»Apropos Tür: Du hast heute jene zu Chantal und damit zur Vergangenheit zugeschlagen und jetzt denkst du, die nächste, nämlich die in die Zukunft, muss von allein aufspringen? Bist du so verwöhnt, dass du denkst, es steht dir zu, dass sich alles von selbst für dich erledigt?«

»Das denke ich selbstverständlich nicht. Aber erklär du mir mal, aus welchem Grund du denkst, Ninnie und ich seien füreinander bestimmt. Du kennst sie doch gar nicht!«

Linus hatte nicht den geringsten Schimmer, wann genau aus Jacob, dem Barmann mit den durchdringenden schwarzen Augen, Jacob, sein Lebensberater und Vertrauter geworden war. Jacob wusste alles und Marcus rein gar nichts über Ninnie, und selbst seine Anrufe, wie auch die Chantals, ignorierte er seit Stunden. Leider hatte dieser Mann aber mit vielen seiner Ansichten und Einwände recht.

»Falsch. Ich fasse zusammen, was ich von dir weiß: Sie ist zierlich, hat brünettes langes Haar, einen Ex-Mann, dem gegenüber sie auch dann loyal war, als alle, also ihre Freunde, längst gewusst oder zumindest vermutet hatten, dass er sie betrügt, und sie hat eine achtzehnjährige Tochter. Wenn sie gestresst ist, und das war sie in den letzten zwei Jahren oder mehr sehr oft, bildet sich über ihrer Nase auf der rechten Seite eine unmerklich tiefere Falte als links.«

Linus war verwundert. Dieses kleine Detail hatte er tatsächlich erwähnt? Und Jacob hatte es sich gemerkt?

»Sie hat keine künstlichen Fingernägel, sondern schlanke, lange Finger, von denen sie ihren Zeigefinger gerne ans Ohr legt, ihren Kopf zur Seite neigt und ihr Kinn an allen anderen Fingern abstützt, wenn sie nachdenkt.«

Jacob grinste, denn er wusste, dass Linus gar nicht bewusst war, wie aufmerksam er diese Frau in den letzten Monaten beobachtet haben musste. Er fuhr einfach fort: »Ihre Stimme ist hin und wieder einen Tick zu hoch, dennoch hörst du sie gerne, speziell, wenn sie dich an guten Tagen überschwänglich begrüßt.«

Linus starrte Jacob an. Er sparte es sich, zu nicken, Jacob wusste ja, dass alles stimmte, was er gerade über Ninnie gesagt hatte.

»Nun, ich weiß auch, dass sie sich nie über ihre Lage nach der Scheidung beschwert hat, und im Großen und Ganzen steht sie hinter allem, was Sophie tut. Dennoch hat sie dir von ihren Sorgen erzählt. Immer über Sophie, nie über sich selbst.«

Jacob beugte sich zu Linus und sah ihm tief in die Augen. »Soll ich dir jetzt noch erzählen, wie oft du dir Ninnie in dein Bett gewünscht hast oder, und das gefällt mir beinahe besser, auch wenn ich dich als Mann verstehe, wie oft du sie bei der Hand nehmen und ihr sagen wolltest, dass alles gut wird, weil du dich um sie kümmern möchtest? Ihre Wünsche und Träume erfahren und wahr werden lassen willst?«

Heftig winkte Linus ab. »Danke, Jacob! Es reicht! Ich denke, ich habs kapiert.«

Jacob kniff die Augen zusammen. »Sicher? Denn wenn ja, weiß ich nicht, warum du mit diesem sonderbaren kahl rasierten Mann hier in der Bar sprichst, statt längst wieder vor ihrer Tür zu biwakieren, bis sie endlich öffnet.«

Auch wenn Jacob recht hatte, Linus hatte keine Lust, sich ein weiteres Mal zu überwinden und bei Ninnie anzuläuten. Was sollte er ihr auch sagen? Vielleicht ›Hallo, Ninnie. Hey, ich wollte dir nur sagen, dass ich mich in dich verliebt habe. Ja, blöd, weiß ich, und ich gehe auch schon wieder, und am besten wäre, du vergisst, dass ich jemals hier war.‹ oder aber ›Hallo, Ninnie! Ich wollte dir nur noch einmal persönlich fröhliche Weihnachten wünschen und bin übrigens dein neuer Nachbar. Also solltest du Lust auf ein Gläschen haben, komm einfach rüber.‹?

Was dann? Unwillkürlich schüttelte er den Kopf. Würde sie ›Linus, das ist aber lieb von dir, danke!‹ sagen und im besten Fall ›Du, gerne, aber leider nicht heute.‹ und ihn anschließend mit einem ihrer verhaltenen, aber süßen Lächeln und der Ausrede ›Sophie wartet auf mich. Ich muss jetzt.‹ wieder zur Tür hinauskomplimentieren?

Und dafür sollte er sich vor Ninnie zum Narren machen? Über seine Gefühle sprechen, von denen er nicht einmal wusste, ob sie der Realität standhielten? Was, wenn sie sich in seinen Armen nicht so gut anfühlte wie in seinen Tagträumen? Wenn sie steif wie ein Brett im Bett wäre, wie Chantal, und sich immerzu fragte, wie sie gerade aussah? Er hatte es immer gecheckt und Chantal diesbezüglich nie verstanden. Wie konnte sie während des Sex darüber nachdenken, ob ihre Frisur saß, und so viel Kontrolle über sich selbst haben, dass sie sogar in der Lage war, ihren Bauch ständig einzuziehen? Sie war doch ohnehin schlank, und selbst wenn nicht, wäre das völlig egal.

Niemals.

Nein, er würde nicht ein weiteres Mal bei Ninnie läuten, denn es war sinnlos.

Sein Handy vibrierte und er warf einen Blick auf das Display. Zum Glück war es nicht schon wieder Chantal, sondern bereits zum dritten Mal Marcus, was ihn wunderte. Vielleicht sollte er doch endlich abheben?

»Entschuldige, das ist mein bester Freund«, sagte er zu Jacob, der sich bereits an der Kaffeemaschine zu schaffen machte, und hob ab.

So aufgeregt hatte er Marcus noch nie gehört, daher ertrug er stumm die Schimpftirade, warum er sein Handy nicht abgehoben hatte. Jacob stellte ihm ungefragt einen Espresso hin, den Linus, ohne groß darüber nachzudenken, austrank. Doch dann hörte er, dass Marcus ihn eigentlich fragen wollte, was mit Chantal passiert war, weil diese ihn ebenfalls mit Anrufen bombardiert hatte, und auch, dass das jetzt nicht mehr so wichtig war, denn er war gerade am Heimweg von Ninnie, die einen Schlaganfall hatte ...

Jacob hörte ihm zu und war mehr als besorgt.

Den Rest hörte Linus nur mehr undeutlich, denn er hatte unabsichtlich die leere Tasse umgestoßen und sie war auf den Boden gefallen. Tausend Bilder jagten durch seinen Kopf. Ninnie in der Intensivstation. Angehängt an Schläuche und einen permanent piepsenden Monitor. Er, wie er unten vor der Tür stand und sich ärgerte, warum er überhaupt angeläutet hatte, dabei kämpfte sie ein paar Stockwerke höher um ihr Leben. Sophie, wie sie verzweifelt neben ihrer Mutter hockte und aus purer Verzweiflung unfähig war, auch nur irgendetwas zu tun.

Unwirsch unterbrach Linus nicht nur sein Gedankenkarussell, sondern auch Marcus: »Wo ist sie? In welchem Krankenhaus?«

»In gar keinem. Das sagte ich ja gerade, Linus. Ninnie hatte zum Glück gar keinen Schlaganfall, sondern zu viel von Sophies Weed-Cake gegessen, ohne dass sie wusste, dass es einer war. Du hättest Susi sehen sollen! Mann, war die sauer.«

Ob er wollte oder nicht, und er wollte nicht, erfuhr Linus im Aufstehen und während er Jacob ein paar Geldscheine auf die Theke legte von Marcus, dass sie nun bereits am Weg nach Hause und anschließend zum Flughafen unterwegs waren, denn sie müssten sich beeilen, um die Maschine zu erwischen. Marcus erzählte Linus auch, dass das Zeug, das Ninnie genommen hatte, toll war, denn er habe es auch probiert.

Linus schüttelte ein weiteres Mal den Kopf, wünschte Marcus und seiner Familie jedoch einen schönen Urlaub, weil ihm gerade nichts Besseres einfiel, und legte auf.

»Dann gehst du also doch noch mal zu ihr?«

Linus zuckte mit den Schultern. »Ich weiß nicht.«

»Ich schon, aber ich finde, ihr habt wirklich kein gutes Timing. Du hast zu viel getrunken und sie ist was? Zugedröhnt, wenn ich es richtig mitbekommen habe?«

In dem Moment wusste Linus, was er zu tun hatte, denn einen schlechteren Zeitpunkt für das, was er Ninnie sagen wollte, würde es nie wieder geben! *Wahrlich, schlechter könnte unser Timing nicht sein,* schmunzelte er in sich hinein, als er in seinen Mantel schlüpfte. *Aber gerade deshalb ist es der perfekte Moment.*

Mit einer freundschaftlichen Umarmung und einem »Fröhliche Weihnachten« verabschiedete Jacob ihn und hielt einen dicken Schlüsselbund in der Hand.

»Dir auch, Jacob. Fröhliche Weihnachten, und ich danke dir sehr für diesen Abend. Du hast mich gerettet!«

»Ich? Nein! Wenn, dann du dich selbst. Was hast du jetzt vor?«

»Darüber muss ich am Weg nach Hause noch mal genau nachdenken, aber ich werde zu ihr gehen. Ich schwöre«, lächelte Linus. Jacobs Kaffee war eindeutig hilfreich gewesen. Er fühlte sich nun sehr viel klarer, daher wollte Linus auch noch schnell von Jacob wissen, was der Schlüssel zu bedeuten hatte. »Sperrst du hinter mir zu?«

»Ja. Heute kommt niemand mehr, der ein Wunder braucht«, grinste dieser schelmisch.

»Klar, und das weißt du.«

»Ja. Das weiß ich. Also geh und hol dir dein Mädchen.«

»Die Zeile klingt wie aus einem Film.«

»Mag sein, aber Filme spiegeln doch das Leben wider, und das Leben ist nicht selten wie im Film, oder?«

Nickend trat Linus auf den Gehsteig hinaus und die Kälte und die Schneeflocken hatten ihn bereits in Beschlag genommen, als er sich noch einmal umdrehte. »Bist du morgen hier?«

»Vielleicht? Versuchs einfach.«

»Verstehe.«

Linus drehte sich um und ging in Richtung seines Hauses los. Jacob rief ihm noch nach: »Und vergiss nicht: Heute ist Weihnachten, da ist alles möglich!«, aber er musste sich nicht einmal umdrehen, denn Linus wusste, dass Jacob längst wieder in der Bar verschwunden war.

Wüsste er es nicht besser, würde er annehmen, dass er schon den ganzen Abend über in seinem Sofa geschlafen und das alles nur geträumt hatte. So jemanden wie Jacob gab es doch nicht. Zumindest nicht in seiner Welt. Aber er blickte nach vorne und ging auf die hell erleuchteten Fenster seiner eigenen Villa zu. Es war an der Zeit, Klarheit zu schaffen.

Jacob lächelte noch eine ganze Weile still in sich hinein, sperrte die Bar zu und ging nach oben, wo seine Frau auf ihn wartete. Er umarmte sie herzlich und war froh, endlich Zeit für sich selbst zu haben und den Weihnachtsabend mit ihr zu genießen.

»Und? Sperrst du deine Bar morgen noch mal auf?«

»Kann sein. Aber ab übermorgen ist es dann wieder das, was es vorher war: unser Partykeller.«

»Sehr gut«, lächelte sie und küsste ihn.

Christmas Party

ophie hatte es kaum mehr erwarten können, endlich zu Chrissi zu kommen. Aber zuerst musste sie mit Elenas Eltern noch einmal unter dem Baum singen, und etwas essen, weil sie dummerweise gestanden hatte, dass der Eklat mit ihren Großeltern der Grund war, warum sie schon so früh hier war.

Dann endlich, nachdem sie auch noch Elenas Weihnachtsgeschenk an sie und umgekehrt geöffnet und beide einen Lachanfall gehabt hatten, weil Sophie Elena kleine Ohrstecker mit Totenköpfen und Elena ihr einen kleinen Charm mit ebenfalls einem Totenkopf dran geschenkt hatte, der zufällig perfekt auf ihr neues Armband passte, dann endlich konnten die beiden kichernd ins Bad verschwinden und nach einer weiteren Stunde, dafür frisch geschminkt und gestylt, mit der U-Bahn zu Chrissi fahren.

Sophie fand Elenas Eltern supercool. Vielleicht lag es daran, dass ihr großer Bruder in seiner Pubertät bereits alles angestellt hatte und jetzt der Superstudent auf der Uni war, dass sie Elena kaum etwas verboten. Zu ihrer Verwunderung hatte Elena ihnen auch die ganze Sache mit dem Kuchen erzählt. Sie fanden es zwar äußerst dumm von ihnen beiden, dass sie den Kuchen gestern mitgenommen hatten und Sophie ihn in den Kühlschrank gestellt hatte, dafür ernteten sie schon eine Schelte, aber sie glaubten ihnen auch, dass sie ihn nicht angerührt hatten. Einfach so. Ohne große Diskussion. Das würde Sophie sich auch von ihrer Mutter wünschen. Zwar stand ihre Mom immer hinter ihr, das wusste Sophie, aber sie vertraute ihr nicht immer und das tat weh. Doch all das war vergessen, als sie vor über einer Stunde bei Chrissi angekommen waren.

Nun saßen sie mit sieben anderen Jugendlichen im schicken Wohnzimmer seiner Eltern herum und hörten Musik. Zu essen gab es bloß Chips, Soletti und die Weihnachtskekse, die Sophie mitgebracht hatte.

Je länger sie so herumsaß, desto schlechter wurde jedoch Sophies Laune. Mittlerweile war sie stinksauer und daher wortkarg. In Wahrheit war sie furchtbar eifersüchtig, aber das checkte nur Elena neben ihr.

Zwar hatte Chrissi sich sichtlich gefreut, als sie bei ihm vor der Tür gestanden hatten, doch andererseits kümmerte er sich nur um Marie. Er saß immer wieder neben ihr und dann strahlte er mit dem Christbaum um die Wette.

Das war nicht die ganze Zeit über so, da Chrissi immer wieder etwas zum Trinken holte oder, so wie jetzt, draußen mit den anderen Jungs eine rauchte, aber immer dann, wenn er sich setzte, war es neben Marie, die ihn aus ihren großen Glupschaugen mit den falschen Wimpern anhimmelte, als sei er das Christkind höchstpersönlich.

Elena stupste Sophie plötzlich an der Schulter und deutete mit dem Kopf zur Tür, aber Sophie hatte es bereits selbst mitbekommen. Chrissi kam gerade mal wieder von draußen rein, rieb sich vor Kälte die Hände und würde sicher wieder neben Marie ...

»Na, wie gehts euch beiden denn? Mir ist saukalt.«

Und mit einem Plumps ließ er sich direkt neben Sophie ins Sofa fallen. Sophies Herz machte einen Freudensprung, ihr wurde ganz warm und alles kribbelte, und Elena grinste wie ein Pferd. Allerdings erntete Sophie sofort einen mehr als bösen Blick von Marie, den sie mit einem strahlenden Lächeln erwiderte.

»Gut. Und selbst?«

»Alles chillig. Und, wie war mein Cake?«, fragte er die beiden Mädchen verschwörerisch.

»Super«, log Sophie, gleichzeitig sagte aber Elena: »Keine Ahnung. Hab ihn weggeworfen«, woraufhin Chrissi die Augen aufriss.

»Ist ja ewig schade drum! Warum denn das?«

»Meine Mom. Ich hab ihn ihr gezeigt und sie hat ihn in den Müll geworfen«, erwiderte Elena mit einem Achselzucken und in Richtung Sophie sagte sie leider: »Ihre Mom war cooler. Die hat ihn nämlich selbst aufgegessen und noch nicht einmal mit Sophie geschimpft. Die Standpauke ist auf morgen vertagt.«

»Was? Sie hat ihn gegessen?«

So locker und cool Chrissi nach außen immer war, im Moment verlor er seine Coolness und machte sich schwere Vorwürfe, zum Spaß den beiden Mädels ein Stück Kuchen mitgegeben zu haben. Er wollte damit bloß Eindruck auf Sophie machen, aber das war wohl nach hinten losgegangen. Elena verstand er auch nicht. Wie konnte sie so dumm sein und den Cake ihrer Mutter unter die Nase halten?

»Ja. Und zwar sooo ein Stück davon!«

Die Menge, die Sophie mit ihren Fingern andeutete, half Chrissi nicht, sich besser zu fühlen. Ganz im Gegenteil.

»So ein Mist. Wann denn?«

»Heute, am frühen Nachmittag«, erwiderte Sophie, als sei es die normalste Sache der Welt, dass eine Mom am Tag von Weihnachten ein riesiges Stück Weed-Cake verdrückte.

»Und? Wie gehts ihr?«

»Weiß ich nicht, sie ist jetzt allein zuhause, nachdem sie zuvor bloß gelacht und meine Großeltern vor die Tür gesetzt hat.«

»Nicht wahr!«

»Schon wahr. Wieso sollte Sophie dich anlügen?«, maulte Elena, die einen Hang hatte, alles immer besonders wörtlich zu verstehen.

Chrissi war ein Analytiker und er spielte in seinem Kopf gerade mehrere Szenarien durch. Keines davon war gut, es sei denn ... »Hat deine Mom schon öfter mal was geraucht oder gegessen?«

Dummerweise schüttelten beide Mädels energisch den Kopf.

»Aber stell dir vor, sie will Sophie morgen dazu zwingen, eine Selbstanzeige zu machen. Das ist der weniger coole Part an der Sache.«

»Danke, Elena.«

Sophie war stinksauer auf ihre beste Freundin. Musste sie das Chrissi unbedingt erzählen? Wie stand sie jetzt vor ihm da? Uncooler gings ja gar nicht! Und dabei würde sie das allein mit ihrer Mutter regeln. Wieso also musste er das wissen?

Chrissis Alarmglocken schrillten. Das bedeutete, er musste auf jeden Fall verhindern, dass Sophies Mom ihn morgen, wenn sie wieder einen klaren Kopf hatte, bei der Polizei anzeigte oder aber heute noch irgendeinen Blödsinn machte, weil Sophie hier war und niemand ein Auge auf sie hatte. Er sollte schleunigst zu Sophies Mutter fahren und nachsehen, wie es ihr ging. Mit ihr reden. Auch wenn beides das Letzte war, was er heute wollte.

Außerdem kannte Chrissi seine Freunde. Bis er die alle zum Gehen bewegen würde, vergingen Stunden. Aber dennoch war er wild entschlossen, sich bei Sophies Mutter zu entschuldigen und notfalls so lange dortzubleiben, bis sie im Bett war, wieder aufwachte und er sicher sein konnte, dass sie Sophie nicht zur Polizei zerrte.

»Erzähl mir mal, was da heute bei euch abgegangen ist«, begann er, bevor er Sophie den Vorschlag unterbreiten wollte, die Party aufzulösen und sie nach Hause zu bringen. Das einzig Richtige, wie Chrissi befand, und vielleicht sogar eine Glanzidee, denn so konnte er unauffällig den restlichen Abend mit Sophie allein verbringen und niemandem würde es auffallen. Zudem konnte er vorbeugen, dass Sophies Mom ihn tatsächlich verpetzte. Dabei verließ er sich auf seinen Charme, denn er wusste, seine blonden Locken und blauen Augen, auch sein trainierter Körper und die Manieren, die seine Eltern ihm eingeimpft hatten, taten das ihre bei »Moms«. Meist standen am Ende die Mütter seiner Ex-Freundinnen mehr auf ihn als die Mädels. Eine weinte auch heftiger als Chiara, ihre Tochter, als er mit ihr Schluss gemacht hatte. Chiara war beides: innen hohl und eine Saufziege. Aber sie war hübsch gewesen und damals hatte er noch nichts von den beiden Kategorien von No-Gos für Freundinnen gewusst.

Daher lehnte Chrissi sich zurück, zwar nicht superentspannt, aber er hatte immerhin einen Plan und hörte zu, was Sophie ihm mit leicht geröteten Wangen darüber erzählte, was alles passiert war, nachdem sie von der Bescherung bei ihrem Dad nach Hause gekommen war.

Langsam wurde er innerlich ruhiger, denn er liebte es, Sophie dabei zuzusehen, wie sie sprach. Wie ihre grünen Augen aufblitzten, wenn sie etwas lustig fand, und die Art, wie sie sie zusammenkniff, wenn sie sich an ihre Angst um ihre Mutter erinnerte.

»Und dann hat sie mir lachend gesagt, morgen müsste ich zur Polizei und mich selbst anzeigen. Ist das krass?«

Ja. War es. Und genau das, was Chrissi befürchtet hatte, weshalb er jetzt doch wieder mehr als nervös auf dem Sofa hin und her wetzte. »Denkst du, sie meint das ernst?«

»Oh ja! Du kennst meine Mom nicht. Aber keine Sorge, ich hab nicht verraten, dass es dein Cake war. Sie denkt, Elena und ich haben ihn gebacken.«

»Schönen Dank auch! Das hast du mir bis jetzt verschwiegen«, mischte sich diese auf der Stelle ins Gespräch ein.

»Ja, sorry! Hab ich. Ich weiß auch nicht, was ich jetzt machen soll.«

»Am besten, du rufst sie an und fragst mal nach, wie es ihr geht.«

Chrissi war bereit, das Haus seiner Eltern zu opfern. Er wusste, welches Chaos seine Freunde hinterlassen würden, wenn er zu Sophies Mutter fuhr, aber das war ihm egal. Niemals könnte er es sich verzeihen, wenn Sophies Mom wegen ihm etwas zustoßen würde, und das mit der Polizei lag ihm auch schwer im Magen.

»Gute Idee«, meinte Sophie und drückte auf ihr Handy.

Just in diesem Moment kam Marie angeschwänzelt. »Chrissi! Schau mal, mein Glas ist leer.« Sie schwenkte torkelnd ein großes Glas direkt vor seiner Nase durch die Luft.

Elena sprang auf und riss es ihr aus der Hand. »Ich glaube, du hattest genug für heute.«

»Bitch! Gib mir sofort mein Glas zurück!«

Und ehe Sophie es sich versah, schlug Marie auf Elenas Hand und das Glas fiel zu Boden. Chrissi sprang auf. »Seid ihr verrückt? Ich habe doch gesagt, ihr müsst alle aufpassen, sonst krieg ich Zoff mit meinen Eltern.«

»Sie war es«, schrie Marie und deutete auf Elena.

»Schatz? Wo bist du?«

Sophie fuhr zusammen. Mist! Das war ihre Mom.

Mit dem Handy fest ans Ohr gedrückt, damit ihre Mutter von dem Streit nichts mitbekam, lief sie in die Küche und schlug die Tür hinter sich zu.

»Bei Chrissi. Aber erst seit Kurzem. Vorher haben wir noch bei Elena ein wenig Weihnachten gefeiert.«

»Das klingt gut. Ich freue mich für dich, mein Schatz! Dann hattest du wenigstens noch ein klein wenig Weihnachten.«

Das Verständnis, das ihre Mutter Sophie entgegenbrachte, führte bei ihr dazu, dass ihr schlechtes Gewissen schlagartig noch schlechter war. »Es tut mir so leid, Mom. Ich habs heute echt versaut.«

»Hör auf! Mir gehts gut.«

Sie hörte nicht nur, wie ihre Mutter lächelte, sie konnte es quasi vor sich sehen.

»Danke, Mom. Aber gehts dir wirklich gut? Oder soll ich lieber nach Hause kommen?«

»Nein! Mir gehts bestens! Wusstest du, dass unser Wohnzimmer rosa leuchtet, wenn man alle Lichter ausschaltet und nur Kerzen anmacht?«

Oh mein Gott! Halluzinierte sie jetzt? Nichts im Wohnzimmer war rot, was also sollte rosa leuchten?

»Mom! Hast du Alkohol getrunken?«

»Nur einen klitzekleinen Schluck Champagner.«

»Das darfst du nicht! Schwör mir, dass du keinen mehr anrührst! Ja? Schwörst du mir das?«

»Jaja, er schmeckt mir ohnehin nicht und fährt wie Blei in die Glieder.«

»Genau. Deshalb lass es!«

»Schon gut. Wie läuft es bei Chrissi?«

»Toll. Es sind nur ein paar seiner Freunde da und wir hören Musik.«

Kurz fragte Ninnie sich, ob sie ganz zu Beginn nicht Elena kreischen gehört hatte, aber sie wollte heute nicht die Art von Mutter sein, die sie sonst immer war. Also die, die alles wissen wollte, tausend Mal nachfragte und am Ende doch nichts von ihrer Tochter erfuhr, daher sagte sie nur: »Danke, dass du nachgefragt hast, wie es mir geht. Aber ich denke, ich lege mich jetzt ins Bett und schlaf meinen, na ja, Rausch, oder wie immer man das nennt, aus.«

»Das ist eine gute Idee.«

Sophie war erleichtert und beendete schnell das Gespräch. Wieder fielen ihr drei versäumte Anrufe von einer unbekannten Nummer auf. Aber sie würde erst morgen zurückrufen. Es könnte ja sein, dass Oma sich das Handy von wer weiß wem geschnappt hatte!

Zurück im Wohnzimmer, sah sie, wie Marie an Chrissis Hals hing und ihn küsste! Vor ihren Augen verschwamm der ganze Raum zu einer viskösen Masse mit bunten Flecken, sie rief »Elena! Wir gehen!« und rannte ins Vorzimmer.

In ihrer Brust pochte es laut und sie spürte die Tränen, die ihr über die Wangen liefen. Also doch! Chrissi und Marie waren ein Paar. Er hatte sich also nur so zu ihr gesetzt. Vermutlich, um *nett* zu sein. Nur um zu plaudern. Das war es dann also. Sie war ja so was von blöd!

Sophies Herz schmerzte, ihr war zudem leicht übel, und sie wühlte sich beinahe blind durch den Berg an Jacken und Mänteln, die kreuz und quer verteilt über einem Sofa im Eingangsbereich lagen, auf der Suche nach ihrem eigenen Mantel. Irgendwo musste das verflixte Ding ja sein! Sie wollte nur mehr weg. Weit weg von hier.

»Wieso willst du gehen?«, wollte Elena wissen, die hinter ihr auftauchte.

»Hast du es denn nicht gesehen?«, schrie Sophie gequält auf.

»Was? Du meinst die Bitch? Ich hätte ihr am liebsten die Augen ausgekratzt! Arrrh!« Elena imitierte eine Wildkatze, welche die Krallen ausgefahren hatte, entlockte Sophie damit aber nicht einmal den Hauch eines Lächelns. »Hey, Sophie! Vergiss sie doch!«

»Hab ich schon. Ich will nach Hause.«

»Wieso denn? Es lief doch alles supergut. Und Chrissi, also wie der dich angesehen hat!«

Endlich fand Sophie ihren Mantel und auch Elenas Jacke. Unwirsch drückte sie diese ihrer besten Freundin in die Hand. »Blödsinn. Der hat null Interesse an mir. Wir fahren zu mir.«

»Wer hat null Interesse an wem?«

Beide Mädchen fuhren herum. Chrissi stand mitten im Flur und fixierte Sophie, die schnell »Geht dich nichts an« fauchte.

»Dann ists ja gut, denn ich wollte dich fragen, ob ich dich zu deiner Mom begleiten darf. Ich würde mich gerne für den, na, du weißt schon was, bei ihr entschuldigen.«

Und nach ihr sehen. Denn je länger Chrissi darüber nachdachte, desto unwohler war ihm bei dem Gedanken, dass Sophies Mutter völlig allein zuhause war. Und er war einer, der sich nicht wegduckte, wenn es darum ging, Verantwortung zu übernehmen. Das hatte er seinem Dad zu verdanken, der ihm immer wieder über allerlei Dummheiten aus seiner Jugend und selbst aus den vergangenen Jahren erzählt hatte, aber die Anekdoten stets damit beendete, dass man immer die Konsequenzen einstecken musste, wenn man schon blöd oder ausgelassen oder übermütig war. Alles andere sei feig.

Er sah die Tränen in Sophies Augen und hatte eine Vermutung, woher sie stammten. Da Sophie jedoch nur die Augen rollte und Elena auf Sophie deutete, fragte er nach: »Also, was ist? Gebt mir noch eine halbe Stunde, um die Party hier zu beenden, und dann fahre ich dich.«

»Und ich?«, fragte Elena gespielt erbost.

»Dich natürlich auch«, grinste Chrissi und dem Aufblitzen seiner Augen und seinem süßen Mund, den Sophie nur allzu gerne küssen würde, hatte sie kaum mehr entgegenzusetzen, bis auf: »Und was ist mit Marie? Willst du sie auch mitnehmen?«

Nein, noch einmal würde sie heute nicht darauf hereinfallen, dass er süß zu ihr war.

Wie auf Zuruf torkelte Marie, noch betrunkener als gerade eben, in den Vorraum und schlang schon wieder ihre Arme um Chrissi, noch bevor dieser Sophie antworten konnte. »Ich glaub, ich muss nach Hause.« Sie rülpste laut und hielt sich schnell die Hand vor, Elena und Sophie mussten kichern. »'tschuldigung! Fährst du mich, Chrissi?«

»Ja, klar.«

Er musste sie stützen, damit sie nicht umfiel.

»Marie wohnt nur zehn Minuten weg. Bitte, bleibt hier, ich bin auch gleich wieder zurück.« Und nur in Sophies Richtung fügte er leise hinzu: »Da ist gar nichts zwischen uns.«

Sophies Herz wurde leicht, denn sie wollte ihm so gerne glauben, doch Maries Anblick war gar nicht schön. Sophie und Elena sahen einander an und entschieden das Gleiche. »Wir müssen ihr helfen«, sagte Sophie als Erste und Elena nickte.

»Ja. Müssen wir. Welche Farbe hat deine Jacke oder dein Mantel, Marie?«, fragte Elena Marie nun. Ihr Zorn auf sie war verflogen, denn im Moment sah sie bemitleidenswert aus. Marie war aschfahl im Gesicht und Elena hielt Distanz, weil sie Angst hatte, dass Marie ihr jeden Moment auf die Füße kotzen könnte.

»Beige?«, antwortete Marie und fiel beinahe über ihre eigenen Beine. Und das im Stehen!

»Okay, Chrissi, halt du sie fest, ich such den Mantel.«

Sophie hatte sich die Situation kurz durch den Kopf gehen lassen und war zu dem Schluss gekommen, dass es das Beste war, ihn Marie nach Hause bringen zu lassen und hier auf Chrissi zu warten. Dann war Marie weg und sie würde ja sehen, wie es anschließend, wenn alle gegangen waren, zwischen ihnen lief.

»Der hier?«, fragte Elena und hielt einen kurzen beigen Mantel mit breitem Kragen in die Luft.

»Ja, der.«

Viel konnte Marie nicht sagen, aber die beiden Mädchen halfen ihr in den Mantel und fanden sogar noch ihre Mütze, Handschuhe und im Wohnzimmer auch noch Maries Handtasche.

»Kommst du mit?«, fragte Chrissi Sophie, der die Betrunkene zur Tür hinausschob.

144

»Ja, klar«, entschied Sophie spontan und grinste Elena zu.
»Ich seh inzwischen zu, dass die anderen auch tatsächlich verschwinden«, rief diese ihnen nach.

Im Gegensatz zu Sophie, die immer die Nette sein wollte, hatte Elena nämlich kein Problem mit klaren Worten. Daher marschierte sie ins Wohnzimmer zurück, klatschte in die Hände und verkündete: »Leute, die Party ist leider vorbei!« Einige murrten und widersprachen, aber Elena blieb hart. »Nichts da. Für heute ist Schluss.«

Kurz erklärte sie, warum, aber, um es so ungemütlich wie möglich zu machen, sie schaltete die Musikanlage ab, womit sie sich wieder heftiges Murren einhandelte, und begann, den Couchtisch abzuräumen. Ein Wink mit dem Zaunpfahl, den die verbliebenen Burschen aber nun verstanden und sich trollten, bevor sie mit anpacken mussten.

Sehr gut, dachte Elena. *Jetzt muss Chrissi mich nur noch als Erste absetzen und dann kriegt Sophie hoffentlich ihr Weihnachtswunder.* Sie selbst war gerade überzeugter Single, aber sie hoffte aus ganzem Herzen, dass aus Chrissi und Sophie ein Paar würde, denn sie fand, die beiden waren so süß miteinander.

Chrissi hatte Marie auf den Rücksitz verfrachtet und angeschnallt. Nun betrachtete er Sophie von der Seite. Sie war so hübsch, speziell wenn sie so verhalten und etwas unsicher schmunzelte wie jetzt. Und klug. Mit ihr konnte er über alles Mögliche reden, wenn er es bisher auch nur ein paar Mal getan hatte. Aber sie fiel weder in die Kategorie *Saufziege* wie Marie, denn er hasste Alkohol und trank keinen Schluck, oder in die Kategorie *Strotzblöd*, wie beinahe alle anderen Mädels, die er kannte. Ja, er kannte eigentlich nur Sauf-Tussis oder Doof-Tussis. Sophie und Elena waren ganz anders. Sogar Elena mochte er gerne, weil sie sich überhaupt nie etwas gefallen ließ und genau das tat, was sie wollte. Aber sie fiel nicht wie Sophie in die Kategorie *Hochinteressant*. Blaues Haar? Welchem Mann gefiel denn das? Aber grüne Augen und welliges, langes Haar, dazu ihre süßen Beine, und überhaupt: Sie sah so hübsch in diesem Minikleid mit den dicken Boots dazu aus. Hoffentlich waren sie Marie bald los.

Weihnachtsblues

innie kuschelte sich wieder in ihren Ohrensessel und lauschte der Weihnachtsmusik. Sie hatte ein paar Kerzen angezündet und betrachtete den Baum. Es war nett von Frau Schneider gewesen, anzuläuten und nachzufragen, was denn passiert war und wie es ihr ginge. Ninnie hoffte, dass nun auch alle anderen Nachbarn über ihren kleinen ›Kreislaufkollaps‹, wie sie den Notfall offiziell bezeichnete, Bescheid wussten, denn Frau Schneider kannte wirklich jeden im Haus.

Sie schloss die Augen, genoss den Geruch von Vanille und Zimt, den ihr Duftöl im ganzen Raum verströmte, und hing ihren Gedanken nach. Gedanken über Linus. Doch wieder wurde sie durch ein Klingeln gestört, dabei waren ihr die Augen bereits kurz zugefallen. »Wer ist das denn nun wieder?«

Behäbig stand sie auf und ging barfuß, nur in ihren glänzenden Strumpfhosen und dem rosa Abendkleid, zur Tür. Drückte auf den Öffner für den Hauseingang und öffnete schon mal die Tür.

Kurz starrte sie und schloss sie wortlos wieder.

Linus?

Das war doch ein Traum. Eine Halluzination. So wie die andere Seite der Zeit!

Doch es klopfte.

»Ninnie?«

Wieder zog sie die weiße Holztür auf.

»Linus?«

Tatsächlich. Da stand er. In einen dicken Mantel gehüllt, eine Tasche in der einen Hand und die andere hatte er an seinem Mund.

»Was ... äh, was tust du denn hier?«

»Ich wollte nur ...«

So verschmitzt und sogar leicht unsicher, wie er gerade lächelte, und gleichzeitig von einem Bein aufs andere trat, hätte Ninnie sich ihm am liebsten an den Hals geworfen, aber sie blieb standhaft.

»Sehen, wie es dir geht«, führte er seinen Satz zu Ende.

Ach so, dachte sie enttäuscht.

»Äh, wieso?« Ninnie verstand nämlich nicht ganz, warum er nach ihr sehen wollte. Und wo war Chantal? Was tat er hier? Heute am Weihnachtsabend? Wer hatte ihn geschickt?

»Ich habe mit Marcus telefoniert.«

Oh! Das erklärte natürlich alles und Ninnie wurde rot. Sicher hatte Susi ihn gebeten, nach ihr zu sehen. »Verstehe. Mir geht es gut, das war keine große Sache. Hat Susi dich als Aufpasser geschickt?«

»Nein, nein. Hat sie nicht und Marcus auch nicht, aber Ninnie, ist das dein Ernst? Ein Beinahe-Schlaganfall und ein Notarztbesuch sind keine große Sache für dich?«

Ninnie kicherte. »Na ja, schon, aber wie du sicher von Marcus weißt, hab ich ... ähm, nur zu viel Kuchen gegessen.«

Linus grinste. Ihr dabei zuzusehen, wie sie sich wand, ihm die Wahrheit einzugestehen, von der sie wusste, dass er sie kannte, war wirklich amüsant.

»Jaja, der Weihnachtskuchen! Darf ich reinkommen?«

Ninnie machte einen Schritt zur Seite, verbeugte sich und wies ihm den Weg ins Innere der Wohnung. »Natürlich! Herzlich willkommen in meiner neuen Villa. Ich hoffe, du verläufst dich nicht.«

»Danke, ich werde mich bemühen.«

Linus war überwältigt. Sie sah einfach hinreißend aus, wie sie so barfuß in diesem wundervollen, am Rücken tief ausgeschnittenen Kleid vor ihm herlief. Ihre Schultern waren bezaubernd. Sie war wie eine Puppe. Am liebsten hätte er sie in die Arme gezogen und sie einfach so lange geküsst, bis sie verstanden hätte, was er ihr sagen wollte.

Ninnie für ihren Teil war nicht ganz sicher, wohin mit ihren Gefühlen. Alles war heute so intensiv, aber das jetzt? Seit er hier war, tobte ein Hurrikan in ihr. Sollte sie einfach Linus oder stattdessen lieber den Baum umarmen?

Das schummrige Licht in ihrem Wohnzimmer, das ihr noch vor Minuten so traurig und düster vorgekommen war, erschien ihr plötzlich heimelig und romantisch. Und mit einem Mal erinnerte sie sich an die andere Zeit. War Linus Teil davon? Vielleicht hatte sie es ja doch auf die andere Seite der Zeit geschafft und deshalb war er hier? Weil heute doch Weihnachten war! Da gehen Wünsche in Erfüllung, sagt man. Zumindest erzählte sie das ihrer Tochter seit Jahren.

»Nimm doch bitte Platz.«

Aber Linus blieb stehen und deutete auf die große schwarze Tasche. »Hast du schon etwas gegessen?«

»Außer Kuchen?«, lachte sie ihn fröhlich an. »Nein. Nicht wirklich.«

Bis auf die paar Kleinigkeiten während ihrer Fressattacken, aber das hieß nicht, dass sie nicht schon wieder hungrig war.

»Sehr gut. Ich auch nicht, deshalb habe ich hier kaltes Roastbeef, Brot und eine Sauce Tartare mit.«

»Super Idee. Ich bringe es gleich zum Aufschneiden in die Küche. Aber Linus, wo ist Chantal? Warum ist sie nicht mitgekommen?«

Mit der großen Tasche in der Hand trat er einen Schritt auf sie zu. »Vermisst du sie?«

»Das ist keine Antwort, sondern eine Gegenfrage.«

»Du hast recht. Also die Antwort lautet: Weil wir uns getrennt haben.« Linus sah, wie sich ihre Wangen leicht röteten, und fand es süß. »Jetzt bist du dran: Wäre es dir lieber, sie wäre hier?«

Kurz schwankte Ninnie, ob sie so tun sollte, als wäre ihr das egal gewesen, aber sie sagte: »Nein. So ist es mir lieber.«

»Wunderbar. Dann hätten wir das geklärt.« Er drückte ihr die große Tasche in die Hand. »Da sind auch noch eine Flasche Wein und eine Flasche Champagner drinnen. Ich wusste nicht, was du lieber trinken würdest«, erwähnte er so beiläufig wie möglich.

Ninnie fuhr sich durchs Haar. »Danke, wie umsichtig! Aber, und das ist mir jetzt peinlich, ich kann heute keinen Alkohol trinken.«

Er grinste. »Dann muss ich wohl einen anderen Weg finden, dich willenlos zu machen«, schmunzelte er und seine Augen zogen ihr bereits das Abendkleid aus, was Ninnie genau so und nicht anders interpretierte. Doch was, wenn sie falschlag? Bei Linus konnte man nie wissen.

»So viel könnte ich gar nicht trinken, dass ich willenlos bin. Also komm, ich mach uns mal das Essen.«

Schade, dachte Linus. Erst hatte er die Sache mit dem Roastbeef für eine gute Idee gehalten. So fürsorglich und unverfänglich. Aber nun, wo Ninnie vor ihm stand, verwünschte er sich dafür. Die Sache war viel zu freundschaftlich, und ja, unverfänglich. Leider.

»Ist gut. Ich helfe dir.«

Jetzt lachte Ninnie aus vollem Herzen und warf ihr langes dunkles Haar in den Nacken. Der Knoten war längst aufgegangen und nun trug sie es einfach offen. So sah Linus sie am liebsten.

»Du in der Küche? Es stimmt also: Zu Weihnachten geschehen Wunder«, neckte sie ihn und ging mit der Tasche in der Hand schon mal vor und da er ihr nachlief, grinste sie übers ganze Gesicht, aber das konnte Linus ja nicht sehen.

Er ist hier! Linus ist hier, bei mir, und Chantal gibt es auch nicht mehr.

Hunger hatte Ninnie nun keinen mehr, obwohl sie schon die ganze Zeit über alles in sich hineinschlingen hätte können, was ihr in die Finger kam. Leider waren es zum Schluss die Weihnachtskekse gewesen. Sie hatte sich bei den Vanillekipferln zurückgehalten, daher war das Hungergefühl auch nicht weggegangen, aber jetzt, jetzt hatte sie andere Gelüste. Leider musste sie aber auch diese zurückhalten.

»Wenn das bereits für dich ein Wunder ist, bin ich gespannt, was du nach dem Essen sagst«, meinte Linus mit tiefer Stimme hinter ihr und sie blieb vor dem Kühlschrank stehen und drehte sich um. Meine Güte, wenn er so sprach, könnte er ihr ein Gesetzbuch vorlesen und sie fände es sexy.

Keck wie sonst nie fragte sie nach. Ninnie wollte es genau wissen. War er nur aus Freundschaft und Mitleid hier? »Wieso? Was hast du vor?«

Linus ging um die Kücheninsel herum, förmlich in Zeitlupe auf sie zu, breitete die Arme aus und Ninnie ließ die Tasche auf den Boden gleiten. Was geschah hier? Aber was immer es war, es war perfekt. So perfekt wie der warme Blick aus seinen Augen, mit dem er sie musterte. So perfekt wie die Wärme, die durch ihren Körper strömte. Selbst die Müdigkeit war wie weggeblasen, so aufgeregt war sie. Was würde er ihr sagen?

Er legte seine Arme auf ihre Schultern. »Ninnie, ich bin selbst etwas betrunken und rede daher mehr als üblich.«

»Reden ist gut«, lächelte sie ihn erwartungsvoll an.

»Ich hoffe. Also: Ich bin nicht nur wegen Marcus' Anruf hier, denn ich war zuvor schon hier.«

Sie riss erstaunt die Augen auf und Linus hätte sie am liebsten sofort geküsst. »Was? Wieso denn das?«

»Ich habe geläutet, aber du hast es ganz offensichtlich nicht gehört.«

Ninnie grub in ihren grauen Zellen. »Oh, ich war spazieren.«

Linus' Mundwinkel rückten ein Stück nach oben und er lächelte kaum merklich. »Verstehe. Also, ich war wegen dir hier, Ninnie. Weil ich dir unbedingt etwas sagen muss, und ich schicke gleich voraus, wenn du es falsch oder unpassend finden solltest, dann vergisst du es gleich wieder und ich habe es nie gesagt. Okay?«

Normalerweise würde Ninnies Körper vor lauter Spannung schmerzen, aber heute fühlte er sich butterweich an. Sie legte ihre Hände auf seine ausgestreckten Arme. Locker. Wie selbstverständlich. »Versprochen. Also, was wolltest du mir sagen, Linus?«

Er räusperte sich. Linus war es gewohnt, über Kennzahlen, Projekte oder Finanzierungspläne zu sprechen. Darin war er gut. Wenn es um Gefühle ging, fehlte ihm oftmals der Wortschatz. Aber er erinnerte sich an Jacobs Worte, dass er losziehen und sich sein Mädchen holen sollte. Und nun hielt er sie in seinen Armen. Er war hier. Knapp vor seinem Ziel angelangt. Seine Ängste und seinen Stolz hatte er überwunden, also war es Zeit für den nächsten Schritt, der noch mehr Mut erforderte, als herzukommen.

Und plötzlich sagte Linus ohne Vorwarnung genau das Falsche. »Ich wollte einfach nicht allein essen. Weißt du, ich bin jetzt dein Nachbar.«

Wie blöd kann man sein? Natürlich bin ich nicht hier, weil ich nicht allein essen will? Wieso sag ich das? Wie komm ich überhaupt auf diesen Schwachsinn?

Ninnie fuhr zusammen und wurde rot. Weil ihr ihre eigenen Gefühle superpeinlich waren, bückte sie sich schnell nach der Tasche und holte das Roastbeef heraus. Etwas zu tun zu haben, war eindeutig besser, als Gefahr zu laufen, in Tränen auszubrechen. »Du bist also jetzt mein Nachbar? Wie das?«, fragte sie kühl und so sachlich wie möglich, während sie eine viereckige Platte aus dem Schrank holte und begann, mit der Maschine feine Scheiben vom Roastbeef abzuschneiden.

Linus stellte sich neben sie, nahm ihr die Scheiben ab und legte sie, sagen wir einmal bemüht, auf die Platte. Schön war es nicht anzusehen, wie er etwas unbeholfen das Fleisch auflegte, und normalerweise hätte Ninnie jedes einzelne Blatt neu drapiert, aber sie war noch dabei, ihren Schock zu verarbeiten.

»Ja. Die weiße Stadtvilla gleich nebenan. Ich bin heute eingezogen.«

Linus sah sie von der Seite an und fühlte sich wie ein riesengroßer Versager. Er hatte seine Chance vertan. Den perfekten Moment einfach zerstört.

»Das ist dein Haus? Wow! Ich dachte, da zieht eine ganze Familie ein, so groß wie es ist, und selbst die hätten dann jeder mindestens ein Stockwerk.«

»Stimmt. Es ist ein wenig groß.«

Zu groß, um es allein zu bewohnen, wie er plötzlich einsah.

Warum hatte er nicht den Mut aufbringen können, ihr zu sagen, was er fühlte? Schon einmal, damals war er so dreiundzwanzig Jahre alt gewesen, hatte er sich einer großen Liebe nicht gestellt. Er hatte Susi vor Marcus kennengelernt und sich in sie verliebt. Marcus ebenfalls. Sobald er das mitbekommen hatte, hatte er ihr erklärt, dass er keine Zeit für eine Beziehung hätte, und sich zurückgezogen. Mehr als ein paar Küsse waren zwischen ihnen nie vorgefallen und heute wusste er, dass Susi auch immer weit mehr für Marcus empfunden hatte als für ihn, denn sie schien sich nicht einmal mehr daran zu erinnern. Für sie war er Marcus' bester Freund, dessen Trauzeuge und eben auch ihr guter Freund. Das war es. Bei Susi hatte er ähnlich gefühlt wie jetzt bei Ninnie, aber dass es so intensiv gewesen war, daran konnte er sich nicht erinnern. Fest stand nur, erwachsene Frauen machten ihm Angst. Angst, dass sie etwas von ihm einforderten, was er ihnen nicht geben konnte.

Plötzlich bemerkte Linus, dass Ninnies Blick auf ihm ruhte.

»Wir können essen«, sagte sie und es klang für ihn wie Musik. Nicht, was sie sagte, sondern wie sie es sagte. Mit so viel Herz und Fürsorglichkeit. Einfach so liebevoll, wie sie eben war.

Linus nahm die Platte, Ninnie den Korb mit dem aufgeschnittenen Brot und eine kleine Silberschale mit der Sauce Tartare. Sie gingen ins Wohnzimmer, stellten alles ab und Ninnie meinte: »Ich hole noch schnell Teller und Besteck.«

Wie ein Hündchen folgte er ihr zurück in die Küche und sah ihr dabei zu, wie sie Teller, Servietten, Besteck, Wassergläser und ein einziges Weinglas auf ein Tablett packte. »Fehlen nur noch Wein und Wasser«, erklärte sie ihm und wollte gerade den Kühlschrank öffnen, wo sie seine Flaschen hineingestellt hatte, da hielt er sie an einer Hand zurück.

»Nur einen Moment, Ninnie.«

Sie drehte sich zu ihm um und sah ihn mit großen Pupillen an, was ihn kurz daran erinnerte, dass sie nicht ganz ›nüchtern‹ war. Doch er legte noch einmal seine Arme auf ihre Schultern.

»Was ist denn?«

Jetzt oder nie!

»Ninnie, ich bin nicht hier, weil ich nicht allein essen wollte oder weil du dich zugedröhnt hast, und schon gar nicht, weil ich dein neuer Nachbar bin.«

»Ach? Nicht?«

»Na ja, dein neuer Nachbar bin ich tatsächlich, aber das ist jetzt nicht wichtig.«

»Nein?«

Ninnie versuchte, nicht zu zittern und sich noch weniger von dieser Einleitung zu erwarten. Er würde sie ja doch wieder enttäuschen.

»Nein, ich bin nur aus einem einzigen Grund hier, Ninnie: Weil ich mich in dich verliebt habe.«

Nun war es raus und ihre Antwort würde entscheiden, was nun passieren würde. Linus hoffte aus ganzem Herzen, dass es die richtige sein würde. Die, die er sich mehr als alles andere zu hören wünschte.

Ninnies Ohren rauschten und ihr Verstand konnte nicht glauben, was sie eben gehört hatten. Und ja, er arbeitete nach wie vor etwas langsam.

Linus ist in mich verliebt?

Linus?

In mich?

Ihr Zögern führte dazu, dass alles in Linus zusammenfiel. Er nahm die Hände von ihren Schultern und sah sie beinahe schuldbewusst an. »Ninnie! Ich habe dir ja gesagt, wir vergessen es einfach wieder. Entschuldige, was ich gesagt habe. Also, wenn du nicht das Gleiche wie ich ...«

»Doch!«, rief sie und verschloss seinen Mund mit ihrem. Küsste ihn vorsichtig, beinahe schwesterlich, bis Linus begriff, dass sie ihn nicht weniger wollte als er sie. Ninnie wusste, dass er mehr von ihr hören wollte, also löste sie sich kurz von ihm und sagte: »Ich habe mich auch in dich verliebt, Linus. Ganz furchtbar sogar.«

»Ganz furchtbar?« Mit glücklich strahlenden Augen zog er Ninnie fest in seine Arme, drückte sie stürmisch an den Kühlschrank und küsste sie nun richtig. Leidenschaftlich. Fordernd. Alles, was er in diesem Moment fühlte, legte er in diesen Kuss.

Ihre Augen fielen zu und Ninnie spürte seinen Kuss nicht nur auf ihrem Mund, sondern buchstäblich in ihrem ganzen Körper. So feurig, so hingebungsvoll, ja gleichzeitig so zuckersüß, hatte sie noch nie jemand geküsst. Und ganz sicher nicht Hannes.

Auf den Gedanken, dass die Drogen an ihren so überaus intensiven Gefühlen schuld sein könnten, kam sie in diesem Moment nicht, denn sie hatte ihr Gehirn abgeschaltet. Die Kontrolle an Linus abgegeben. Oder ans Universum. An wen auch immer, es war Ninnie egal, solange dieser Moment niemals endete. Linus' Hände und Lippen zu fühlen, diesen einen Satz, den er ihr gesagt hatte, immer wieder zu denken und in diesem Glücksgefühl zu ertrinken – mehr wollte sie nicht, denn es war noch umwerfender, als sie es sich erträumt hatte.

Linus hatte sich diesen Sturm an Gefühlen, den Ninnie in seinen Armen auslöste, nicht erwartet. Natürlich hatte er bereits viele Frauen geküsst. War verliebt gewesen. Hatte mit ihnen geschlafen. Aber Ninnie? Sie fühlte sich in seinen Armen so weich und gleichzeitig so stark an. Nicht wie eine Marionette, sondern sinnlich. Erotisch. Sexy und zärtlich. Sie war nicht willenlos, das spürte er ganz klar und deutlich, aber sie gab sich ihm freiwillig hin. Vertraute seiner Führung, seinem Tempo, und das, ohne sich Sorgen darüber zu machen, wie sie dabei aussah. Welche Figur sie machte.

Doch das am meisten Überraschende für ihn war: Er konnte nicht genug davon bekommen, Ninnie zu berühren und von ihr berührt zu werden. Sie zu küssen und sie zu spüren.

Normalerweise ließ er gerade so viel an Intimitäten zu, wie nötig waren, um eine Frau nicht vor dem Höhepunkt zu vertreiben. Für ihn gehörte es zum Sex dazu, sich berühren zu lassen, und ja, für ein paar Minuten hatte er es meist sogar genießen können, aber er hatte dabei immer gewusst, dass es gleich wieder vorbei sein würde.

Doch jetzt?

So lange hatte er noch nie mit einer Frau geschmust und schon gar nicht mitten in einer Küche und stehend. Linus drückte ihren Kopf an seinen Hals, um an ihrem Haar zu rie-

156

chen. Sie roch nach Kokos und er vergrub sein Gesicht darin.
»Du riechst wie die Karibik mit einem Schuss Vanille.«

»Und du wie ein Zauberwald«, gurrte sie und im selben Moment hörte er ihren Magen knurren.

»Oh! Da hat aber jemand Hunger.«

»Nein, nein. Bloß auf dich.«

»Ich hatte gehofft, ich könnte das Dessert sein«, grinste er schelmisch.

»Wundervolle Idee. Ich liebe Nachspeisen.« Sie gönnte sie sich normalerweise nicht. Aber heute war das anders. »Dann lass uns aber bitte schnell essen, ja?«

»Ja. Sehr schnell.«

Linus küsste sie noch einmal und kurz darauf drückte sie ihm seine Flasche Wein in die Hand, füllte einen Krug voll Wasser und zog Linus an der Hand mit ins Wohnzimmer. Er setzte sich ihr gegenüber an den Tisch.

»Dich nur ansehen zu können, ist beinahe wie Folter«, beschwerte er sich und schenkte Wasser in die beiden Gläser.

Ninnie legte ihren Kopf schief und betrachtete ihn. »Wenn das Folter ist, hätte ich gerne täglich etwas davon!«

Und es stimmte: Sie durfte diesen unglaublich gut aussehenden und sexy Mann ihr gegenüber anstarren, so lange sie wollte, und das wollte sie, denn sie konnte noch immer nicht fassen, was er ihr offenbart hatte. Linus war hergekommen, um ihr zu gestehen, dass er sich in sie verliebt hatte. Wenn das kein Weihnachtswunder war?

»Wünsch dir nur etwas, wovon du ertragen kannst, dass es wahr wird«, sagte er und hielt sein Wasserglas in ihre Richtung. »Fröhliche Weihnachten, Ninnie.«

»Ja, fröhliche Weihnachten, und keine Sorge, genau das tue ich«, kicherte sie.

Nachdem sie beide, um die Form zu wahren, auch einen Schluck vom Wasser getrunken hatten, fügte Ninnie hinzu:

»Der Wein ist für dich. Ich vertrage heute wie gesagt leider keinen Alkohol mehr.«

»Wie umsichtig, danke! Aber ich vertrage heute leider auch keinen Alkohol mehr.«

»Oje, du Armer.«

Beide lachten auf.

»Ist nicht so schlimm, uns bleibt noch das Essen.«

Und wilder, heißer Sex hätte Linus seiner Bemerkung gerne hinzugefügt, behielt es aber für sich und drückte stattdessen Ninnies Hand. Er wusste, dass die zierliche Frau etwas im Magen brauchte, auch wenn er sich kaum zurückhalten konnte und sie am liebsten sofort und für die ganze Nacht in seinen Armen halten würde.

»Du hast recht. Das ist jetzt auf jeden Fall vernünftig.«

Doch im Inneren bedauerte Ninnie in diesem Augenblick nur, dass sie keine Oliven aufgetischt hatte, denn sich ein Stück Weißbrot in den Mund zu stecken, sah lange nicht so verführerisch aus, wie an einer Olive zu kauen.

Aber was solls? Da ihr Magen schon wieder knurrte und sie sicher war, dass das leichte Summen in ihrem Kopf nach einigen Bissen endlich verstummen würde, steckte sie sich eine Gabel voll Roastbeef in den Mund, auch wenn sie viel lieber schmusend mit ihm unter dem Baum läge. Aber es war tatsächlich vernünftig, einen etwas klareren Kopf zu bekommen.

Da fiel ihr etwas ein. »Aber wir müssen hier nicht am Tisch sitzen wie ein altes Ehepaar, oder?«

»Wie meinst du das?«

»So.« Ninnie legte Fleisch und zwei Stück Brot auf ihren Teller, stand auf und tat das Gleiche für Linus. Anschließend trug sie beide Teller zum Baum, stellte sie am Teppich ab und setzte sich direkt daneben.

»Picknick vor dem Christbaum? Das ist eine glänzende Idee.«

Linus nahm neben ihr Platz, verschränkte seine Beine und plötzlich war die Energie im Raum völlig verändert. Die beiden fütterten einander, lachten und wunderten sich gemeinsam, wie ein Tag wie dieser, wie ein Weihnachten wie dieses, so ausgehen konnte.

Ninnie legte sich auf die Seite, stützte ihren Kopf auf einem Arm ab und sah ihn an. Linus spiegelte sie und blickte ihr ebenfalls in die Augen.

»Überleg es dir ja nicht wieder anders«, sagte er in dieser tiefen Stimme, die in Ninnies Bauch widerhallte und die seltsamsten Wünsche in ihr auslöste.

Und in diesem Moment zog Linus Ninnie zu sich und küsste sie. Die Melodie des Weihnachtsliedes im Hintergrund vermischte sich mit dem Kribbeln in ihrem Körper, der sich schwer anfühlte. Von ihm festgehalten und geküsst zu werden, war überwältigend. So sehr, dass sie etwas tat, was sie noch nie nach einem ersten Kuss am ersten Abend getan hatte: Sie begann, den Gürtel seiner dunklen Anzughose zu lösen, und sah ihm dabei in die Augen. Sein Blick sagte eindeutig Ja, aber nicht nur der, denn nun schob er seine Hand unter ihr Kleid und nestelte an ihrer Strumpfhose.

Ich will ihn, dachte sie.

Ich will sie, dachte er.

›Santa Claus is coming to town‹ erfüllte den Raum, doch das nahmen beide nicht mehr wahr.

Schöne Bescherung

ophie sperrte die Tür auf und trat leise in den Flur. Chrissi folgte ihr auf Zehenspitzen. »Mom ist offenbar noch wach«, flüsterte sie. Sie wusste selbst nicht, warum, aber irgendetwas fühlte sich eigenartig an. Der Lichtschein, der aus dem Wohnzimmer kam, war schummrig, so als würden nur die Kerzen am Baum brennen, und Weihnachtsmusik erfüllte die Wohnung. Aber sie hörten beide komische Geräusche. Lachen, Knistern, was auch immer es war.

Sophie und Chrissi verzichteten darauf, aus ihren Mänteln zu schlüpfen, und gingen den Flur entlang zur offen stehenden Wohnzimmertür. An der Tür blieb Sophie stehen und spähte, sich hinter dem Rahmen versteckend, kurz in den Raum.

Sie erstarrte. Schlug sich die Hand vor den Mund, wich zurück und hielt Chrissi davon ab, ebenfalls einen Blick in den Raum zu riskieren.

»Was ist denn?«, flüsterte er.

»Komm mit.«

Sie packte ihn bei der Hand, aber er spähte an ihr vorbei ins Wohnzimmer und ein Grinsen huschte über sein Gesicht. Wow, die beiden Oldies besorgten es sich aber. Ineinander verschlungen und völlig nackt lagen sie auf dem Teppich vor dem Weihnachtsbaum und schmusten. Mehr hatte er leider nicht sehen können, denn Sophie schlug ihm auf die Schulter. Chrissi zuckte zusammen und sie deutete ihm, ihr zu folgen, zog ihn aber ohnehin an ihrer Hand mit.

Noch bedächtiger und in der Hoffnung, kein Geräusch zu verursachen, ging Sophie in ihr Zimmer und zog die Tür hinter Chrissi zu. Lehnte sich mit dem Rücken an die Tür.

»Was an ›*Du sollst da nicht hineinsehen*‹ hast du nicht verstanden?«, fauchte sie ihn an.

»Sorry, ich war bloß neugierig.«

Sophie stöhnte verhalten. »Wie kann sie mir das antun?«

Ihr antun? Chrissi verstand im ersten Moment nicht, was Sophie damit sagen wollte, und noch weniger, warum sie sich so aufregte. Ihre Mutter hatte im Wohnzimmer Sex mit einem Mann. Na und? Soviel er wusste, waren Sophies Eltern geschieden, also warum nicht?

Doch dann hatte er einen Verdacht, der seine Brust eng werden ließ. »Du stehst doch nicht auf diesen alten Sack da drinnen, oder?«

Sophies Augen wurden groß. »Auf Linus? Bist du verrückt? Natürlich nicht.«

Diese Antwort beruhigte ihn und er konnte wieder ausatmen. »Okay, gut. Aber was regt dich dann so auf?«

»Verstehst du es denn nicht?«, fragte Sophie ihn verzweifelt. »Erstens bekomme ich dieses schreckliche Bild nie wieder aus meinem Kopf.«

Im Gegensatz zu Sophie fand Chrissi, dass die beiden durchaus gut ausgesehen hatten und speziell Sophies Mom für ihr Alter eine beachtliche Figur und einen wirklich sexy Po hatte.

»Und zweitens: Was soll das? Wie kommt sie zu Linus? Mom hat nicht ein einziges Mal erwähnt, dass sie sich in irgendjemanden verliebt hätte, und die beiden kennen sich ewig.«

Wieder kniff Chrissi die Augen zusammen und sah ihr verwundert dabei zu, wie sie nun aufgeregt im Kreis lief. »Und drittens?«

»Wieso drittens?«

»Wieso ärgert dich das so? Deine Mom hat Sex mit diesem Linus. Na und?«

»Na und?«, schrie sie ihn leise und beherrscht an. »Das heißt ja wohl, dass sie und Dad nie wieder zusammenkommen. Und noch dazu ist dieser Typ da ein Freund meines Vaters!«

Jetzt endlich verstand er und er setzte sich mit einem Seufzer auf ihr Bett. Kurz dachte Chrissi nach, um dann hochzufahren. »Mist! Hör mal, ich verstehe dich ja, aber was, wenn sie das alles nur macht, weil sie noch high ist?«

»Oh!« Sophies Gesicht wurde aschfahl und Schuldgefühle krabbelten eisig ihren Rücken hoch. »Shit! Was sollen wir jetzt tun?«

Auch wenn Chrissi nicht weniger mit seinen Schuldgefühlen zu kämpfen hatte als Sophie, eines wusste er bestimmt: »Also ich geh da jetzt nicht rein und unterbreche die beiden! Das kannst du nicht von mir verlangen.«

»Ich machs auch nicht«, erklärte Sophie und setzte sich nun selbst aufs Bett. Sie war so unglaublich sauer auf ihre Mutter, aber nicht weniger auf sich selbst. *Wie hat das alles nur passieren können? Ich hätte diesen verdammten Kuchen erst gar nicht nach Hause mitnehmen dürfen! Was hab ich jetzt davon? Ich hocke hier in meinem Zimmer neben dem süßesten Typen und statt mir hat meine Mutter Sex? So ein Scheiß aber auch.*

Nach ein paar Runden, die nun Chrissi im Kreis lief, blieb er vor Sophie stehen. »Wir sollten wieder zu mir fahren.«

Sophies Herz begann trotz allem, schneller zu klopfen. »Und dort was tun?«

»Na ja, vielleicht Weihnachten feiern?«

Na super, dachte sie. »Ich pfeif auf Weihnachten. Ich hasse Christbäume und überhaupt hasse ich es, wenn alle so tun, als wäre das der wichtigste Tag im Jahr, was er nicht ist.«

Das war nicht die Reaktion, die Chrissi erwartet hatte.

Sophie ließ sich nach hinten fallen und verbarg ihr Gesicht unter einem Polster. Vorsichtig zog er ihn weg. »Hey, du! Wir müssen ja nicht Weihnachten feiern, sondern können tun, was immer du willst. Außerdem können wir heute sowieso nicht mehr mit deiner Mom sprechen.«

Das war ein Argument, befand Sophie. »Ich muss ihr zumindest eine Nachricht hinterlassen, dass ich bei dir und nicht bei Elena bin.«

Chrissi setzte sich neben sie und nahm ihre Hand. »Hey, wir regeln das alles morgen. Du schreibst ihr jetzt meine Adresse auf und dass du morgen mit ihr sprechen willst. Und dann hauen wir beide leise wieder von hier ab.«

Sophie sah in seine Augen und plötzlich war all der Ärger auf ihre Mutter zumindest ein großes Stück kleiner, denn Chrissi war mit einem Mal direkt über ihr.

»Ja«, hauchte sie und meinte damit möglicherweise etwas ganz anderes.

Und dann passierte es. Chrissi beugte sich zu ihr nach unten und küsste sie.

Gut, dass ich liege! Sonst wäre Sophie nämlich umgefallen, so intensiv war es, Chrissis Lippen auf ihren zu fühlen. Und mit einem Mal schwebte sie im siebten Himmel. Zärtlich strich Chrissi ihr über die Wangen, setzte sich aber auf und griff nach ihrer Hand. »Komm, lass uns von hier verschwinden.«

»Ja«, strahlte Sophie ihn an. »Gib mir eine Minute, ich werfe noch ein paar Sachen in meinen Rucksack.«

»Kein Problem, aber sei leise!«

»Jaja.« Schnell und mehr als aufgeregt packte sie ein Nachthemd, frische Unterwäsche und ein T-Shirt ein. »Oh, ich muss ins Bad, meine Zahnbürste holen.«

»Vergiss das. Wir haben nagelneue Gästezahnbürsten im Badezimmer. Meine Mom kauft die immer, falls einer meiner Freunde ungeplant über Nacht bleibt.«

»Super. Okay. Den Zettel habe ich geschrieben. Ich lege ihn einfach hier auf mein Bett und wir schleichen uns wieder raus. Bist du bereit?«

Chrissi zog sie kurz in seine Arme und küsste sie auf die Nasenspitze. »Bin ich. Also los.«

Sie schlichen so leise sie konnten an der nach wie vor offen stehenden Wohnzimmertür vorbei und Sophie war froh, dass die Weihnachtsmusik so laut aufgedreht war. Genau dahinter blieben sie kurz stehen, denn Sophie hörte ihre Mutter etwas zu Linus sagen. Sie spitzte die Ohren, bekam aber nicht alles mit.

Tatsächlich hielt Ninnie mitten in einem Kuss inne und fragte Linus: »Hast du auch etwas gehört?«

»Ja, Liebling. Mein Stöhnen.«

»Ach, du warst das also.«

»Ja, Babe. Ich war das. Hab ich dir schon gesagt, wie schön und sexy du bist?«

»Viel zu selten«, kicherte Ninnie, die einfach nur glücklich war.

Mit ihm zu schlafen, war himmlisch gewesen. Vom ersten Moment an hatte sie sich in seinen Armen angekommen gefühlt. Nun ja, nicht ganz im ersten Moment, da fühlte es sich sehr wohl ein wenig fremd an, immerhin hatte sie die letzten zwanzig Jahre bloß mit Hannes geschlafen, aber das Gefühl verflog unglaublich schnell.

Stattdessen ergab sie sich dem, was sie für Linus fühlte, und das war schier überwältigend. Sie spürte seine Hand so intensiv auf ihrer Haut, wie sie es noch nie zuvor erlebt hatte. Überhaupt war alles unglaublich intensiv. Jede seiner Berührungen, jeder seiner Küsse, und erst recht, als er endlich mit ihr geschlafen hatte.

Jetzt lag sie noch immer überglücklich in seinen Armen, war aber leider todmüde.

Vielleicht war das der Grund, warum sie auch nicht mitbekam, wie die Tür ins Schloss fiel, da ihr selbst in diesem Moment die Augen zufielen. Aber sie zwang sich dazu, sie gleich wieder zu öffnen.

»Bist du böse, wenn ich eventuell einschlafe?«

»Nein, Liebling. Bin ich nicht. Aber bist du böse, wenn ich dich ins Schlafzimmer trage?«

»Nein, im Gegenteil. Schlafzimmer ist gut«, murmelte sie und ließ ihr Gesicht in seine Halsbeuge fallen.

Linus hob sie hoch und wunderte sich kurz darüber, wie federleicht sie war. Er wollte ihr noch so viel sagen, da er nicht weniger überrascht über seine Gefühle beim Sex war als sie. Vorher, ja, da hatte er vermutet, dass er in sie verliebt war, aber jetzt, nachdem er mit ihr geschlafen hatte, wusste er, dass noch nie eine Frau das in ihm ausgelöst hatte, was Ninnie von der ersten Sekunde an auslöste: nämlich den unbändigen Wunsch, ihr körperlich nahe zu sein, sie überall zu berühren und zu streicheln. Und ihm war es sogar egal, dass sie beide dabei ins Schwitzen kamen. Was er bei allen Frauen bisher ekelig fand, turnte ihn bei Ninnie nur weiter an. Wie sie roch! Und wie weich sie sich anfühlte. Ihr Stöhnen und die Art, wie sie sich ihm hingab und die Kontrolle völlig abgab.

Er trug sie den Gang entlang und öffnete mit dem Fuß eine Tür, aber es war die falsche. Das Badezimmer. Er versuchte die nächste, und ja, das war es: Ninnies Schlafzimmer.

Mit einem zärtlichen Blick legte er sie sanft ins große blütenweiße Bett. Sie öffnete wieder die Augen. »Du bleibst doch hier?«

»Natürlich! Heute ist doch Weihnachten, da kannst du mich doch gar nicht wegschicken. Das wäre nämlich sehr grausam.«

Ninnie streckte die Arme nach ihm aus und als er sich an ihre Seite legte, grunzte sie zufrieden. »Ja, das wäre sehr grausam ...«

War sie eingeschlafen? Linus beugte sich über sie, schob ein paar Haarsträhnen zur Seite, und ja, Ninnie schlief tief und fest.

Schade, dachte er. Eine Weile betrachtete er die schlafende Frau, die ihm so vertraut erschien, als wären sie schon ewig zusammen, und doch war jedes kleinste Detail an ihrem Gesicht neu für ihn. Nie war ihm aufgefallen, dass sie tatsächlich so lange Wimpern hatte. Er dachte immer, die waren unecht, wie bei allen anderen Frauen, die er kannte.

Nach einer Weile befreite er sich aus ihrer Umarmung und ging zurück ins Wohnzimmer. Er drehte die Anlage ab, blies die Kerzen aus und schaltete das Licht ein und dimmte es gleich wieder. Linus setzte sich auf den Ohrensessel und blickte auf den Weihnachtsbaum.

Was ist mit mir passiert? Seit wann kümmert es mich, ob noch Licht brennt oder die Musik läuft? Gut, dass er die Kerzen ausblasen musste, das war ihm schon vorher klar gewesen. *Seit wann will ich bleiben, und das nach der ersten Nacht?*

Seufzend stand Linus auf und ging zurück in den Flur. Er war im Begriff, zurück ins Bett zu gehen, aber dann überlegte er es sich anders und ging ins Wohnzimmer zurück.

Linus schenkte sich ein Glas Wein ein und setzte sich nun auf das Sofa. Er musste über das, was heute passiert war, nachdenken. Seine Gefühle sortieren, denn sie verwirrten ihn sehr.

War das alles real oder hatte er einfach zu viel getrunken? Wie würde er es morgen sehen? Würde er morgen das Gleiche für Ninnie empfinden wie heute? Und sie? Noch nie zuvor hatte er sie so ausgelassen und locker erlebt. Was erwartete Ninnie sich nun von ihm? War es genug, wenn sie sich ein oder zwei Mal die Woche trafen, oder würde sie ihn täglich sehen wollen? Und was wollte er?

Auf jeden Fall war es gut gewesen, dass er ihr nicht sonderlich viel über seine Trennung von Chantal erzählt hatte. Nur dass sie eben leider erst heute erkannt hatten, dass sie nicht zusammenpassten. Mehr musste Ninnie nicht wissen. Chantal war Vergangenheit, warum also lange über sie diskutieren?

Linus trank noch einen Schluck Wein und starrte auf den Baum. Er sollte zu Bett gehen und aufhören, zu denken, denn genau das war seine Krux. Er dachte zu viel. Und ständig.

Doch dann kam ihm eine Idee und er kramte auf Ninnies kleinem Schreibtisch nach zwei Blättern Papier und fand in dem Stapel an gebrauchtem Geschenkpapier zwei Bänder.

Perfekt.

Er wusste zwar noch nicht, was er Sophie und Ninnie schenken wollte, aber das war doch einmal ein Anfang.

Katerstimmung

Ninnie erwachte aus einem wundervollen Traum, in dem sie Hand in Hand mit Linus durch einen schneeverhangenen Wald lief. Lachte. Glücklich war. Sie wollte ihre Augen gar nicht öffnen, sondern weiterträumen. In dem Moment hörte sie neben sich ein Geräusch und spürte einen Arm über ihrer Brust. Anlass genug für sie, erschrocken hochzufahren.

Kurz musste sie sich orientieren und ihre Erinnerungen an gestern herauskramen. Mit einem weiteren Seufzer ließ Ninnie sich zurück ins Bett fallen und ihr Hirn ratterte. Gestern. Plötzlich war er vor der Tür gestanden. Das Picknick unterm Baum. Sein Lächeln, als er die beiden Teller zur Seite schob und zu ihr rückte. Sie in die Arme zog. Ihr Bauch wurde warm, als sie das Bild von ihm nackt vor ihrem Christbaum vor Augen hatte.

Dann war es also wahr. Linus war hier. Er war gekommen, weil er sich in sie verliebt hatte.

Alles war also perfekt, in ihrem Traum, aber auch in der Wirklichkeit, daher seufzte sie glücklich: »Linus.«

Er lag da, seinen Kopf auf einen Arm abgestützt, und sah sie an. »Guten Morgen, Liebling«, sagte er schmunzelnd.

»Auch guten Morgen.«

Linus beugte sich über sie und küsste sie auf den Mund. »Ich hoffe, du hast nicht wegen meines Anblicks geseufzt. Sehe ich tatsächlich so schlimm aus?«

»Schlimm? Nein, du siehst auch am Morgen so toll aus, wie es gar nicht sein dürfte.«

Er schmunzelte. »Danke, aber du ebenso.«

Das wiederum konnte Ninnie sich nicht vorstellen, denn sie wusste, welches Gesicht ihr täglich in der Früh im Spiegel entgegenblickte. Aber das war jetzt gar nicht wichtig. Wichtig war vielmehr, was gestern passiert war. Ja, natürlich hatte sie sich in Linus verliebt, und ja, sie hatte ihn herbeigesehnt, aber sie kannte ihn. Beziehungen waren nicht unbedingt sein Ding und sie hatte Sophie. Linus kannte Sophie, seit sie auf der Welt war, aber Ninnie konnte sich nicht vorstellen, dass er auch nur irgendein Interesse hatte, sich mit den Flausen eines Teenagers auseinanderzusetzen. Wie also sollte es zwischen ihnen beiden weitergehen und was würden all ihre Freunde sagen? Immerhin war er mehr Hannes' als ihr Freund gewesen.

»Irgendetwas sagt mir, dass dir gerade ganz schreckliche Gedanken durch den Kopf gehen.«

Ninnie sah ihn entgeistert an. Das konnte er ihr ansehen? Hannes konnte es nie.

»Nein, also ja.«

»Was jetzt?«, fragte er sie und fuhr ihr zärtlich durchs Haar.

Linus wusste, dass sie über den gestrigen Abend sprechen mussten. Er wusste auch, dass er ihr noch so einiges über Chantal erzählen sollte, aber noch viel mehr wusste er seit dem Moment, in dem er heute aufgewacht war, dass er Ninnie wollte. Noch nie hatte er nicht das Gefühl gehabt, sofort aufstehen und unter die Dusche zu müssen. Noch nie war er einfach dagelegen und hatte das Gesicht einer Frau so intensiv studiert wie ihres und noch nie hatte er dabei so viel Liebe empfunden. Und ein ihn berauschendes Glücksgefühl.

Oft in seinem Leben hatte er über Glück nachgedacht. Ja, sein erster Deal hatte ihn glücklich gemacht. Die erste Million am Konto ebenso. Genauso die erste, sehr kleine Eigentumswohnung, die er sich selbst verdient hatte, und das erste Auto, das er sich neu kaufen konnte. Es war ein dunkelblauer BMW gewesen.

Aber alles, was danach kam, hatte ihn nicht mehr wirklich glücklich gemacht. Es war immer bloß ein ›Mehr vom Selben‹ und er hatte über die Zeit begriffen, dass all die Frauen hauptsächlich darauf aus waren. Geld. Sein Geld. Und das, was es ihnen ermöglichen konnte.

Natürlich hatte er all ihre Tricks durchschaut, aber ihnen auch wissentlich vieles geboten. Aber diese feine, unsichtbare Linie, nämlich jene, die einer von ihnen Zutritt zu seinem Herzen gestattet hätte, die hatte er sie nie überschreiten lassen. Vielleicht war es Flucht. Flucht vor der Angst, enttäuscht zu werden, wenn das erste Gefühl von Verliebtheit verflogen war.

Aber Ninnie? Sie hatte freiwillig auf Unterhalt von Hannes verzichtet. Das hatte ihm dieser selbst und sogar stolz erzählt. Sie war aus der Villa ausgezogen, auch wenn Linus Hannes deshalb zur Seite genommen und ihm erklärt hatte, dass er das nicht richtig fand, da es ja auch um das Zuhause seiner Tochter ging. Aber der hatte ihn nur ausgelacht und gemeint, im Gegensatz zu ihm könne er sich ja mehrere Häuser leisten, daher verstünde Linus das nicht. Aber da irrte er sich. Linus wusste immer, was fair war und möglicherweise wehtat und was ein Übervorteilen des anderen war und sich irrtümlicherweise wie Gewinnen anfühlte. In seinem Geschäft hatte er versucht, diese Grenze niemals zu überschreiten, was ihm nicht immer gelungen war.

»Jetzt bist aber du es, der die Augen zusammenkneift«, riss Ninnie ihn aus seinen Gedanken.

»Du hast recht. Weißt du was? Ich mache uns Kaffee, du bleibst im Bett und wir reden über gestern.«

Ninnie sah ihn fassungslos an. Hatte sie sich verhört? Jahrelang hatte Hannes ihr vorgeworfen, dass sie immer reden musste, alles zerreden musste, und wie sehr ihn das nervte. Und jetzt schlug Linus ihr einfach so vor, über gestern zu reden?

»Und über heute und morgen. Das sollten wir nicht vergessen«, fügte er lächelnd hinzu.

»Und du machst Kaffee?«, fragte sie so bezaubernd nach, dass er sie nur eng an sich ziehen und sie küssen konnte.

»Ja, da staunst du, was? Ich kann doch tatsächlich bei einer Kaffeemaschine auf den Knopf drücken. Ich schätze, das macht mich zu einem technischen Wunderkind.«

»Oh ja, tut es, vor allem wenn du im Ernstfall auch weißt, wo die Bohnen und das Wasser nachzufüllen sind.«

»Ich versuche es mal. Sollte ich scheitern, ruf ich den Kundendienst an«, grinste er.

»Warum fragst du nicht mich? Also nur für den Fall, dass du scheiterst?«

»Weil ich hier der Mann sein will, der Probleme lösen kann.«

»Verstehe. Na, dann lös mal das Kaffeemaschinenproblem.«

Nach einem Kuss auf ihre Stirn schwang er sich aus dem Bett und Ninnie stockte kurz der Atem. Er war nackt.

Meine Güte, wie kann man nur so einen Körper haben?

Schlank war sie auch, das wusste sie, aber nicht durchtrainiert. Doch genau das war Linus. Zu ihrer Verteidigung fiel ihr glücklicherweise ein, dass er kein Kind geboren hatte und großzuziehen und auch sonst keinen Alltag zu bewältigen hatte. Da blieb eben Zeit für Sport. Sie hatte sich das wohl immer vorgenommen, aber nie geschafft. Vielleicht war das auch nur eine Ausrede für ihre eigene Faulheit, zumindest aber war es eine glaubhafte. Sie glaubte sie sich jedenfalls.

»Gefällt dir, was du siehst?«

Sie hielt sich die Augen zu und schmunzelte. »Geh schon, bevor ich dich davon abhalte!«

»Bin schon weg! Und gut, dass du mich nicht gesehen hast.«

Ninnie kicherte. Genau das hatte sie in ihrer Ehe immer vermisst. Aufzuwachen, sich glücklich und dankbar zu fühlen, dass der andere da war, und die Selbstverständlichkeit, über alles miteinander reden und auch lachen zu können. Mit Linus war das die einfachste Sache der Welt. Sie hoffte inständig, dass es eine Zukunft für sie beide gab, auch wenn sie selbst nicht wusste, wie diese aussehen könnte, denn auf eine sonderbare Art vermisste sie ihn schon jetzt, obwohl er nur aufgestanden war.

Mit einem Mal überschlugen sich ihre Gedanken und ein angstvoller Gedanke nach dem nächsten jagte durch ihren Kopf. Was, wenn er das alles tatsächlich nur als nette Abwechslung sah? Wenn sie die Lückenbüßerin für den verpatzten Weihnachtsabend mit Chantal gewesen war? Was, wenn Sophie ihn ablehnte oder umgekehrt er ihre Tochter? Ihr fiel keine Beziehung von Linus ein, die länger als drei Monate am Stück gehalten hatte. Nicht einmal die mit Chantal. Ihres Wissens nach hatte er noch nie mit einer Frau zusammengelebt und bei einem Mann von sechsundvierzig Jahren sollten da doch alle Alarmglocken schrillen! Linus hatte nicht einmal uneheliche Kinder. Wie um alles in der Welt sollte er da auf eine Beziehung mit ihr aus sein?

In dem Moment, als Linus mit zwei Kaffeetassen in der Hand im Schlafzimmer erschien, war ihr sonnenklar, was zu tun war, auch wenn sie die restlichen Feiertage heulend im Bett verbringen würde.

»Ich muss dir etwas sagen.«

»Ich dir auch«, erwiderte Linus und drückte ihr eine Tasse in die Hand. Ninnie bedeckte ihren blanken Busen mit der Bettdecke, was er süß fand. Ja, er konnte es kaum erwarten, ihr zu erzählen, zu welchem Schluss er noch in der Nacht gekommen war und was er gerade auf die beiden Zettel als Geschenke für sie und Sophie geschrieben hatte. Gestern Abend war das Papier leer geblieben, doch nun lagen zwei kleine Rollen mit Schleifen versehen unter dem Christbaum, doch er wollte ihr den Vortritt lassen. »Aber du zuerst.«

»Wir müssen alles, was gestern war, vergessen. Das ist einfach nie passiert.«

Seine Finger verloren jegliche Kraft und die Tasse entglitt ihm beinahe. Im letzten Moment konnte er sie mit der anderen Hand festhalten. Seine Gedanken rasten. Was war in diesen paar Minuten, während er in der Küche und kurz im Wohnzimmer gewesen war, passiert? Wohin war ihr Lächeln verschwunden und warum? Und warum um alles in der Welt wollte sie diesen geradezu magischen Abend gestern vergessen?

»Nein, Ninnie«, sagte er bestimmt, stellte seine Tasse auf ihr Nachtkästchen, nahm ihr ihre weg, stellte sie neben seine und setzte sich auf die Bettkante.

Sie vergrub ihr Gesicht in ihren Händen. »Warum machst du es mir so schwer, Linus?«

Er nahm ihre Hände in seine und hielt sie von ihrem Gesicht weg, um ihr in die Augen sehen zu können. »Sieh mich an und sag mir, dass du dich nicht in mich verliebt hast.«

Ein so großes Wort wie Liebe wollte er erst gar nicht in den Mund nehmen, obwohl er sich seit dem Aufwachen sicher war, dass es genau das war. Er liebte Ninnie. Und das nicht erst seit gestern. Es hatte irgendwann und aus irgendeinem für ihn gar nicht nachvollziehbaren Grund schleichend begonnen und war nur stärker geworden. Immer öfter war sie durch seine Gedanken geschwirrt und nun wusste er, was er wollte: Ninnie. Und zwar für immer.

Sie schüttelte heftig den Kopf und hatte Tränen in den Augen.

»Hör mal, ich werde dir jetzt mal das erzählen, was ich dir schon vorher erzählen wollte.«

Er zog sie in seine Arme. Anfangs leistete sie noch ein wenig Widerstand und sperrte sich, aber er ignorierte es und erzählte ihr von gestern. Von Chantal und wie er sich dafür gehasst hatte, ihr um ein Haar nachgegeben zu haben und sie wieder zurückgeholt hätte. Dass er aber immer gewusst hatte, dass es ein Fehler war. Er sprach auch offen darüber, dass er noch nie eine echte Beziehung geführt hatte und durchaus Angst davor hatte, zu versagen. Angst, nicht der zu sein, in den sie sich verliebt hatte. Aber Linus erzählte ihr auch ausführlich von Jacob, seinen Zweifeln in der Nacht, während sie bereits schlief, und der Liebe und dem Glücksgefühl heute Morgen.

Ninnie hörte stumm zu. Jeder weitere Satz bohrte sich in ihr Herz und verunsicherte sie vollends. Was sie hörte, war genau das, was sie hören wollte. Von ihm hören wollte. Aber es bewies auch, dass sie recht hatte. Er hatte keine Ahnung von Beziehung, warum also sollte es justament mit ihr klappen? Und dazu kam, dass sie eines nicht von Linus zu hören bekam: wie er sich vorstellte, ihre Tochter in eine Beziehung mit einzuschließen. Dabei war Sophie das wichtigste Argument, warum sie ihn gebeten hatte, die Sache zwischen ihnen schnellstmöglich wieder zu vergessen.

»Verstehst du, dass ich es ernst mit uns meine, Ninnie?«

Sie nickte. Ja, das verstand sie nicht nur, es brach ihr das Herz.

»Okay, du verstehst es, aber du bleibst bei deiner Meinung?«

Linus war verzweifelt, denn sie reagierte nicht wirklich. Noch nie in seinem Leben hatte er so viel über sich und seine Gefühle gesprochen, war so brutal ehrlich gewesen, und das alles änderte ihre Meinung nicht im Geringsten? Sie war nicht bereit, ihm wenigstens einen kleinen Strohhalm an Hoffnung zu reichen? Das konnte doch nur bedeuten, dass sie ihn nicht liebte. Was sollte er denn noch sagen? Er wusste es nicht.

»Gut, dann soll es so sein, wie du es dir wünschst: Wir vergessen alles und sprechen nicht mehr darüber.«

Linus stand auf und hätte sie am liebsten in seine Arme gezogen und jede einzelne Träne aus ihren Augen geküsst. Stattdessen lief er wie benommen ins Wohnzimmer, sammelte seine Kleidungsstücke ein, zog sich in Windeseile an und verließ die Wohnung.

Ninnie vergrub sich laut weinend unter der Decke. Wieso hatte sie ihn nicht zurückgehalten? Oder einfach gefragt, wie er das mit Sophie sah? Ja, sie wusste nun alles über gestern und warum er zu ihr gekommen war, aber mit keinem Satz hatte er erwähnt, wie es mit ihrer Tochter weitergehen könnte.

Plötzlich hörte sie ein »Mom?«.

Noch unter der Decke versuchte Ninnie, sich die Tränen aus den Augen zu wischen, und erst als sie ziemlich sicher war, dass kaum mehr etwas zu sehen war, streckte sie ihren Kopf hervor.

»Guten Morgen. Du bist schon zuhause?«

»Siehst du doch«, brummte ihre Tochter, die nun direkt neben ihrem Bett stand. »Er ist weg?«

»Ja, ist er.«

Sophie, die die ganze Nacht nicht schlafen hatte können, war froh darüber, denn nun konnte sie ihrer Mutter all das an den Kopf werfen, was sie sich seit Stunden dachte. Ansatzlos brüllte sie ihre Mutter an: »Ich will nicht, dass ihr zusammen seid! Sag ihm das.«

Ninnie war verwirrt. »Sophie? Was ist denn mit dir los?«

Auch wenn sie sich gerade von Linus getrennt hatte, der Ton, mit dem ihre Tochter genau das einforderte, gefiel ihr nicht. Ganz und gar nicht.

»Was mit mir los ist? Ich meine, du schläfst einfach mit diesem Typen im Wohnzimmer? Was soll das? Wie lange geht das schon zwischen euch? Ach ja: Wir sind doch die tolle Frauen-WG, in der wir uns alles sagen sollten. Oder?!«

»Sophie!«

»Hör damit auf und ruf ihn an. Sag ihm, dass er dich vergessen und nie mehr wieder hier aufkreuzen soll.«

175

Ninnie war außer sich. Warum war Sophie so wütend auf Linus? Was hatten sie getan, das sie so aus der Bahn warf? Okay, sie hatte sie gestern Abend offenbar gesehen, schockierend genug, aber das gab ihr nicht das Recht, so auszuflippen. Das, was ihre Tochter hier abziehen wollte, würde sie nicht durchgehen lassen. Niemals. Und das musste sie ihr auch in aller Vehemenz klarmachen! Außerdem hatten sie noch das Cannabis-Hühnchen zu rupfen.

»Sophie, es tut mir unendlich leid, dass du uns gestern Abend gesehen hast, aber das gibt dir nicht das Recht –«

»Hör auf damit, Mama! So kommst du mit Papa doch nie mehr zusammen. Verstehst du das? Nie mehr!«

Und dann sackte ihre Tochter auf ihr Bett und heulte nur noch.

Ninnie war zutiefst erschüttert. Sie nahm ihre Tochter in die Arme und wiegte sie.

Mein Gott! Sophie wollte mit allen Mitteln, dass sie wieder zu Hannes zurückging. Dabei hatte sie angenommen, dass sie ihre Trennung nun endlich akzeptiert hatte.

Was dachte ihre Tochter von ihr? Nicht Hannes, Sophie war diejenige, für die sie alles opfern würde. Gerade geopfert hatte. Aber wie sollte sie ihr das erklären, ohne Sophie noch mehr zu verletzen, als sie es schon getan hatte?

Ninnie fühlte sich ratlos. Und verloren. Ihr war zum Heulen, und deshalb weinte sie nicht weniger als ihre Tochter. Nur leiser.

Chrissi, der die ganze Zeit über im Gang auf Sophie gewartet hatte, konnte das meiste mithören. Es stimmte ihn unendlich traurig, dass Sophie so fertig war. Aber er konnte ihr nicht helfen. Die ganze Nacht über hatten sie geredet, ein paar Stunden sogar auf seinem Bett geschlafen, auch wenn Sophie es anscheinend gar nicht so richtig mitbekommen hatte. Sollte er gehen? Oder darauf warten, dass Sophie wieder aus dem Schlafzimmer ihrer Mutter kam?

Gehen war sicher die beste Lösung, auch wenn er viel lieber in ihrem Zimmer auf Sophie gewartet hätte.

Leise zog er die Tür hinter sich zu und schickte ihr aus dem Treppenhaus eine WhatsApp: >Bin nach Hause gefahren. Gib mir Bescheid, wenn ich zu dir kommen soll.< Er fügte ein Herzchen dran und ging mit hängenden Schultern hinunter zu seinem Auto. Die Sache war aber auch wirklich verkorkst.

Weihnachtswunder

*W*ieder schneite es und es dauerte nicht lange, da waren Linus' Haar, Gesicht und Mantel über und über mit dicken Schneeflocken bedeckt, doch er spürte deren Nässe nicht. Am Eingang seiner Villa tippte er den Code ein und ging sofort zum Lift. Dieses Haus, das ihm gestern heimelig erschienen war, begrüßte ihn heute mehr als kühl. Im Wohnzimmer angekommen, wusste er, was fehlte: Ninnie.

Den ganzen kurzen Weg über hatte er das Gespräch Revue passieren lassen, doch er kam und kam nicht drauf, warum es so falsch gelaufen war. Mittlerweile war er sich sicher, Ninnie hatte auf irgendeine spezielle Aussage von ihm gewartet, die nicht gefallen war, doch er hatte keinen blassen Schimmer, welche. Er hatte ihr seine Liebe gestanden. Dass er nicht erst seit gestern all diese Gefühle für sie empfand und dass er heute Morgen der glücklichste Mann auf diesem Erdboden gewesen war. Dass er eine Zukunft mit ihr wollte. Ja, sich sehnlichst wünschte.

Was hatte sie denn noch von ihm hören wollen?

Er verstand einfach nicht, was geschehen war, daher entschied er sich, erst einmal eine Dusche zu nehmen und sich anschließend frisch anzuziehen. Vielleicht fühlte er sich dann besser?

Linus fuhr ins Penthouse hinauf, zog sich aus und duschte erst mal. Leider half alles nicht. Nichts lenkte ihn von seinen Gedanken um Ninnie ab. Nichts linderte den Schmerz, der seine Brust einschnürte.

Er war durchs ganze Haus gestreunt, hatte seinen Laptop auf- und nach einiger Zeit unverrichteter Dinge wieder zugeklappt, da er sich auf nichts konzentrieren konnte, und auch eine Weile seinen beleuchteten Weihnachtsbaum angestarrt, der ihm auch keine Antworten liefern konnte. Auch die Musik, die er aufgedreht hatte, ließ ihn nur noch depressivere Gedanken wälzen.

Irgendwann ging Linus einen Stock tiefer, um sich aus der Küche einen frischen Espresso zu holen, aber es dauerte, bis seine nagelneue Siebträgermaschine aus Edelstahl aufgewärmt war. So viel Geduld hatte er nicht. Vielleicht war ja Jacob in der Bar? So wie das Lokal ausgesehen hatte, könnte es gut sein, dass auch irgendjemand einsamen Seelen heute am Vormittag einen Kaffee servierte.

Er drehte sich um, schlüpfte wieder in seinen Mantel und stapfte durch den frischen Schnee. Seinen Anzug hatte er durch bequeme Jeans, T-Shirt und einen Pulli ausgetauscht, aber er spürte gar keinen Unterschied in der Temperatur. Ihm war weder kalt noch warm. In ihm war alles leer. Ein Vakuum an Trauer.

Kreisten seine Gedanken nicht ständig um Ninnie und das Warum, würde er vermutlich lächeln, denn die gesamte Straße versprühte einen eigenen Zauber. Fast alle der Weihnachtsbeleuchtungen waren eingeschaltet, es war durch den Schneefall recht dunkel, aber, gerade weil es schneite, auch richtig weihnachtlich. Aus vielen der Fenster schien Licht und die Straßenlaternen leuchteten unter ihren Schneehäubchen. Aber all das sah er nicht.

Linus erreichte die Bar und war nicht überrascht, dass Licht hinter den außen vereisten und innen angelaufenen Fensterscheiben brannte. Was ihn allerdings sehr wohl überraschte, war die Anwesenheit Jacobs.

»Guten Morgen! Sag, arbeitest du rund um die Uhr?«, begrüßte er ihn wie einen alten Freund, denn genauso fühlte es sich an, Jacob erneut zu sehen.

»Nun, Weihnachten ist eine Ausnahme«, lächelte er verschmitzt und betätigte sofort den Siebträger seiner Kaffeemaschine. Mit einem Blick über seinen Rücken sagte er zu Linus: »Espresso, schätze ich?«

»Gleich einen doppelten, bitte.«

»Kommt sofort.«

Linus hängte den Mantel über diesen schwarz bemalten alten Hut- und Kleiderständer, der ihm bereits vertraut war wie der Barhocker, auf dem er nun, wie am Abend zuvor, Platz nahm.

»Ich danke dir, Jacob.«

»Also: Was führt dich schon so früh am Morgen zu mir? Senile Bettflucht oder Liebeskummer?«

»Es ist doch schon zehn Uhr«, erwiderte Linus betont heiter, sein Schmunzeln misslang jedoch.

»Dann muss es wohl an Ninnie liegen. Hat sie dich hinausgeworfen?«

Das war keine Frage, mehr eine Feststellung, doch darüber wunderte Linus sich nicht. Auch nicht darüber, dass Jacob sich ihren Namen gemerkt hatte.

»Hat sie. Alles war perfekt. Und dann plötzlich, ich wollte ihr heute Morgen gerade Kaffee bringen, hat sie mir erklärt, ich solle die Nacht und alles zwischen uns wieder vergessen.«

Jacob beugte sich, wie auch schon gestern Abend, über die Theke zu Linus und klopfte ihm tröstend auf den Arm. »Das tut weh.«

»Ja! Sehr sogar.« Linus seufzte tief. »Und? Was soll ich jetzt deiner Meinung nach tun, Jacob?«

»Du meinst, was du *nun* tun solltest, nachdem du kampflos aufgegeben hast, von ihr weggelaufen und zu einem Barmann geflüchtet bist?«

»Nimmst du immer alles so wörtlich?«

»Nun ja, ich versuche nur, klar zu sein.«

Laut atmete Linus aus und nahm erst einmal einen großen Schluck vom Espresso. »Gut, dann Letzteres.«

»Liegt das nicht auf der Hand?«

»Nein, sonst hätte ich dich nicht um deinen Rat gefragt. Klar kann ich wieder zu Ninnie gehen, aber so wie ich sie einschätze, sagt sie mir das Gleiche wie vor zwei Stunden.«

»Vermutlich, außer du sagst oder tust etwas anderes als heute Morgen.«

Da ist was Wahres dran. Linus kniff die Augenbrauen zusammen. »Aber was? Mehr als ich ihr gesagt habe, habe ich noch keiner Frau gesagt.«

»Hast du dich auch in ihre Situation hineinversetzt? Dich in sie hineingedacht?«

»Natürlich habe ich das.«

Wie konnte Jacob nur eine Sekunde daran zweifeln? Dennoch erzählte er Jacob alles. Dass er die halbe Nacht damit zugebracht hatte, seine und auch Ninnies Situation zu analysieren. Selbst über Hannes und wie dieser reagieren könnte, hatte er nachgedacht. Auch darüber, wie er zu Hannes stand. Egal, was er über ihn seit der Scheidung dachte, Hannes war Sophies Vater und Ninnie hatte die letzten zwanzig Jahre alles für diese Familie getan. Also musste er zunächst Sophies Herz gewinnen und dann auch einen Weg finden, mit Hannes gut auszukommen. So war das in einer Patchworkfamilie nun einmal und er wusste das.

Er erzählte Jacob auch von den zwei kleinen Briefchen, die er als Geschenke verpackt für Ninnie und Sophie unter den Weihnachtsbaum gelegt hatte.

Was also hatte er übersehen? Linus wusste es nicht.

»Wenn das alles wirklich stimmt, kann ich dir nur empfehlen, zu warten«, meinte Jacob.

»Großartig! Genau meine Stärke.«

»Mag sein, aber nur weil du wartest und geduldig bist, heißt das nicht, dass du nichts tust.«

»Ach nein?«

»Nein! Denn damit gibst du Ninnie Zeit, über euch beide nachzudenken. Darüber, was sie genau für dich fühlt und wie es weitergehen soll oder könnte. Und auch darüber, wie du in ihre Familie passt. Du hast doch erzählt, Sophie wäre eine etwas schwierige Tochter?«

»Ja, hin und wieder. Sophie ist aber schon achtzehn.«

Jacob nickte und seine Augen blitzten amüsiert. »Das bedeutet aber nicht, dass sie nicht umso mehr eine Meinung zu einem neuen Partner ihrer Mutter hätte.«

Das verwirrte Linus nun doch. Sophie war doch am Nachmittag bei Hannes und Linda gewesen, zumindest hatte Ninnie das kurz erwähnt, als er sie nach ihrer Tochter gefragt hatte. Wenn sie nichts gegen die Affäre ihres Vaters einzuwenden hatte, die letztendlich der Auslöser für die Scheidung ihrer Eltern gewesen war, was sollte sie dann gegen ihn haben?

»Ich glaube, Jacob, da irrst du dich.« Er fuhr fort, erzählte ihm alles, was er über Sophie wusste, und schloss mit: »Siehst du, deshalb denke ich, dass sie doch froh und glücklich sein müsste, wenn auch ihre Mutter einen neuen Partner hätte.«

Zu seiner Verwunderung schüttelte Jacob jedoch energisch den Kopf.

»Himmel, es muss wirklich schon lange her sein, dass du selbst ein Teenager warst.«

»Ja, mag sein. Aber wieso?«

»Sieh mal, ich weiß nur eines. Wenn du alles Augenscheinliche angesprochen hast und das Ergebnis war, dass Ninnie dich in die Wüste geschickt hat, dann muss es am Nicht-Offensichtlichen liegen, vorausgesetzt, du hast recht und sie liebt dich so, wie du sie liebst.«

»Das ist ein weiser Schluss.« Er half Linus aber nicht weiter, denn: »Genau darüber denke ich doch schon die ganze Zeit nach und komme einfach nicht drauf! Sie wird doch nicht nach nur einer einzigen Nacht einen Verlobungsring von mir wollen?«

Das wäre das Schlimmste, denn zu Verlobungen im Allgemeinen und Verlobungsringen im Speziellen hatte Linus seit gestern ein gestörtes Verhältnis. Selbst wenn eine Beziehung zu Ninnie jemals auf diesen Pfad führen würde, er würde lieber eine Überraschungshochzeit planen und sie dort direkt fragen, als sich jemals mit ihr zu verloben.

Nun war es an Jacob, die Stirn zu runzeln. »Für mich klingt diese Frau vernünftig und so als stünde sie mit beiden Beinen im Leben. Ich kann mir nicht vorstellen, dass sie gleich einen Ring ...« Jacobs Gesicht gefror für einen kurzen Moment, denn hinter Linus ging die Tür auf. Linus spürte den kalten Luftzug um seine Beine, hörte auch sofort das hohe Klingeln der über der Tür angebrachten Glocke, drehte sich aber nicht um, da Jacob seine Gedanken weiter ausführte. »Warum sollte Ninnie nach nur einer Nacht einen Antrag von dir erwarten?«

»Tut sie auch nicht«, hörte Linus eine ihm vertraute Frauenstimme sagen und er drehte sich auf dem Hocker langsam in ihre Richtung. Alles in ihm wurde warm. Sie sah entzückend aus in ihrem dicken schneebedeckten Mantel, der bunten Mütze und den dicken Stiefeln.

»Sicher nicht? Denn das ist das Einzige, das ich ihr nicht angeboten habe.« Schmunzelnd fügte er »Noch nicht« hinzu, während Ninnie auf ihn zukam, Mütze und Handschuhe abnehmend und ausschüttelnd. Sie blieb direkt vor ihm stehen und fuhr sich nervös durchs offene Haar.

»Du hast recht, denn sie war dumm und wollte etwas hören, das der Mann, den sie liebt, längst gesagt hatte. Bloß nicht zu ihr.«

»Hat er? Das muss ein toller Typ sein.«

Linus hatte keine Ahnung, was er getan hatte, das Ninnie umgestimmt haben könnte, und noch weniger verstand er, wie sie ihn hier gefunden hatte, aber das war unwichtig, denn sie war hier. Sein Herz klopfte laut und er wusste, dass er über das ganze Gesicht strahlte, auch wenn er es unterdrücken wollte.

»Ist er! Zwar bin ich auf sein Weihnachtsgeschenk für meine Tochter beinahe ein wenig neidisch, aber meines ist ja noch viel schöner, auch wenn ich es nicht verstehe.«

Kein Wunder, dachte Linus. Es waren auch nur sechs Zahlen und eine Liebeserklärung, die er in ihr Briefchen geschrieben hatte. Was die Zahlen zu bedeuten hatten, würde er ihr später erklären. Sophie hatte er zu einem gemeinsamen Kaffeehausbesuch mit der Bitte eingeladen, sie besser kennenlernen zu dürfen, und sie auch darum gebeten, ihm in ihrem Herzen eine Chance zu geben, auch wenn das zwischen ihrer Mutter und ihm für sie sicher sehr überraschend gekommen war. Als Ninnie diese Zeilen gelesen hatte, war ihr klar geworden, dass sie zu ihm musste.

Nein, es lag nicht am Schokokuchen und seiner Wirkung, was sie gestern für ihn empfunden und zugelassen hatte. Es lag einzig und allein daran, dass sie diesen Mann über alles liebte. So wie er war.

»Ich sollte mich bei ihm bedanken«, sagte Ninnie.

»Und ihn um Verzeihung bitten?«

Linus spielte weiterhin den Fremden, obwohl sie nun so dicht vor ihm stand, dass er ihren warmen Atem spürte und sogar die dunklen Punkte in ihren grünen Augen sehen konnte. Aber was er noch sah, berührte sein Herz tief, denn Ninnies Augen waren rot und leicht angeschwollen vom Weinen und dennoch lächelten sie ihn glücklich an.

»Ja, sollte ich«, erwiderte Ninnie und streckte ihm ihre Hände entgegen, die er ergriff.

»Weißt du, der Mann hat wirklich gelitten wie ein Hund.«

Sie, wie es aussah, noch mehr, aber das sagte er nicht.

»Das tut mir aufrichtig leid und das wollte ich nie. Aber Sie könnten ihm ausrichten, auch ich habe unvorstellbar gelitten, bis ...« Ninnie schluckte. »Bis meine Tochter in mein Zimmer gestürzt ist und sich wegen seiner Zeilen und seines Geschenks für sie gar nicht mehr beruhigen konnte.«

»Vor Ärger oder vor Freude? Ich hoffe, vor Freude.«

»Ja, vor Freude. Wenn es davor auch ein längeres Gespräch zwischen uns gebraucht hat.«

Linus schmunzelte und konnte nicht anders. Er zog sie in seine Arme und verschloss ihren Mund, noch bevor sie etwas sagen konnte, mit einem Kuss. Dann murmelte er ihr ins Ohr: »Ich verzeihe dir. Aber nur dieses Mal, und du musst schwören, dass du mir nie mehr wieder sagst, ich soll das zwischen uns einfach vergessen.«

»Danke, und ich schwöre es.«

»Kaffee zur Feier des Tages?«, unterbrach Jacob die beiden übers ganze Gesicht lachend.

»Oh ja, gerne. Ich bin übrigens Ninnie.«

Sie streckte die Hand aus, die Jacob galant küsste, während Linus einwarf: »Ach, darf ich dir vorstellen: Das ist Jacob, mein Seelenklempner und Weihnachtsengel, und das ist wie gesagt Ninnie, ebenfalls mein Weihnachtsengel.«

Die beiden lächelten und Ninnie fand Jacob auf Anhieb sympathisch. Ja, geradezu magisch. Er hatte auf jeden Fall eine ganz seltsame Ausstrahlung, aber auf eine gute Art.

»Ich muss mich bei dir auch noch aus ganzem Herzen bedanken, Jacob.«

»Wofür denn, Ninnie?«

»Dass du diese arme Seele gestern aufgelesen und zu mir geschickt hast.«

»Das war doch selbstverständlich, es ist doch Weihnachten.«

»Ja, es ist Weihnachten«, wiederholten beide überglücklich.

Weihnachtszauber

s hatte aufgehört, zu schneien, und die Sonne blitzte zwischen den dicken weißgrauen Wolken durch. Da der Gehsteig noch nicht geräumt worden war, glitzerte der Schnee vor ihnen. Hand in Hand gingen Linus und Ninnie auf seine Stadtvilla zu, gefolgt von Sophie und Chrissi, die bloß eng nebeneinander durch den Schnee gingen. Ninnie lehnte sich dicht an Linus. »Und du bist dir sicher, dass du den Nachmittag mit uns allen verbringen willst?«

»Bin ich! Mach dir um mich keine Sorgen.«

»Mom! Wir können dich hören«, rief Sophie von hinten, daher drehte Ninnie sich grinsend um.

»Weiß ich, mein Schatz!«, sagte sie, woraufhin sie ein weiteres entnervtes, aber gleichzeitig fröhliches »Mom! Hör auf!« von ihrer Tochter erntete.

Ninnie war überglücklich. Nicht nur wegen Linus, nein, Sophie und Chrissi Händchen haltend mit roten Wangen und aufgeregt miteinander tuscheln zu sehen, war genau das, was sie sich gewünscht hatte. Und dieser Chrissi war absolut in Ordnung. Bevor sie losgegangen waren, hatte er Linus und ihr die ganze Geschichte des Schokokuchens gestanden. So viel Ehrlichkeit war entwaffnend. Sie hatten ihm das Versprechen abgerungen, es nie mehr wieder zu tun. Er hatte ihnen geschworen, dass Sophie nie mehr einen Schokokuchen von ihm erhalten werde und auch keinen Joint. Mehr könne er ihnen nicht schwören. Linus und sie hatten es dabei belassen. Aber es war sicher nicht das letzte Gespräch zu diesem Thema gewesen.

»Wo genau gehen wir denn hin?«, fragte Chrissi nach, denn sie hatten es den Kindern nicht verraten, nur, dass sie gemeinsam mit ihnen noch einmal Weihnachten feiern wollten. Da sie jedoch bereits vor Linus' Stadtvilla angekommen waren, deutete er auf das Haus rechts von sich.

»Hierher!«

Sophie riss die Augen weit auf. »Was? Dieser Palast gehört dir?«

»Ja.«

»Und da wohnst du ... allein?«

»Nun ja, Sophie, das wird sich zeigen. Ehrlich gestanden hoffe ich das nicht.«

Ninnie war verwirrt. Was meinte Linus damit? Er war nicht der Typ, der ihr nach nur einer gemeinsamen Nacht anbieten würde, bei ihm einzuziehen, und das noch dazu mit einer schwer pubertierenden Tochter. Wobei das *schwer* sich möglicherweise mittlerweile erledigt hatte, denn seit Chrissi heute aufgetaucht war, war Sophie lammfromm und außer glücklich nur glücklich.

»*Nice* – also das Haus«, meinte nun auch Chrissi, da Sophie noch immer mit offenem Mund die Villa anstarrte. Sie standen nun vor der riesigen modernen Holztür, die durch einen hervorspringenden Erker im ersten Geschoss überdacht war.

»Stimmt es, dass du einen Wellnessbereich hast?«, wollte Sophie wissen, was ihr sofort ein tadelndes »Sophie!« von ihrer Mutter einbrachte.

»Wieso? Das haben die Nachbarn behauptet. Und dass es auch einen Pool gäbe.«

Während Ninnie bloß seufzte, weil es ihr peinlich war, dass Sophie Linus den ganzen Klatsch nacherzählte, den auch sie von diversen Nachbarn gehört hatte, schließlich war diese Villa Gesprächsthema Nummer eins gewesen, seit sie eingezogen waren, fragte ihre Tochter Linus munter weiter aus. Vermutlich war das alles Blödsinn, genauso wie sie alle behauptet hatten, dass hier eine mindestens fünfköpfige Familie mit Personal einziehen würde.

»Okay, okay«, lachte Linus. »Ich denke, wir erforschen einfach, was es hier wirklich gibt. Aber davor müsste jemand die Tür öffnen. Würdest du das bitte für uns erledigen, Ninnie?«

Sie sah Linus überrascht an. »Ich? Wie denn? Ich habe ja keinen Schlüssel.«

»Nein, den hast du nicht, weil es gar keinen gibt.« Linus deutete auf ein kleines weißes Kästchen, öffnete dessen Deckel und dahinter kam ein Display zum Vorschein. »Das hier ist das Schloss.«

Und in der Sekunde begriff Ninnie endlich, was Linus ihr tatsächlich geschenkt hatte. Wollte er ihr damit sagen, dass sie hier einziehen sollte? Dafür war es doch eindeutig zu früh! Sie legte ihre Hände auf seine Arme. »Willst du das wirklich?«, fragte sie ihn und natürlich sah er die kleinen Nachdenkfalten, die sich auf ihrer Stirn gebildet hatten, ignorierte sie aber lächelnd.

»Was? Dass du hier jederzeit ein und aus gehen kannst, wie es dir gefällt? Ja, das will ich, Ninnie. Sehr sogar.«

Und noch mehr, aber das würde er ihr sicher nicht hier auf der Straße sagen und schon gar nicht heute. Der Schock, dass Ninnie ihrer Tochter zuliebe sofort auf ihr eigenes Glück verzichtet hatte, saß noch zu tief, doch er hatte zugleich noch mehr

Respekt vor ihr als davor. Für ihre Tochter war Ninnie bereit gewesen, alles zu opfern. Dafür liebte er sie nur noch mehr, denn es hatte ihn auch in einem anderen Punkt sicher gemacht: Sie wollte ihn und nur ihn. Zwar hatte sie das schon gestern gesagt, aber das hatten andere Frauen auch und es waren bloß Lügen gewesen. Aber bei Ninnie war er sich nun absolut sicher. Nicht, dass er vorher wirklich daran gezweifelt hatte, aber sie hatte es mit ihren Handlungen heute Morgen bewiesen.

»Also, probiere deinen Code doch mal aus.«

Nun, damit konnte Ninnie leben. Es war einfach eine überaus süße Geste von Linus, ihr damit zu sagen, dass sie in seinem neuen Haus immer willkommen war. Sie umarmte und küsste ihn. »Danke!« Und probierte den Code gleich aus, der natürlich funktionierte.

Linus ließ ihr den Vortritt und schlug sofort eine Führung durchs ganze Haus vor, der Sophie – nichts anderes hatte Ninnie erwartet – freudig zustimmte. An sich interessierten Häuser sie kein bisschen, Klatsch und Tratsch aber anscheinend so sehr, dass ihre Tochter nun wirklich wissen wollte, welche Goodies, wie Sophie die Luxusspielereien nannte, die Villa nun tatsächlich hatte.

Linus führte sie durchs ganze Haus bis hinauf ins Penthouse und auch Ninnie musste zugeben, dass diese Villa atemberaubend war. Ein Wellnessbereich mit erdgeschossigem Wohnzimmer, ein Outdoorpool unter einer verspiegelten Glaskuppel, die man im Sommer wegschieben konnte und die im Winter beheizt war. Ein Poolhaus mit angeschlossener Outdoorküche, dann das riesige Wohnzimmer mit einer kleinen Extraküche im ersten Stock, die Profiküche lag straßenseitig darunter, und dann gab es auch noch seinen Arbeitsbereich im ersten Stock.

Im Stock darüber lagen Gästezimmer, jeweils mit Bädern, und wieder eine Art Salon. Aber das Erstaunlichste war, die zwei Geschosse darüber waren überhaupt nicht möbliert. Bis auf ein paar Gemälde, die in den Gängen und Vorräumen hingen, war alles kahl und leer. Das Penthouse dagegen, in dem sich ein riesiges Schlaf- und Arbeitszimmer befand und welches von einer Außenterrasse umschlossen war, hatte er eingerichtet. In warmen Erd- und Grautönen. Lauter Designermöbel, das sah Ninnie sofort, perfekt mit viel Platz zum Strahlen inszeniert.

Sie fühlte sich auf Anhieb wohl, auch wenn sie keine Kissen am Sofa sah und auch keine Decken. Ohne Kissen und Decken konnte Ninnie aber nicht sein, denn was gab es Schöneres, als sich an einem verregneten oder gar verschneiten Sonntagnachmittag auf ein Sofa zu kuscheln und eingehüllt in weiche Decken eine Tasse Tee oder Kaffee zu trinken und vielleicht ein Buch zu lesen? Manchmal träumte sie einfach nur vor sich her. Jetzt aber könnte sie mit ihm kuscheln und all das tun, wovon sie bis jetzt nur geträumt hatte.

Nun, sie würde ihm einfach richtig schöne Kissen und Kuscheldecken schenken. Sie hatte ja noch Geld von Hannes übrig.

»Dein Haus ist echt geil«, konstatierte Sophie. »Aber wieso sind gleich zwei Geschosse leer?«

»Hm, ich wusste ehrlich gestanden nicht, wofür ich sie nützen sollte«, schmunzelte Linus, denn das war zwar bis vor Kurzem richtig gewesen, aber heute sah er alles anders. Vielleicht sollte er eines davon Sophie anbieten? Dann hätte sie genügend Platz, um ihrer Mutter aus dem Weg gehen zu können, aber sie wäre für Ninnie und auch ihn in Reichweite, um sie noch ein wenig in Richtung ›wahres Leben‹ zu begleiten.

»Also ich wüsste das sofort!«

Ninnie sah ihre Tochter erstaunt an, denn sie plapperte auch schon los und erklärte Linus, dass sich besonders der dritte Stock für all das eignete, wovon ein Teenager anscheinend so träumte: Schlafzimmer, eigenes Wohnzimmer mit Musikanlage, großer Schrankraum, und dann blieben sogar noch drei weitere Räume übrig, wovon einer ganz eindeutig ein persönlicher

Gymnastikraum und ein weiterer eventuell ein Partyraum sein könnte. Und alles wäre maximal weit vom Penthouse entfernt.

So viel Enthusiasmus hatte Sophie nicht ein einziges Mal gezeigt, als sie ihre Wohnung eingerichtet hatten. Also als Ninnie allein sie eingerichtet hatte, denn Sophie hasste es mit dem Argument, wenn sie so gemütlich wohnten, würde Papa nie einsehen, dass er diese Linda hinauswerfen und sie beide zurückkommen müssten. Aber nun war es an der Zeit, ihr Kind hier einzubremsen, bevor Linus sich in die Enge getrieben fühlen würde.

»Sophie! Toll, welche Ideen du hast, aber es ist Linus' neues Haus und ich denke, er wird schon eine Verwendung für die leer stehenden Räume finden.«

Ja, Ninnie. Das werde ich, und zwar genau so, wie deine Tochter es vorgeschlagen hat. Aber nicht heute. Wenn alles gut läuft, und das wird es, werde ich euch irgendwann im Frühjahr den Vorschlag unterbreiten, zu mir zu ziehen.

»Lass sie doch! Wer weiß, vielleicht habe ich jetzt dank Sophie viele neue Ideen?«

Er sah ihre Tochter verschwörerisch an und sie blinzelte zu ihm zurück. *Sehr gut.*

Zu viert machten sie noch einen Rundgang auf der Terrasse, blickten von allen Seiten über die Dächer der Stadt, über Kirchtürme und einige der Hochhäuser Wiens, und es war wirklich ein Anblick, der seinesgleichen suchte.

»Wenn man unten vor dem Haus steht, kommt man nie auf die Idee, dass man von hier oben fast die ganze Stadt sehen kann. Linus, der Ausblick ist mehr als traumhaft schön.«

Ninnie war mehr als begeistert.

Linus küsste sie am Hals und raunte: »Besonders bei Sonnenaufgang.«

»Das muss ich selbst sehen, sonst glaube ich es dir nicht«, kicherte sie und nun tadelte ihre Tochter die beiden spaßeshalber mit: »Habt ihr kein Zimmer?«

Linus lachte laut auf. »Doch, sieh dich um. Nur leider ist es derzeit zu bevölkert.«

»Heißt das, du willst uns loswerden?«, neckte ihre Tochter ihn und Ninnie wunderte sich, wie leicht ihr das fiel, nach allem, was heute vorgefallen war.

»Nein, ganz im Gegenteil. Das war nur Spaß. Kommt. Ich habe den Koch gebeten, uns irgendetwas zwischen Lunch und Dinner zu zaubern. Ich schätze, er wird schon fertig sein.«

»Cool, ich habe ohnehin schon Hunger.«

Chrissi spricht, lachte Ninnie innerlich auf, aber zu ihm sagte sie: »Nun, dann sollten wir aber zusehen, dass wir wieder in den ersten Stock kommen. Ihr könnt den Lift nehmen, ich nehme mit Linus die Treppe.«

Nicht, dass der Lift, der im Innenhof an das Haus angebaut worden war, zu klein für alle gewesen wäre, aber Ninnie wollte ein paar Takte allein mit Linus sprechen.

Alle drei verstanden und die Kinder stiegen in den Fahrstuhl ein. Linus nahm ihre Hand. »Und? Wie findest du es?«

»Dieses Haus?«

»Ja.«

»Was soll ich sagen? Mir fällt gar kein Superlativ ein, der beschreibt, wie toll und modern, und ja, auch gemütlich es ist.«

»Könntest du dich hier zuhause fühlen?«

Das war jetzt aber nicht sein Ernst!

»Du willst mich jetzt aber nicht nach nicht einmal vierundzwanzig Stunden, und davon war ich bislang nur etwa sechs nüchtern, fragen, ob ich zu dir ziehen will, Linus, oder?«

»Nein. Das hebe ich mir für nächstes Jahr auf«, schmunzelte er. »Aber wenn es dir nicht gefällt, verkaufe ich es wieder und wir suchen gemeinsam ein neues. Oder ich behalte es und, keine Ahnung, baue Büros rein.«

»Untersteh dich! Es ist perfekt.«

»Nun ja, beinahe. Perfekt ist es erst, wenn deine Tochter den dritten Stock bezogen hat und du mit mir jeden Tag im Penthouse aufwachst.«

Sie blieb mitten auf der Steintreppe stehen. »Woher weißt du, dass gerade wir beide das schaffen könnten, was du a, noch nie wolltest, und b, noch nie länger als drei Monate ausgehalten hast? Und das, wo ich c, fast doppelt so alt wie meine Vorgängerinnen bin?«

»Genau deshalb, Liebling.«

Was meint er damit?

»Verstehe ich nicht.«

»Weil niemand außer dir mir a, diese Frage gestellt hätte, und zwar b, weder in der Form noch in dieser Offenheit, und c, die halb so Jungen nur eines wollte: so schnell wie möglich bei mir einziehen und mich vor das Standesamt zerren, um dann für den Rest ihres Lebens ausgesorgt zu haben.« Da Linus zwei Stufen unter ihr stand, sahen sie einander direkt in die Augen. »Ich werde auf jeden Fall alles dafür tun, dass es zwischen uns funktioniert. Das schwöre ich dir, Ninnie.«

Sie seufzte tief, denn nach wie vor fiel es ihr schwer, zu glauben, dass das alles wahr war. In dem Moment fiel ihr die andere Seite der Zeit wieder ein. »Ich schwöre es auch, Linus. Vielleicht ist heute ja tatsächlich die andere Zeit angebrochen?«

Diesen verwirrenden Satz sagte sie gerade, als er sie küssen wollte. »Was meinst du damit?«

»Ach. Das ist eine längere Geschichte, die muss ich dir später in Ruhe erzählen. Wenn die Kids weg sind.«

»Du glaubst, das werden sie tun? Also, ich meine, sich verziehen?«

»Ganz bestimmt. Sie werden sich bei dir vollfuttern, wie Sophie es ausdrücken würde, dann für eine halbe Stunde so tun, als seien wir beide die Coolsten überhaupt, und dann wird einer von ihnen, ich tippe auf meine Tochter, eine fadenscheinige Ausrede vorbringen, warum sie nach Hause oder aber ganz dringend zu Elena oder Chrissi müssten.«

»Und was wirst du sagen?«

»Fröhliche Weihnachten, habt viel Spaß, und wehe, ich komme morgen drauf, dass ihr Drogen genommen habt. Dann vergesse ich mein Versprechen, dass ich keine Anzeige mache, sondern zwinge euch beide doch noch zur Selbstanzeige.«

»Und du denkst, das wirkt?«

Linus bezweifelte es. Wann immer er als Jugendlicher seinen Eltern etwas versprochen hatte, tat er ganz sicher genau das, kaum war er zur Tür draußen. Aber vielleicht tickten Mädchen da anders?

»Bei Sophie ja, denn sie hat sie noch gar nicht probiert. Bei Chrissi? Keine Ahnung. Aber er ist schwer in sie verliebt, also hoffe ich, dass auch er es lassen wird.«

»Na dann, hoffen wir das Beste und füttern die beiden mal ab.«

»Ja. Komm.« Sie gab ihm einen Kuss. »Und noch etwas, Linus.«

»Ja?«

»Weißt du, dass du die schönsten Augen und Hände der Welt hast?«

Er kniff Mund und Augen zusammen. »Und der Rest gefällt dir nicht?«

Sie legte zwei Finger auf seinen Mund. »Hör auf, so eitel zu sein, und sag einfach Danke oder etwas dergleichen. Wenn ich dir nämlich sage, dass alles an dir einzigartig und fantastisch ist, welches Kompliment soll ich dir dann morgen machen?«

Er nahm ihre Hand und küsste sie. »Sei nachsichtig mit mir. Ich war noch nie mit einer klugen Frau zusammen und muss mich erst daran gewöhnen.«

Verschmitzt lächelte Ninnie ihn an. Himmelte ihn an, könnte man es auch nennen. »Danke.« Sie ging los. »Siehst du, so geht das.«

Linus schüttelte belustigt den Kopf. »Wenn das alles ist, wird das mit uns ja einfach.«

»Freu dich nicht zu früh! Das nächste Mal bringe ich rosa Zierkissen mit. Dem Penthouse fehlt eindeutig ein kleiner Farbtupfer.«

»Rosa!«, rief er gespielt schockiert. »Niemals. Wenn du willst, dann Blau. Von mir aus auch Grün. Aber bitte nicht Rosa.«

Sie hob das Kinn und sah ihn herausfordernd an. »Rosa Kissen und Decken oder ich kann leider nicht hier übernachten.«

Er nahm ihre Hände und sah sie an. »Okay, sags gleich. Worauf muss ich mich sonst noch einstellen?«

»Lang- oder kurzfristig?«

Linus grinste. Er liebte es, sich mit ihr kleine Wortgefechte zu liefern. Das hatte er immer schon an ihr gemocht.

»Langfristig natürlich. Kurzfristig will ich dich ja bloß so schnell wie möglich in dieses Bett da oben bekommen.«

»Ah ja. Nun, also langfristig gedacht, also nur mal hypothetisch, wird es hier auf jeden Fall lauter werden. Und unordentlicher. Es kann auch passieren, dass in deinem eigenen Haus junge Menschen in deinem Kühlschrank herumwühlen, die du noch nie zuvor gesehen hast.«

Jetzt konnte er sein ernstes Gesicht nicht mehr wahren und lachte laut auf. »Und damit willst du mir Angst machen? Ninnie, das ist mein Leben. Also war es, mit zwanzig oder so. War das alles?«

Sie neigte ihren Kopf zur Seite. »Nein. Ich könnte nämlich auch eine Liste deiner Eigenheiten und Eigenschaften erstellen.«

Und jede einzelne war ganz wundervoll.

Klar, jetzt kam das, was jede Frau von einem Mann wollte: Er musste sich ändern! Aber ... »Ist das nicht ein bisschen sehr früh für Änderungsvorschläge? Ich dachte, es dauert mindestens ein Monat, wo eine Frau einen so sein lässt, wie man ist?«

Sie sah ihn ehrlich erstaunt an. »Äh, wer hat etwas von ändern gesagt? Eigentlich wollte ich sagen, dass du mir schwören musst, dass du genau so bleibst, wie du jetzt bist. Du darfst auch weiterhin Linus *Howard* Wagner sein und ganz allein aus deinem Glas trinken. Ich schwöre, ich fasse es nicht an.«

Nun war es an ihm, überrascht zu sein. Das hatte ihm definitiv noch keine Frau gesagt, aber es bedeutete ihm viel, dass sie es gesagt hatte, denn Ninnie kannte ihn. Sie kannte auch die Vorwürfe all seiner Freundinnen an ihn. Und das waren nicht wenige. Sie reichten von ›Nie hast du Zeit für mich‹, was absolut nicht stimmte, ›Deine Freunde und Geschäftspartner sind dir wichtiger als ich‹, ebenfalls purer Unsinn, aber er hatte nun einmal Verpflichtungen und genoss die Treffen mit seinen alten Freunden, bis hin zu ›Du lässt mich sowieso nichts entscheiden und hältst mich für blöd‹, was stimmte. Aber eben nicht bei Ninnie.

Erst gestern hatte Chantal, bevor sie ins neue Haus gefahren waren, bekrittelt, dass sein nagelneuer Designeranzug zu altmodisch wäre, er sich das Haar kürzer schneiden lassen sollte und im Auto musste er eine Jazznummer abdrehen und irgendeinen nichts sagenden Popsong für sie spielen. Zudem hasste er diese In-Clubs in Saint Tropez oder wo auch immer, aber alle seine Freundinnen wollten genau dahin. Ihn interessierte Archäologie, aber damit war er immer allein dagestanden. Also ja, die Liste an Änderungswünschen an ihn war immer schon lang gewesen. Sehr lang.

Linus zog Ninnie in seine Arme. »Bist du dir da ganz sicher?«

»Absolut. Ich will, dass du dein Leben so weiterlebst, wie du es magst. Dass du Marcus und die Männer auch alleine triffst, so wie ich Susi und Iris. Außerdem wird es viele Abende geben, an denen ich für Sophie da sein möchte und keine Zeit für dich habe. Also ja: Ich will, dass du der bleibst, in den ich mich verliebt habe. Allerdings mit einer Einschränkung.«

Er küsste sie schmunzelnd auf die Nasenspitze. »Dachte ich mir schon.«

»Wirklich? Ich will nämlich bloß nicht hören, dass deine jungen Ex-Freundinnen knackiger waren als ich.«

»Liebling! Du hast anscheinend keine Ahnung, wie verdammt sexy du bist.«

Nun küsste sie ihn. »Siehst du, das wollte ich hören. Komm, die Kids warten sicher schon auf uns.«

Er war definitiv in einem neuen Leben gelandet. Dass seine Trennung von Chantal noch nicht einmal einen Tag her war, fühlte sich überhaupt nicht so an. Im Gegenteil. Sie war weit weg, Wie ein Widerhall aus einer längst vergangenen Zeit. Aus einem anderen Leben. Einem, das er im Grunde nie wollte, aber mangels besseren Wissens oder Mutes zu seinem gemacht hatte. An der Seite von Ninnie fühlte er sich frei und zugleich angenommen. Geliebt als der Mann, der er im Innersten war. Nicht als der reiche Linus Wagner oder die Trophäe Linus Wagner. Nein. Einfach als Linus. Und das war ein wundervolles Gefühl.

***

Sophie kam aus dem Kichern gar nicht mehr raus, was ihrer Unsicherheit geschuldet war. Immerhin saß sie hier in diesem bombastischen Wohnzimmer neben Chrissi auf dem Sofa und er hatte die Abwesenheit ihrer Mutter bereits mehrmals genützt, um sie zu küssen. Sie war so verliebt in ihn, dass sie weder den Baum noch die Geschenke darunter noch sonst irgendetwas mitbekam.

»Du, Frage: Wie lange sollen wir hier bei den Oldies bleiben?«, wollte Chrissi plötzlich wissen.

»Ich weiß nicht, was Mom sich erwartet.« Sophie wurde durch ihr Telefon unterbrochen. »Sorry, das ist Dad. Da muss ich wohl rangehen.«

»Mach nur.«

Sie begrüßte ihren Vater herzlich, fragte ihn, wie der Flug gewesen war und das Hotel sei. Linda erwähnte sie allerdings mit keinem einzigen Wort, da ihr egal war, wie die das alles fand oder ob sie am Flug kotzen musste.

Mittlerweile hatte Sophie den Unterschied verstanden: Linda hatte ihr den Vater weggenommen und die Ehe ihrer Eltern zerstört, auch wenn ihre Mutter es nicht ganz so sah, aber Linus hatte das nicht. Im Gegenteil. Sie hatte gesehen, wie sehr sich ihre Mutter in ihn verliebt hatte und wie glücklich er sie machte. Das war schwer zu verdauen, aber sie wollte ihrer Mom zuliebe alles versuchen, um ihn zu mögen und ihm nicht die gleiche Schuld wie Linda zu geben.

Auch wenn er ihre Fragen kurz beantwortete, es ging ihm angeblich großartig, kam von ihrem Vater gleich als Nächstes, wie immer, ein Vorwurf. »Und wieso habt ihr den Großeltern Weihnachten so versauen müssen? Sophie! Ich habe nicht von dir erwartet, dass gerade du jemals mit Drogen nach Hause kommst!«

Nun, das hatte Sophie erwartet und sie erklärte ihm, dass es dumm war, dass sie den Kuchen nie auch nur gekostet hätte, wie auch sonstige Drogen nicht, aber sie sagte ihm auch, dass ihre Großeltern bloß auf Mom losgegangen waren, was sie gemein gefunden hatte.

»Gemein? Also wirklich, Sophie, wenn hier jemand gemein war, dann wohl du und deine Mutter meinen Eltern gegenüber! Ihr wisst doch beide, wie wichtig ihnen Weihnachten ist.«

»Ja, wichtiger als wir beide anscheinend«, fauchte sie ins Telefon.

»Jetzt hör aber auf. Dass das aus dem Ruder gelaufen ist, war ganz allein eure Schuld, und was sollte das? Keine von euch beiden hat gestern abgehoben. Ich hab mir solche Sorgen gemacht.«

»Ach? Hast du? Um wen genau?«

»Um dich natürlich! Dass deine Mutter macht, was sie will, und dabei noch verantwortungslos ist, weiß ich ja.«

Ihre Mom und verantwortungslos? Bloß weil ihm immer schon alles egal gewesen war und er jeden Streit mit ihr vermieden hatte? *Nein. So war und ist das nicht und so ist Mom auch nicht.*

Sophie war stinksauer, denn das war alles gelogen. Er hatte sie während der Scheidung echt mies behandelt. Von ihrer Mutter hatte sie nie ein schlechtes Wort über ihn gehört, außer dass sie es gerade schwer mit ihm hätte. Und es war ihre Mutter, die ihr immer wieder geraten hatte, Linda eine Chance zu geben, einfach weil ihr Vater sie liebte. So war ihre Mutter! Gutmütig und großherzig. *Sie hätte für mich sogar auf Linus verzichtet! Für mich. Weil ich ihr wichtiger bin als jeder andere Mensch auf dieser Welt.*

Und in dem Moment erkannte Sophie, dass es tatsächlich keinen Sinn machte, darauf zu hoffen, dass die beiden jemals wieder ein Paar sein würden. Auch wenn sie sich heute zusammengerissen hatte, nicht wegen des netten Briefs von Linus, wie Mama dachte, sondern weil ihre Mutter am Boden zerstört war, nachdem sie ihn hinausgeworfen hatte. Sophie hatte das einfach nicht ertragen.

Jetzt verstand sie plötzlich alles, was ihre Mutter ihr heute gesagt hatte. Zwischen diesen beiden gab es keinen Weg zurück. Aus dem Augenwinkel sah sie, dass ihre Mutter und Linus gerade das Wohnzimmer betraten. Daher riss sie sich zusammen, denn sie wollte ihre Mutter nicht noch mehr aufregen, als sie es heute schon getan hatte.

»Dad, ich muss jetzt auflegen, wir essen demnächst.«

»Dann ist sie also wieder bei Sinnen und in der Lage, zu kochen?«

Und nach dieser Gemeinheit wusste Sophie, was sie zu ihm sagen musste, und tat es auch. »Ja, ist sie, aber Dad, Mom muss heute nicht kochen, weil Linus sich darum kümmert.«

200

Sie legte kunstvoll eine Pause ein, damit ihr Vater das Gehörte verarbeiten konnte, aber nicht lange genug, dass er, außer »Linus« zu stammeln, etwas antworten konnte, denn sie fuhr bereits fort: »Die beiden sind richtig süß miteinander, so wie du mit Linda. Grüß sie übrigens schön von mir und genieß den Urlaub! Ich muss jetzt leider. Also: Bye!«

Und schon drückte sie die Taste, um das Gespräch zu beenden, stand auf und umarmte ihre Mutter.

»Tut mir leid, Mom. Ich war heute echt ein Biest. Und egoistisch und so weiter.«

Ninnie drückte ihre Tochter fest an sich. »Nein, das warst du nicht. Ich verstehe dich, und auch, dass du dir nichts sehnlicher wünschst, als dass dein Vater und ich wieder zusammen sind.«

»Ja, eh. Aber das habe ich gerade ein für alle Mal aufgegeben. Der hat dich gar nicht verdient!«

Linus beobachtete die zwei und war tief berührt von dem, was er sah und hörte. Plötzlich aber wandte Sophie sich ihm zu.

»Versprich mir, dass du mit Mom so richtig gut umgehst!«

Wie sehr musste Hannes sein Mädchen verletzt haben, dass es nun vor ihm stand und ihn nur darum bat, gut mit seiner Mutter umzugehen?

Linus schluckte und musste sich kurz sammeln. Dann ging er auf sie zu, umarmte Sophie und zog auch Ninnie an sich heran. »Ich verspreche es, Sophie. Aber sollte ich am Weg mal etwas falsch machen, dann versprichst du mir, dass du es mir sagst, ja? Du darfst mir dann sogar gehörig den Kopf waschen. Nein, falsch, du musst!«

Die Kleine nickte und drückte ihren Kopf stumm an seine Brust.

»Ich danke dir, Sophie.«

Sie sah zu ihm auf. »Wofür denn?«

»Dass du mir und«, nun sah er Ninnie an, »nun ja, uns eine Chance gibst. Das bedeutet mir wirklich viel.«

»Mach ich, aber: Vergeig es nicht!«

»Nein, ich vergeige es nicht«, schmunzelte er. »Aber komm, dein Chrissi sitzt ganz allein da drüben. Wir sollten vielleicht vor dem Essen gemeinsam ein Weihnachtslied vor dem Baum singen?«

»Mom und ich singen falsch«, erklärte Sophie ihm lachend. »Aber gerne.«

»Na dann. Ich nämlich auch.«

Linus dimmte das Licht und Sophie sah, dass am Couchtisch neben dem Baum eine Champagnerflasche auf Eis lag und vier Gläser auf sie warteten. Sie sog den Duft ein, den die dicht gewachsene Tanne versprühte, und er war herrlich. So sollte Weihnachten riechen: nach Tannennadeln, ein wenig nach Waldboden und nach einem Schuss von Vanille und Zimt. Ninnie ließ ihren Blick über die einzelnen Äste der wunderschön mit unzähligen Glaskugeln und Schleifen dekorierten Tanne schweifen. Zwar hatte dieser Weihnachtsbaum keine echten Kerzen, aber er strahlte in einem angenehm warmen Licht. Die unzähligen kleinen Lampen waren gut in den Ästen versteckt und die Figuren, die zwischen den Kugeln hingen, waren wirklich lustig.

Und dann sah sie ihn. Oben an der Spitze.

Es war exakt der gleiche Engel wie der, den sie von ihrer Mutter hatte und der ihr vorgestern auf den Boden gefallen war. Wie konnte das sein? Das war ein handbemalter Porzellanengel, so viele gab es davon sicher nicht.

Doch allein der Anblick des Engels ließ sie sich ihren Eltern nahe fühlen.

Hm. Vielleicht ist das ein Zeichen.

Ganz bestimmt.

Es war ein wundervolles Zeichen.

Ein Zeichen dafür, dass sie hier richtig war. Aber nicht nur sie, auch ihre Tochter, die sich gerade eng neben Chrissi stellte.

Linus trat auf Ninnie zu und schlang einen Arm um sie. Dankbar und glücklich sah Ninnie ihn an. *Schöner kann Weihnachten nicht sein!*

Sie sind echt ein süßes Paar. Linus, groß und schlank, und Mom, klein und zierlich, die fast in seiner Umarmung verschwand. *Linus ist okay,* dachte Sophie und konzentrierte sich nun lieber auf Chrissi, der zaghaft ihre Hand in seine nahm und sie fest drückte. Tatsächlich sangen sie ›Stille Nacht‹ und gleich anschließend auch noch eines der Lieblingsweihnachtslieder ihrer Mutter ›Es wird scho glei dumpa‹. Sogar zweistimmig, wenn auch mit kleinen Fehlern. Aber Chrissi lächelte sie an, also dürfte es nicht so schlimm gewesen sein.

Glücklich fielen alle einander um den Hals und heute, mehr als gestern, fühlte es sich für alle vier nach Weihnachten an. Sie stießen mit Champagner an, wünschten einander noch einmal fröhliche Weihnachten, was diesmal auch stimmte, denn sie waren fröhlich, und dann klopfte Linus an sein Glas. »Meine Lieben, ich möchte kurz um eure Aufmerksamkeit bitten.«

Die hatte er, denn drei Augenpaare sahen ihn direkt an.

»Also: Da ich keine wirklichen Geschenke für euch habe, außer ein kleines für Sophie, das sie hoffentlich annimmt ...«

In der Sekunde schlug deren Herz höher. *Was? Er hat ein Geschenk für mich? Mich? Nicht für Mom?*

»Nun, also weil ich keine Geschenke für euch habe, ich euch aber unbedingt etwas schenken möchte, habe ich mir gedacht, ich schenke einfach uns allen gemeinsam einen Spontan-Urlaub. Was haltet ihr davon?«

»Aber bitte nicht auf Papas Karibikinsel«, wandte Sophie sofort ein, die in der Sekunde katastrophale Bilder vom Zusammentreffen ihres Vaters mit Linda und ihrer Mutter mit Linus im Kopf hatte. Die anderen drei aber mussten lachen.

»Sophie! Natürlich fliegen wir mit Linus nicht in die Karibik.«

Linus zog Ninnie an der Hand ein kleines Stückchen vom Baum weg. »Ninnie, wir können überall hinfliegen. Egal, für wie lange. Du weißt, dass ich ein Flugzeug besitze.«

Ninnie atmete schwer. Ja, natürlich wusste sie das. Und von der Yacht, der Wohnung in Paris und dem Ferienhaus auf irgendeiner Insel. Sie hatte unzählige Bilder von all seinen extravaganten Luxusgütern von Susi gesehen und in Paris war sie mit Hannes einige Male von Linus eingeladen gewesen.

Aber sie wollte das alles nicht. Nicht jetzt. Irgendwann später einmal, ja. Aber nicht in diesen Weihnachtsferien.

»Weiß ich, Linus. Aber weißt du, was mir am liebsten wäre?«

Er sah sie strahlend an. »Sags mir und wir tun es.«

»Hierbleiben.«

Er runzelte die Stirn. »In Wien?«

»Ja, in Wien.«

»Wieso denn das?«

Linus verstand Ninnie nicht. Er bot ihr an, ihr die Welt zu Füßen zu legen, und sie wollte das gar nicht? Das war Linus noch mit keiner Frau passiert.

Ninnie sah, wie er grübelte, wandte sich aber ihrer Tochter zu, die ganz eindeutig Feuer und Flamme für die Idee war, irgendwo hinzufliegen. »Schätzchen, wir bleiben lieber hier. Ich muss arbeiten und Chrissi lernen. Wir holen den Urlaub irgendwann nach.«

»Schade!«, sagte sie und verzog ihren Mund, aber glücklicherweise sprang Chrissi ein: »Das ist super, denn jetzt hätte ich tatsächlich nicht wegfliegen können. Meine Eltern würden mich köpfen.«

Auch wenn Linus nur allzu gern mit Ninnie am Strand gelegen wäre, für ein paar Minuten hatte er sich das bereits sehr erotisch in seinen Gedanken ausgemalt, verstand er und bewunderte er sie gleichzeitig dafür. Daher gab er nach. »Gut, dann machen wir das eben ein anderes Mal und nicht jetzt gleich.«

»Sehr gut. Aber ich danke dir für dein Geschenk.«

Ninnie küsste ihn.

»Heißt das jetzt, dass wir sicher nirgendwo hinfahren? Nicht einmal für ein paar Tage?«, fragte Sophie nach, denn sie war tief enttäuscht. Sie hatte sich nämlich ebenfalls bereits irgendwo an einem einsamen Strand in Chrissis Armen liegen gesehen. Wenigstens über Silvester.

»Ja, mein Schatz. Das heißt es. Aber vielleicht machen wir das in den Semesterferien?«

»Das wäre cool«, erwiderten ihre Tochter und Chrissi gleichzeitig.

»Nun, dann ist das ausgemacht. Wir fliegen alle gemeinsam in den Semesterferien ans Meer.« Und mit einem Blick zu Ninnie ergänzte er: »Toll, dass ich hier ganz alleine Entscheidungen treffen darf.«

»Willkommen in meiner Welt«, konterte Sophie schlagfertig und alle lachten auf.

In dem Moment läutete es an der Tür.

»Erwartest du noch jemanden?«, fragte Ninnie Linus, der den Kopf schüttelte.

»Nein, aber irgendjemand vom Team wird die Tür schon öffnen.«

»Team? Wie viele Leute sind denn noch hier?«

Ninnie war verwundert, denn sie hatte nur den Koch und einen Kellner zu Gesicht bekommen und begrüßt.

»Ich denke, so drei Personen in der Küche und mittlerweile ist sicher auch Mark von meinem Sicherheitsdienst hier.«

»Aha. Verstehe.«

»Ja, das sind zugleich die Sonnen- und Schattenseiten von Geld«, erwiderte Linus lapidar und zu Sophie sagte er: »Sophie! Sieh doch mal unter dem Baum nach, ich habe da ein kleines Geschenk für dich.«

»Ehrlich? Wow! Danke!«

Ninnie und Linus beobachteten, wie Chrissi Sophie kurz auf den Mund küsste, was herzerwärmend anzusehen war, und ihre

Tochter strahlte. *Geht doch,* dachte Ninnie und Sophie packte auch schon das große Geschenk aus.

»Was hast du ihr geschenkt?«

»Warts ab. Du bekommst das Gleiche, allerdings darfst du dir aussuchen, wie sie aussehen soll, und dann wird es leider ein Weilchen dauern. Mehr verrate ich noch nicht.«

»Oh mein Gott! Was ist das?«

Bevor Sophie den nächsten Satz, der ihr bereits auf der Zunge lag, aussprechen konnte, fuhr ihre Mutter lachend mit »Perlen vor die Säue werfen« dazwischen und drehte sich zu Linus um. »Entschuldige, Linus, aber das geht nicht.«

Und damit meinte sie beide. Linus, dass er ihr nicht eine *Silkin Bag* um wer weiß wie viele Tausend Euro schenken konnte, und Sophie, dass sie sie nicht annehmen durfte, zumal sie auch wusste, wie schlampig ihre Tochter war und wie nachlässig sie mit ihren Sachen umging. Diese Tasche würde Silvester nicht ohne abgerissenen Henkel oder Make-up-Flecken im Inneren oder sonst einen Schaden überleben. Dafür war diese Tasche eindeutig zu schade und zu teuer gewesen.

Doch sowohl Linus als auch ihre Tochter ignorierten sie, denn Sophie drückte die hellrosa Tasche bereits an ihr Herz und fiel damit Linus um den Hals. »Danke, danke, danke! Die ist so cool!«

»Das freut mich, Sophie. Und doch, Ninnie, wie du siehst, geht es.«

»Okay. Ich geb mich geschlagen.« Was sollte sie auch gegen diese beiden strahlenden Gesichter tun?

»Danke, Mom. Und ich schwörs: Ich passe auf die Tasche auf.«

Ninnie nickte und wollte gerade etwas sagen, als sie einen lauten, hohen Schrei vernahm, der alle vier zusammenzucken ließ.

Gleichzeitig riefen Linus und Ninnie: »Chantal?«, denn sie stand plötzlich im Wohnzimmer.

»Ja. Chantal.« Sie kam auf Linus und Ninnie zu. »Schön, dass ihr Linus Gesellschaft geleistet habt, aber ihr könnt jetzt gehen.«

Linus und Ninnie wechselten verdutzte Blicke und Chantal sah sich kurz um. Sie sah das noch ungeöffnete Geschenk von ihr, das achtlos am Sofatisch lag, und dann zu Sophie. *Die Tasche! Das ist eine Silkin Bag. In Rosa.*

Kurz ratterten ihre Gehirnwindungen und Chantal wurde fuchsteufelswild. Sie hörte nicht, was Linus und Ninnie sagten, denn sie stürzte sich wutentbrannt auf Sophie und riss ihr die Tasche aus der Hand. »Gib sie her! Das ist meine«, brüllte sie Ninnies Tochter an, die völlig verdattert an der Tasche festhielt.

Linus drängte sich zwischen die beiden Frauen und stellte sich schützend vor Sophie. »Lass mich!«, blaffte Chantal Linus an, der sie nicht einmal berührt hatte. »Und geh mir aus dem Weg!«

Schnell zog Chrissi Sophie zur Seite und Ninnie stellte sich neben Linus, der nun seinerseits Chantal angiftete: »Bist du völlig übergeschnappt, Chantal? Was willst du hier?«

Ninnies Puls raste. Es war so harmonisch gewesen, was um alles in der Welt wollte Chantal denn nun hier? *Himmel! Es ist doch Weihnachten!* Konnte es denn nicht ein einziges Mal normal laufen?

»Die Frage ist doch eher, was tun die alle hier?«, schrie Chantal Linus ins Gesicht und deutete mit einer abschätzenden Geste erst auf Ninnie und dann auf die Jugendlichen.

Linus kam Ninnie zuvor. »Die, das sind Ninnie, die du ja kennst, und ihre Tochter Sophie und deren Freund Chrissi.«

Ansatzlos wechselte sie ihren Ton von hysterisch brüllend auf sanft und bezirzend. »Wunderbar. Wie gesagt, sie können jetzt gehen« und »Liebling, ich habe beschlossen, dir zu vergeben. Es ist ja Weihnachten.«

Das Nächste, das Ninnie mitbekam, auch wenn alles vor ihren Augen leicht flirrte und verschwamm, war, dass Chantal ihre Arme um Linus' Hals schlang und ihn küsste.

Im ersten Moment war Linus so baff, dass er nicht imstande war, zu reagieren. Hatte er sich verhört? Sie verzieh ihm? Doch nach einer oder mehreren Schrecksekunden fasste er sich wieder, arretierte ihre Arme und schob sie von sich weg.

»Tut mir leid, Chantal. Aber da gibt es nichts zu verzeihen. Wir haben uns getrennt, schon vergessen?«

Ninnie brachte noch immer kein Wort heraus, denn nun löste sich Chantal vor ihren Augen in Tränen auf. Nicht wie sie, sie hatte zwar ebenfalls Tränen in den Augen, versuchte aber, ruhig zu bleiben, obwohl sie ihre Wut auf Chantal kaum im Zaum halten konnte, denn niemand griff ihr Mädchen an. Niemand!

Chantal dagegen heulte und schniefte, als würde die Welt gerade untergehen. »Wir ... Ich will doch nur ...« Sie ging wieder auf Linus zu, der die Arme abwehrend in ihre Richtung ausstreckte. »Ich kann doch ... Ich will nicht ohne dich ... leben!«

Ninnie kochte. Jetzt fehlte nur noch ...

»Du weißt doch ... dass ich dich liebe!«

Genau das!

»Chantal, hör mit dem Theater auf. Du hast mich nie geliebt, sondern nur mein Geld.«

Mit funkelnden Augen sah er sie an und Chantal wusste in dem Moment, dass er Ninnie nicht aus Mitleid, weil sie jetzt ja arm und Single war, eingeladen hatte, sondern dass da mehr zwischen den beiden war.

Die Wut, die heftig durch ihren Körper jagte, brachte ihren Kopf zum Surren. Niemals würde sie sich Linus von einer wie Ninnie wegschnappen lassen. Nur über ihre Leiche! Daher brüllte sie ihn in voller Lautstärke an: »Dein Geld? Die hier will dein Geld! Checkst du denn gar nichts?« Und dann erinnerte sie sich an ihre Silkin Bag, für die sie ebenfalls sterben würde, welche dieses kleine Luder in der Hand hielt.

Sie schlug Linus' Hände weg, drehte sich um und stürzte sich auf das Mädchen. Riss ihr die Tasche aus der Hand und hielt sie triumphierend hoch. »Das ist meine! Sags ihnen. Sag ihnen, dass ich diese Tasche in Rosa wollte!«

Chantal hoffte, nein, erwartete, dass diese Goldgräberinnen endlich verschwanden und verstanden, dass die Tasche der Beweis dafür war, dass Linus nur sie liebte.

Bevor Linus sie erreichte, war Sophie schon bei Chantal und zog wieder an der Tasche. »Lass sie los! Das ist meine! Ich hab sie geschenkt bekommen!«

»Niemals, du kleines Flittchen«, schrie Chantal und die beiden zerrten an der Handtasche.

Linus und Ninnie gingen dazwischen. Ninnie riss Chantal die Tasche aus der Hand, deren Henkel dabei abbrach, woraufhin Sophie aufschrie: »Jetzt habt ihr sie kaputt gemacht!«

Ninnie überhörte das, drückte ihrer Tochter die Tasche wieder in die Hand und baute sich vor Chantal auf. »Wenn du noch ein einziges Mal meiner Tochter zu nahe kommst oder sie beschimpfst, kratze ich dir die Augen aus!«

Chantal stemmte ihre Fäuste in die Hüften und fuhr sie an: »Ach! Was hast du denn hier zu melden, hä? Schnappst dir meinen Mann und denkst, dass ich das einfach so hinnehme?«

Linus war fassungslos, welche Nummer Chantal hier abzog.

»Wir haben uns gestern verlobt, Bitch! Hat er dir das nicht gesagt?«

Als hätte sie einen elektrischen Schlag versetzt bekommen, wich Ninnie taumelnd zurück. *Verlobt? Linus hat doch das Gegenteil behauptet.*

»So, jetzt reicht es. Entweder du gehst auf der Stelle oder ich rufe die Polizei«, schrie Linus Chantal an. »Hör sofort mit den Lügen auf, Chantal! Ich habe mich nicht mit dir verlobt, und das weißt du.«

»Ach? Sag das meinem Vater, denn der freut sich so, dass er demnächst hier vorbeischauen wird.«

Ninnie schnappte nach Luft.

»Bist du völlig verrückt? Ruf ihn an und sag ihm, dass ich ihn nicht sehen will.«

Sie hielt ihm ihr Handy hin. »Sags ihm doch selber. Ich bin gespannt, wie er reagiert, wenn er von dir hört, dass du gerade die Verlobung wieder gelöst hast.«

Linus' Halsadern waren hervorgetreten und sein Gesicht war rot angelaufen. So hatte Ninnie ihn noch nie gesehen.

Ganz leise, aber umso eindringlicher fuhr er sie an: »Pass auf. Du hast jetzt zehn Sekunden, dann will ich dich nie mehr in meinem Leben sehen. Und merk dir das: Ich bin nicht erpressbar. Nicht von dir, nicht von deinem Vater, von niemandem auf dieser Welt!«

Und wieder wechselte Chantals Stimmung von einem Wimpernschlag zum nächsten. »Babe! Das weiß ich doch! Und du hältst auch deine Versprechen«, lächelte sie ihn zuckersüß an, als wäre nie etwas passiert. Sie drehte sich zu Ninnie und hielt ihr die linke Hand vors Gesicht. »Ist der nicht schön? Mein Baby weiß, was ich liebe.«

Ninnies Blut kochte und noch mehr Tränen schossen in ihr Gesicht. Der Diamant am Ring verschwamm in kleine Lichtpunkte, doch Linus zog sie in seine Arme. »Glaub ihr kein Wort, Liebling. Der Ring ist nicht von mir.« Linus drückte Ninnies Kopf an seine Brust, hielt ihr das andere Ohr mit seiner Hand zu und brüllte: »Raus! Und zwar sofort!«

In dem Moment wusste Chantal, dass sie verloren hatte, doch er würde es teuer bezahlen, sie so erniedrigt zu haben. Drohend und leise fauchte sie ihn an: »Ich mache dich fertig, du alter Sack! Niemand wird jemals mehr mit dir ein Geschäft machen wollen, das schwör ich dir.«

Ein bullig gebauter jüngerer Mann erschien in der Tür. »Linus? Gibt es ein Problem?«

Linus nickte. »Ja, Mark, gibt es. Chantal will gehen und hat ab sofort Hausverbot. Ihr Vater für heute auch.«

Ninnie öffnete die Augen und sah, wie Mark Chantal unter dem Arm nahm und sie in Richtung Tür zog. Sie drehte sich um und schrie Linus zu: »Das wirst du büßen! Ihr alle werdet das büßen!«

»Ganz sicher nicht, Chantal«, erwiderte Linus mit einem drohenden Unterton.

Mit einem Blick, der im besten Fall alle Anwesenden gleichzeitig töten sollte, entriss Chantal im Vorbeigehen Sophie die Handtasche. »Lass sie«, rief Linus ihr schnell zu, woraufhin Sophie ihre bereits ausgestreckte Hand zurückzog.

Endlich waren die beiden weg und Sophie stürzte auf ihre Mutter zu. »Die hat jetzt meine Tasche!«

»Keine Sorge, Sophie. Ihr bekommt beide eine neue, genau so, wie ihr sie haben wollt. Entschuldige, dass sie dich so angegangen ist.«

Linus wusste, er brauchte jetzt ein paar Minuten und einen Drink.

»Okay, danke. Die Alte spinnt ja total.«

»Ja, Sophie. Das tut sie.«

Sophie ging zurück zu Chrissi und Linus zog Ninnie in seine Arme. »Mir tut der Auftritt von Chantal unendlich leid, Ninnie.«

»Und ihr habt euch wirklich nicht verlobt?«

»Nein, wirklich nicht. Ich hätte dir doch schon gestern erzählen sollen, dass das der Grund war, warum sie mit mir Schluss gemacht hat.«

»Ja, hättest du.«

»Okay, ab sofort erzähle ich alles. Ich schwöre es.«

Ninnie nickte. »Ja, das wäre hilfreich, vor allem weil ich annehme, dass Chantal jetzt alle anrufen und uns beide ausrichten wird.«

»Soll sie. Wir stellen die Handys ab. Ich brauch jetzt einen Drink. Du auch?«

»Ja. Unbedingt.«

Linus schenkte die Gläser mit Champagner voll und reichte ihr eines.

Nach den ersten paar Schlucken fühlte Ninnie sich etwas entspannter, denn das Gute an diesem irren Auftritt von Chantal war, dass nun auch ihre letzten Gewissensbisse ausgeräumt waren. Sie hatte mit eigenen Augen sehen können, dass Chantal eine Furie war. Besitzergreifend. Eine Schauspielerin, und zwar eine ohne jegliche Gefühle für Linus. Sie liebte diesen Mann nicht, sie wollte ihn haben. Besitzen.

Das hatte Ninnie immer schon geahnt, aber nun wusste sie es sicher. Niemand, der um die Liebe eines Menschen kämpft, würde sich um eine Tasche scheren. Nicht eine Sekunde lang. Und ihre Augen! Chantal hatte Linus so kalt angesehen. So voller Hass und Rache.

Nein. Sie musste kein schlechtes Gewissen haben, denn diese Beziehung hätte niemals eine Chance gehabt.

»Solltest du nicht vielleicht mit ihrem Vater sprechen? Er ist doch ein Geschäftsfreund von dir.«

»Weißt du, wie egal er mir ist? Er hat in ein paar Immobilien mit investiert, weil er sich erhofft hat, schnell mit mir reich zu werden. Er kann auch gerne wieder aussteigen«, erklärte Linus ihr. »Was mir aber nicht egal ist, ist die Tatsache, dass das jetzt das zweite völlig verhaute Weihnachtsfest für dich und Sophie ist.«

»Du kannst ja nichts dafür.«

»Stimmt. Aber wir sollten das so schnell wie möglich vergessen.«

»Ja. Sollten wir.« Die Frage war nur, ob sie es konnte.

Nun tauchte der Koch auf, gefolgt von dem jungen Kellner.

»Ich dachte, wir servieren nun die Vorspeisen, wenn Ihnen das recht ist?«

»Gute Idee!«, antworteten Ninnie und Linus gleichzeitig.

»Wunderbar. Dann bitte ich Sie, einstweilen Platz zu nehmen.«

Der sympathische ältere Koch verschwand und der junge blonde Kellner fragte nach ihren Getränkewünschen.

Während sie an den großen, wunderschön gedeckten Tisch gingen, legte Linus seine Hand kurz um Sophies Schulter und entschuldigte sich ein weiteres Mal für Chantals Verhalten und den Verlust der Tasche.

»Ist schon gut, Linus. Es war ja nicht deine Schuld. Aber weißt du, was dumm ist?«

Er zuckte mit den Achseln. »Nein? Was denn?«

»Dass ich nicht einmal dazugekommen bin, die Tasche zu fotografieren und das Bild zu posten«, grinste sie und er musste ebenfalls lächeln.

»Ja, das ist dumm, aber ich schwöre dir, wir werden noch genügend gemeinsam erleben, was du posten kannst, allerdings wird das mit der Tasche dauern.«

»Ja, ganz sicher.« Sie sah ihn an. »Wie lange, denkst du, dauert das mit der Tasche?«

»Nun, ein bis zwei Jahre.«

»Was?!«

»Ich habe nicht umsonst gesagt, eine Silkin Bag ist nichts für dich, Sophie. Google mal die Tasche und deren Geschichte«, mischte sich Ninnie ein und hätte Sophie am liebsten gedrückt und geküsst. Aber sie wollte sie vor Chrissi nicht in Verlegenheit bringen.

»Mach ich sofort.«

Und dann kam das erste Wort zu Ninnie und Linus seit Langem von Chrissi: »Ist es für euch okay, wenn Sophie und ich nach dem Essen zu mir fahren? Ich muss unsere beiden Katzen füttern.«

»Katzen also?«, wiederholte Linus amüsiert, denn Ninnie hatte recht gehabt.

»Ja, zwei ganz süße. Pinky und Minky«, erklärte Sophie ihnen.

»Nun, die können wir natürlich nicht verhungern lassen«, lächelte Ninnie ihre Tochter und Chrissi an. »Aber im Ernst. Sophie, du bist achtzehn Jahre alt und triffst solche Entscheidungen für dich selbst. Ich will nur informiert sein, wo du bist, und von dir, Chrissi, will ich, dass du meine Tochter wie eine Prinzessin behandelst!«

»Mom!« Sophie genierte sich wieder einmal bis auf die Knochen für ihre Mutter. Gerade als es so gut lief, musste sie wieder einen ihrer superblöden Sätze vom Stapel lassen.

»Werde ich. Versprochen, Frau Fuchs.«

»Wunderbar.«

»Kommt. Schnappt euch eure Gläser und wir stoßen noch einmal auf Weihnachten an«, schlug Linus vor.

Als alle ihr Glas in der Hand hatten, sagte er: »Auf uns alle! Und Chrissi, bitte nenn mich einfach Linus.«

Ninnie schloss sich spontan an: »Gute Idee, Liebling! Also, Chrissi, ich bin Ninnie.«

»Danke!«, sagte er und prostete allen zu. »Constantin mit C.«

Ninnie und Linus senkten die Gläser und wiederholten seinen Namen verdutzt. »Constantin?«

»Ja«, kicherte Sophie. »Constantin Chrissan.«

»Okay, jetzt ist alles klar. Also auf dich, Constantin!«, erhob Linus sein Glas schneller als Ninnie wieder.

Eine Stunde später waren sie nicht nur alle satt, denn das Essen war mehr als großartig und köstlich gewesen, sondern es war tatsächlich so etwas wie Weihnachtsfrieden nach all den Aufregungen eingekehrt. Draußen hatte es wieder zu schneien begonnen und es war bereits dunkel, am Tisch brannte Kerzenlicht und der Baum strahlte in voller Pracht. Gerade war auch Ninnie mit dem Dessert fertig geworden und kaum legte sie die Gabel ab, standen Chrissi und Sophie wie auf ein geheimes Zeichen hin auf.

»Wir werden euch jetzt verlassen«, sagte Sophie und umarmte ihre Mutter. Sogar Linus bekam eine Umarmung ab, wenn auch eine schüchterne. »Und ich komme dann morgen wieder, ja?«

»Ist gut, Schatz!«, schmunzelte ihre Mutter und die beiden verschwanden, nachdem auch Chrissi sich bedankt und verabschiedet hatte.

»Die beiden sind richtig süß«, meinte Ninnie.

»Ja, das kann man wohl sagen. Ich finde, Chrissi ist ein sehr intelligenter junger Mann mit wirklich guten Manieren.«

Ninnie nickte. »Ja, auch ziemlich ehrgeizig. Ich hoffe, er steckt Sophie damit an!«

Sie unterhielten sich eine Weile über Ninnies letztes Jahr mit Sophie und wie sehr Ninnie sich wünschte, dass ihre Tochter ein wenig mehr Halt durch Chrissi bekam. Sophie brauchte in diesem neuen Lebensabschnitt Stabilität und ganz viel Liebe.

»Ja, das hat sie sich verdient. Aber du auch, Liebling. Komm her.«

Ninnie stand auf und ging um den Tisch herum. Linus zog sie sofort auf seinen Schoß und umarmte sie. »Und was machen wir beide jetzt mit diesem angebrochenen Abend?«

»Noch ein wenig den Baum bewundern und die Ruhe genießen?«

Und deinen Geruch, deine Umarmung, den Blick aus deinen sanften Augen und die Musik, die leise im Hintergrund spielt und diesen Moment perfekt untermalt, dachte Ninnie.

»Das ist ein grandioser Vorschlag«, murmelte Linus, zog ihren Kopf an seine Brust, war aber in Gedanken bereits ein Stück weiter. Immerhin war es an der Zeit, sein nagelneues und noch jungfräuliches Bett im Penthouse einzuweihen. Aber er wollte sich nach ihrem Tempo richten, denn er hatte das Gefühl, dass endlich alles getan und ausgesprochen war. Selbst Chantals Intermezzo war für etwas gut gewesen. Er hatte im direkten Vergleich vor Augen geführt bekommen, welch ein Narr er gewesen war und dass nur diese Frau, die er jetzt in seinen Armen hielt, die war, mit der er sein Leben teilen wollte. Warum hatte er das all die Zeit nicht wahrhaben wollen? Hatte seine Gefühle für sie immer wieder verdrängt und die Gedanken an sie einfach als Hirngespinste abgetan und zur Seite geschoben? Er liebte Ninnie, davon war er jede Minute, die verstrich, mehr überzeugt. Vielleicht sollte er es ihr auch sagen?

Nicht nur Linus, auch Ninnie hing ihren Gedanken nach, während sie sich auf eine seltsame, sehr unaufgeregte Weise angekommen fühlte. Nach all dem Drama und den Aufregungen des heutigen Tages wollte sie für immer an ihn gekuschelt einfach nur dasitzen und langsam begreifen, dass all ihre Träume in Erfüllung gegangen waren.

Das schlimmste Weihnachten aller Zeiten war zugleich auch ihr schönstes. Im Moment hatten sich ihre drei Probleme in Luft aufgelöst und Ninnie hoffte inbrünstig, dass es so blieb. Zwar hatte Hannes mittlerweile auch bei ihr am Handy angerufen, aber sie hatte nicht abgehoben. Auch Susi und Iris hatten ihr Nachrichten mit ›Ruf mich sofort an‹ geschickt, was dafür sprach, dass sich das zwischen Linus und ihr wie ein Lauffeuer im Freundeskreis verbreitete. Aber sie war seinem Rat gefolgt und hatte das Handy ganz abgedreht. Morgen würde sie Susi und Iris alles erzählen. Aber nicht heute. Denn noch viel lieber, als über ihre Liebe zu Linus zu sprechen, lebte sie diese.

Linus' Atem zu spüren, an seiner Brust zu lehnen und seinen Herzschlag an ihrem Ohr zu lauschen, war berauschend und beruhigend zugleich. Mehr brauchte sie nicht, um im siebten Himmel zu sein. Und doch war es mehr, als sie jemals zu hoffen gewagt hätte.

Niemals wäre sie von sich aus auch nur einen Schritt auf ihn zugegangen. Niemals hätte sie ihm gestanden, dass er sich leise in ihr Herz geschlichen hatte. Wie denn auch, denn es erschien ihr völlig aussichtslos, dass Linus ihre Gefühle jemals erwidern würde. So unglaublich es war, nun war alles gut. Sophie mochte Linus, das spürte sie, und er ihre Tochter ebenfalls. Sie war eben nur im Zweierpaket gemeinsam mit Sophie zu haben und Linus hatte das verstanden. Alleine dafür liebte sie ihn noch viel mehr, sollte das möglich sein.

Und dann sah sie zu ihm auf.

Ihn an.

Und sagte das, was sie fühlte: »Ich liebe dich, Linus. So sehr, wie ich es mir selbst gar nicht vorstellen konnte.«

Ihm wurde noch wärmer ums Herz. »Und ich liebe dich, mein Engel.«

Er verschloss ihren Mund mit seinem und küsste sie lang und innig.

Als ihre Lippen sich wieder voneinander trennten, fügte Linus hinzu: »Auch ich hätte mir niemals vorstellen können, wie sehr ich dich liebe, Ninnie. Und ich schwöre dir, es wird für weit mehr als drei Monate reichen.«

Denn das hier, das soll ein ganzes Leben lang so bleiben.

In Ninnies Augen sammelten sich wieder ein paar Tränen. Diesmal vor Freude.

Ohne ein weiteres Wort hob Linus sie hoch, ihre hohen Schuhe fielen auf den Boden, und trug sie in den Lift. Schmuste mit ihr, während er Ninnie weiterhin in seinen Armen hielt. Streichelte ihr Haar, ihr Gesicht und küsste ihren Hals. Sie sah so wunderschön aus in ihrem Minikleid und mit den nackten Beinen.

Als sich die Tür im obersten Stockwerk öffnete, hob er sie abermals hoch und trug sie in sein Schlafzimmer. An der Türschwelle flüsterte er Ninnie das ins Ohr, was er sich innigst wünschte: »Willkommen in deinem neuen Zuhause.«

Denn genau das sollte dieses Haus werden. Ihr Zuhause. Sophies Zuhause. Und er wusste bereits jetzt, wie viel Spaß die beiden haben würden, die restlichen Räume einzurichten, damit dieses Haus dann auch tatsächlich ihres sein würde.

»Und noch etwas: Ich habe dir den Code nicht geschenkt, damit du ab und zu hier vorbeikommst, sondern damit du ab heute weißt, dass hier nicht nur ein Mann auf dich wartet, sondern gleich ein ganzes Haus auf euren Einzug. Wann immer ihr beide dazu bereit seid.«

Ninnie schwieg, denn sie musste nichts antworten. Stattdessen vergrub sie ihr Gesicht an seinem Hals.

Das hier war alles zu schön, um wahr zu sein. Zu intensiv, um es wirklich verstehen zu können, und gleichzeitig so glasklar wie seine blauen Augen, aus denen er sie so voller Liebe angesehen hatte. Sie liebte ihn und er liebte sie.

Zwischen ihnen gab es kein *Wenn*. Auch kein *Aber*. Zwischen ihnen war nur mehr ein *Ist*. Ein unendlich langes *Ist*. So absurd es war, Ninnie wusste, dass sie auf der anderen Seite der Zeit angekommen war. Zumindest mit ihrem Herzen.

ENDE

Danke!

L iebe Leserin!
ieber Leser!

Wer hat das nicht schon erlebt? All die Erwartungen, und wenn es jene der anderen Familienmitglieder waren, und dann am Ende ist Weihnachten alles andere als perfekt! Darum ging es in diesem Roman und ich hoffe, meine Interpretation eines völlig danebengegangenen Weihnachtsfests hat Ihnen gefallen.

Vielleicht kennen Sie den Satz ›Das Leben schreibt oft die seltsamsten Geschichten‹ und genau so entstand auch die Idee zu diesem Roman, der auf einem Funken Wahrheit beruht. Ich danke einer lieben Freundin, deren Namen ich hier nicht nennen werde, und auch ihrer Tochter für das Vertrauen, ihr ›Schokokuchen-Desaster‹ mit mir geteilt zu haben. Und ja, sie dachte tatsächlich, dass sie einen Schlaganfall hätte, und auch den Anruf an ihre beste Freundin, der zu spät abgehört wurde, gab es wirklich. Alles andere, natürlich auch der Zeitpunkt wie auch sämtliche Figuren und deren Geschichte, ist völlig frei von mir erfunden.

Sollte Ihnen mein Weihnachtsroman gefallen haben, bitte empfehlen Sie ihn weiter. Ich würde mich auch darüber freuen, wenn Sie Ihren Leseeindruck auf einer der Online-Plattformen beschreiben. Ich bin dankbar für jede Rezension und lese auch alle.

Ein riesengroßes Dankeschön geht wie immer an meine beiden Engel:

Martina König, meine Korrektorin und Lektorin, auf deren Kommentare ich immer wieder nervös warte und die meinen Romanen jedes Mal wieder mit Perfektion und Feingefühl den letzten Schliff gibt. Ich umarme dich, liebe Martina!

Und dann natürlich wie immer Janos Rudolf, ohne den es weder E-Book noch Taschenbuch gäbe, da er gemeinsam mit mir mit viel Geduld und Perfektion die Cover erstellt, zusätzlich den Buchsatz und vieles mehr, damit meine Romane auch in den Handel gelangen können. Ich umarme auch dich, lieber Janos!

Ein großes Dankeschön geht auch an meine Testleserinnen und Bloggerinnen wie auch an meine kleine und feine Facebook-Community, die mich immer wieder auf ganz wundervolle Art und Weise unterstützen. Sie tragen meine Romane weiter, machen Mundpropaganda und helfen mir immens! Ich danke euch, Prinzessinnen und Prinzen! Bleibt mir bitte auch weiterhin gewogen.

Ich möchte mich aber auch ganz speziell bei Ihnen bedanken. Dafür, dass Sie diesen Roman gekauft und gelesen haben! Ihn vielleicht Freundinnen und Freunden weiterempfehlen, vielleicht auch eines meiner Taschenbücher verschenken oder meine Romane rezensieren.

Dieses Jahr war für viele Menschen schwierig, für manche katastrophal und leider auch für einige mit Schicksalsschlägen und Trauer verbunden. Ihnen allen möchte ich mein tiefes Mitgefühl ausdrücken und ich hoffe von Herzen, dass Sie die Hoffnung nie verlieren!

Ich schreibe moderne Märchen, weil ich daran glaube, dass Romane wie dieser zumindest eines vermögen: mir beim Schreiben und Ihnen beim Lesen eine Auszeit vom Alltag zu gönnen. Es wäre schön, wenn mir das gelungen ist.

Ich wünsche Ihnen und Ihren Lieben ein wundervolles Weihnachtsfest und >Keep on dreamin'<,

Ihre
Mira Morton

www.miramorton.com

Email me: principessa@miramorton.com

Follow me on Instagram: @miramorton_author

Follow me on Facebook:
www.facebook.com/miramortonauthor

Quellen

ie Geschichte dieses Romans sowie sämtliche Charaktere darin sind von Mira Morton völlig frei erfunden. Doch zur Einbettung in die Realität wurden Namen von realen Marken und Firmen sowie Titel von Songs etc. erwähnt. Jeder Bezug zu ihnen ist jedoch ebenfalls frei erfunden.

Erwähnt wurden in diesem Roman folgende Marken und/oder Produktnamen:

BMW, Bugatti, Chips, Garmin, Google, iPad, iPhone, Soletti, Tesla, WhatsApp

Außerdem wurden erwähnt:

Barbie, Howard Hughes, Tarzan, Woodstock

Zitat:

>Die Hoffnung ist der Regenbogen über dem herabstürzenden Bach des Lebens< – von Friedrich Nietzsche

Songs, die im Roman erwähnt wurden:

>Stille Nacht, Heilige Nacht<

>O du fröhliche<

>Leise rieselt der Schnee<

>Es wird scho glei dumpa<

>Santa Claus is coming to town< von Bing Crosby

>Merry Christmas everyone< von Shakin' Stevens

>Little Drummer Boy/Peace on Earth< von David Bowie und Bing Crosby